# Réussir

# DU MÊME AUTEUR

## Romans

*Le Dossier Rachel*, Albin Michel, 1977 ; Le Serpent à Plumes, 1994, 2003
*Money, Money*, Éditions Mazarine, 1987 ; Folio, 2002 ; Le Livre de Poche, 2015
*D'autres gens*, Christian Bourgois, 1989 ; 10/18, 1996 ; Le Livre de Poche, 2015
*London Fields*, Christian Bourgois, 1992 ; 10/18, 1997 ; Folio, 2009, 2013 ; Le Livre de Poche, 2018
*L'Information*, Gallimard, 1997 ; Folio, 1998, Le Livre de Poche, 2018
*La Flèche du temps*, Christian Bourgois, 1993 ; 10/18, 1999, Calmann-Lévy, 2024
*Visiting Mrs Nabokov*, Christian Bourgois, 1997
*Poupées crevées*, Gallimard, 2001 ; Folio, 2003
*Train de nuit, Gallimard*, 1999 ; Folio, 2001 ; Calmann-Lévy, 2025
*L'État de l'Angleterre,* précédé de *Nouvelle Carrière*, Gallimard, 2003
*Chien jaune*, Gallimard, 2007 ; Folio, 2008
*La Maison des rencontres*, Gallimard, 2008 ; Folio, 2009, 2012
*Koba la terreur : les vingt millions et le rire*, Éditions l'Œuvre, 2009
*La Veuve enceinte : les dessous de l'histoire*, Gallimard, 2012 ; Folio, 2013
*Lionel Asbo, l'État de l'Angleterre*, Gallimard, 2013 ; Folio, 2014
*La Zone d'intérêt*, Calmann-Lévy, 2015, 2024 ; Le Livre de Poche, 2016, 2024 – Prix du meilleur livre étranger

## Nouvelles

*Les Monstres d'Einstein*, Christian Bourgois, 1990 ; 10/18, 1999
*Eau lourde et autres nouvelles*, Gallimard, 2000

## Non-fiction

*Expérience*, Gallimard, 2003 ; Folio, 2005 ; Calmann-Lévy, 2024
*Guerre au cliché : essais et critiques*, Gallimard, 2007
*Le Deuxième Avion : 11-Septembre, 2001-2007*, Gallimard, 2010
*La Friction du temps*, Calmann-Lévy, 2017 ; Le Livre de Poche, 2022
*Inside Story*, Calmann-Lévy, 2021 ; Le Livre de Poche, 2024

Martin
Amis

# Réussir

Traduit de l'anglais (Royaume-Uni)
par Frédéric Maurin

CALMANN LEVY

CALMANN LÉVY
ÉDITEUR DEPUIS 1836

*Titre original :*
SUCCESS

Première publication : Jonathan Cape Ltd, 1978
Londres, Royaume-Uni



La première édition en langue française
de ce livre a paru en 2001.

COUVERTURE
*Maquette :* Olo'
*Photographie :* © Dario Mitidieri/Getty Images

ISBN 978-2-7021-9134-7

*À Philip*

# I

## *Janvier*

### *1. On dirait que j'ai perdu tout ce que j'avais de bien.*

TERRY

— Terry à l'appareil !

Raclement de gorge à l'autre bout du fil.

— Ah, bonjour, Miranda ! Comment ça va ? Non, Gregory n'est pas là pour l'instant. Rappelle un peu plus tard, d'accord ? Salut.

En fait, Gregory était assis dans la cuisine juste à côté, les mains posées sur la surface granulée de la table, paumes en l'air.

— Alors ? Réussi ? il a demandé.

J'ai fait signe que oui, il a soupiré.

— Voilà qu'elle s'est mise à m'envoyer des poèmes obscènes…

Inutile de ne pas le caresser dans le sens du poil.

— Ah bon ! Et quel genre de poèmes obscènes ?

— Tu as déjà reçu un poème obscène d'une fille ?

— Pas que je me souvienne.

— C'est trop pour moi. Des tirades sur mon « manche glorieux », des tartines sur son « bijou d'ambre ». À moins qu'il ne s'agisse de mon « bijou d'ambre » à moi, je ne sais plus.

— Plutôt du sien, à mon avis. Je vois mal comment elle pourrait avoir un manche glorieux, pas vrai ?

— *Elle* ? Elle en serait bien capable. Et même d'en avoir *deux*, tiens !

— Et qu'est-ce qu'elle a à dire sur ton manche glorieux, dans ce poème obscène ?

— Elle est intarissable. J'ai eu du mal à aller jusqu'au bout. Vraiment, j'ai pas besoin de ça en ce moment.

— Beurk ! Dégueulasse, j'ai dit avec enthousiasme. Qu'est-ce que tu comptes faire, Greg ?

— C'est bien le problème. Qu'est-ce que je peux bien faire ? Lui dire « Écoute, ça suffit, les poèmes obscènes, d'accord ? Finis, les poèmes obscènes » ? Délicat. Je pourrais toujours appeler la police, j'imagine… et les laisser régler la question. Mais avec toutes les horreurs qu'elle m'oblige à faire au lit, en plus…

— Et si tu lui disais de déguerpir ?

Gregory a levé vers moi un regard de chiot effaré.

— On peut dire ça à quelqu'un ? C'est… c'est ce que tu ferais, toi ?

— Moi ? Ah ça non, alors ! Je ferais tout pour qu'elle m'oblige à faire des horreurs au lit. Je la laisserais même m'écrire des poèmes obscènes. Et encore, je lui en écrirais aussi, des poèmes obscènes.

— C'est vrai ?

— Vrai de vrai. Je suis en manque, c'est atroce ce que je suis en manque. Ça me ronge. Il n'y a presque plus personne qui ait envie de baiser avec moi. Je ne sais pas pourquoi. Même Gita ne veut plus.

— La naine avec les oreilles en feuilles de chou, là ? Pourquoi pas ?

— Putain, mais qu'est-ce que j'en sais ? Elle n'en a plus envie, apparemment. Elle ne sait pas pourquoi, mais juste qu'elle n'en a plus envie.

À ces mots, Gregory a tressailli.

— Bizarre, il a dit en se calant contre le dossier de sa chaise. Avec moi, c'est tout le contraire. Les gens veulent toujours plus baiser avec moi que moi avec eux.

— Veinard ! Mais c'est que t'es *pédé*, aussi. Ou presque, en tout cas. Suffit d'être pédé pour se faire baiser. C'est l'avantage, remarque. Vous, les pédés, vous vous foutez royalement de ce qui se passe chez vos voisins.

— En fait, c'est pas mon truc en ce moment, il a répondu en bandant les muscles de son cou. Mais cette foutue Miranda...

— Ah oui !

— Miranda et tout ce qu'elle me demande...

Gregory a plongé son visage entre ses mains.

— Encore une nuit comme celle-là... C'est au-dessus de mes forces. Impossible, absolument impossible.

Il a levé les yeux.

— Elle est d'une voracité, tu ne peux pas t'imaginer. Tu veux que je te dise ce qu'elle fait ? Tu veux ? Elle te suce *après* la baise. Oui, après.

— Difficile de faire mieux.

— Une véritable torture, crois-moi. Sans compter qu'elle te tripote la bite toute la nuit pendant que tu fais semblant de dormir. Et en plus, elle t'enfonce le... bref.

— Quoi, dans le cul ?

— Exactement.

— Et alors, où est le problème ? je lui ai demandé, agacé. Tu dois y être habitué, à force.

— Mais avec ses grands ongles de pétasse...

— Et tu ne peux pas simplement... je ne sais pas, moi, lui en parler ? La prendre entre quatre yeux ?

— Bien sûr que non. Ça me dégoûte rien que d'y penser. Et tu sais avec combien de mecs elle a couché ? Donne un chiffre, vas-y, devine. Plus de cent en deux ans.

— Des queues !

— *Mais si je te le dis* ! Elle ne s'en cache pas. Remarque, ça n'en fait qu'un par semaine, tout bien calculé. Chez Kane, ils y sont tous passés. Chez Torka aussi. Elle s'est fait baiser partout, par tout le monde. Où qu'on aille, tout le monde se l'est faite. Suffit de marcher dans la rue : le monde entier l'a baisée. J'ai jamais rencontré personne qui ne lui soit pas passé dessus. Même le concierge a dû la baiser. Et le garçon d'ascenseur, ça, je le sais. Et le…

— Pas moi, j'ai déclaré pour interrompre cette conversation qui me mettait au supplice.

Mais il a poursuivi :

— Tu pourrais, Terry. Franchement. Aucun problème. Elle m'a dit plus d'une fois qu'elle t'aimait bien. Et vu qu'elle baise avec des gens qu'elle déteste… Je te promets une sacrée démonstration. Ah ça oui ! Au moment où tu t'approcheras d'elle pour l'embrasser, elle va te mettre la main, non, les deux mains, à la…

Elle ? On ne dirait pas, à la voir. (Mais c'est pareil pour tout le monde.)

La fille dont je suis censé délester Gregory, en ce moment, s'appelle Miranda. Dix-neuf ans. Des cheveux blond filasse, une silhouette plaisante, des yeux bleus toujours humides, une grande bouche généreuse. Jolie, mais peut-être pas tout à fait dans mes cordes. Plutôt le genre snob, et sans doute très névrosée (après tout, c'est possible qu'elle fasse tout ce qu'il vient de me dire, si on le lui demande gentiment). Mais outre que je suis en l'occurrence fou amoureux d'elle, j'ai trois excellentes raisons d'accepter qu'il me la refile.

Premièrement : j'aime bien Miranda. Par opposition à la compagnie féminine dont s'entoure d'habitude Gregory (une galerie de sirènes arrogantes, le visage bombé et les fesses en noyau de prune, un prénom du genre Anastasia ou Tap, aussi rayonnantes que ruineuses, et presque toujours deux fois plus grandes que moi : il s'en faut de peu que je les appelle *monsieur*), Miranda se débrouille pour donner l'impression d'appartenir à l'espèce humaine : après l'avoir rencontrée, on serait à deux doigts de penser qu'on habite sur la même planète. Au lieu du dégoût ensommeillé (ou, le plus souvent, de l'indifférence affectée) que les gonzesses de Greg opposent en général à mes allées et venues, Miranda me réserve un bonjour, un au revoir, un merci, ce genre de petites attentions. Pourtant, je ne l'ai vue que deux fois : la première fois, elle grimpait à en perdre haleine l'escalier de l'immeuble, la charmante petite créature (elle avait oublié qu'il y avait un ascenseur, m'a-t-elle dit) ; la seconde fois, c'était un matin et elle s'habillait, l'horrible petite salope (Gregory s'était déjà enfui au boulot. Non, je n'ai pas vu ses seins). Dans les deux cas, elle m'a fait la conversation sur un ton amical.

Deuxièmement : je suis en réalité fasciné – question de principe – par tout ce qui touche à la vie privée et aux parties intimes de Gregory. Des détails, je veux des détails : des détails authentiques, blessants, nuisibles, grotesques. Je rêve de le savoir impuissant, atteint d'une orchite, souffrant d'éjaculations précoces, je crève d'envie de connaître ses inhibitions et ses blocages, je brûle d'apprendre ses traumatismes. (Qu'est-ce qu'il attend pour virer sa cuti une bonne fois pour toutes ? Ça me faciliterait tellement la vie.) Mais bien sûr, ce que je voudrais avant tout, c'est qu'il en ait une qui soit minuscule. Ça, c'est mon plus grand désir. Toute ma vie, j'ai souhaité qu'il soit mal monté. Même avant de le rencontrer, la taille rachitique de sa queue était essentielle à mon bien-être.

Troisièmement : pas une seule fois depuis le 25 juillet dernier à vingt-trois heures (et encore, ça n'a pas été facile : c'était une de mes ex, je nous ai soûlés tous les deux, j'ai pleuré quand elle a dit qu'elle n'en avait pas envie, et ça l'a tellement effrayée qu'elle a fini par accepter), je n'ai réussi à convaincre personne de coucher avec moi.

C'était il y a six mois.

Putain, les filles ! Mais qu'est-ce qui vous arrive tout à coup ?

Ou qu'est-ce qui m'arrive, à moi ?

Je n'ai jamais beaucoup soigné mon allure (alors que Gregory, je le sais, n'a pas d'autres sujets de préoccupation). J'ai l'air de n'importe qui. À part mes cheveux qui tirent sur le roux (ce qui m'a valu d'être surnommé Poil de carotte à l'école, pendant un certain temps), j'ai l'air de tout le monde : l'air d'un cadre moyen issu des couches inférieures et muni d'un diplôme supérieur, l'air d'un individu comme on en croise tous les jours dans la rue, sans jamais les regarder, les remarquer, ni les reconnaître d'une fois sur l'autre. (Je n'attire pas l'attention. Mais qu'est-ce que ça peut bien faire ?) Sans y attacher d'importance, je me suis toujours dit que j'étais, disons, pas mal. Oui, pas *trop* mal. Dans ma vie, j'ai connu un nombre moyen de filles, avec un taux normal d'angoisse, de trouble et de gratitude.

Mais tout ça, c'est fini maintenant. Pourquoi ? Pour quelles raisons ? Elles veulent bien me parler, elles veulent bien sortir avec moi, elles veulent bien qu'on mange ensemble, qu'on boive, qu'on se pelote et même qu'on dorme dans le même lit. Mais baiser ? Non, elles n'en ont pas envie. Pas elles, *pas question*. (Mais qui elles sont, putain, pour ne pas en avoir envie ?) Ce serait juste un motif d'exaspération ou d'inquiétude si je m'étais un jour trouvé *mignon*, mais cela n'a jamais été le cas. Qu'est-ce qui fait donc qu'elles voulaient bien baiser avec moi, avant ? Du charme, j'en ai eu – et des filles plus gentilles, des tactiques plus subtiles, du talent, de la chance. On dirait que j'ai perdu tout ce que j'avais de bien.

En fait, j'essaie toujours de m'en tirer par une pirouette (je crois), ce qui explique peut-être l'impression que je donne… Mais là, j'en suis arrivé au point où j'ai quasiment épuisé ma réserve d'anciennes petites amies, où je suis ressorti avec elles les unes après les autres (du moins avec toutes celles qui n'étaient pas mariées, enceintes ou mortes) et où j'ai essayé de baiser. Aucune n'en a eu envie. J'ai téléphoné à des filles que je n'avais pas vues depuis plusieurs années. Je prends le train pour aller en retrouver aux quatre coins de l'Angleterre, mais il n'y en a pas une qui garde le moindre souvenir de moi. Dans la rue, j'arrête des névrosées et des nanas pas gâtées. Au travail, je jette mon dévolu sur les secrétaires les plus banales. Je fais des avances aux vieilles et aux malades. Je déploie des trésors d'ingéniosité pour qu'elles baisent avec moi. Pas une qui en ait envie.

Quelqu'un aurait-il l'amabilité de me dire ce qui va *de travers* ? C'est quoi, l'astuce ? C'est quoi, l'angle d'attaque ? J'ai bonne haleine, me semble-t-il, ou en tout cas je ne crois pas qu'elle ait radicalement empiré (si j'en juge par les tests de réinhalation que je fais en permanence). Mon visage n'a subi aucune catastrophe récente. Mes cheveux dégueulasses ne tombent pas plus vite qu'avant. (C'est vrai que je me prépare un problème au cul, mais ça, elles ne sont pas censées le savoir, hein ?) Je prends un bain toutes les trente-six heures, sauf en hiver, et je me fais beau pour tous les rendez-vous qu'il m'arrive d'avoir avec les pires laiderons. Vrai, j'ai tendance à m'empâter, mais c'est juste parce que je bois beaucoup ces temps-ci. Mettez-vous à ma place.

(Je crois que je perds mon culot. Je crois que je deviens *tonto*.)

Jamais Gregory ne doit me démasquer. Il ne se doute pas de la vérité, malgré mon bagou populaire. Je lui ai dit que je fréquentais quelqu'un dans le quartier d'Islington. Mais en fait, ce sont les pubs et les cafétérias que je fréquente, en lui faisant croire que je suis avec elle. Je rentre tard et éméché, je lui raconte des bobards. Jamais il ne doit savoir le fond des choses. Jamais savoir que la nuit, je ne dors pas, que je reste assis dans mon lit à maudire la terre entière comme un forcené. (Dans la journée, bien sûr, c'est une autre paire de manches. Entre le spectre de la clochardisation et la grisaille des rues, la journée sécrète ses propres phobies.)

Mais qu'est-ce que je raconte ? Mon but, je crois, c'est d'arriver à vous le faire détester aussi. Ce qui ne devrait pas être très dur. Il me suffit de garder les yeux ouverts. Et que vous ne fermiez pas les vôtres.

Elle ?

— Elle ? je lui ai demandé. Comment on emballe l'affaire ? Quand est-ce qu'elle va passer, par exemple ?

— D'une minute à l'autre. Tu es prêt ?

Gregory se tenait près de la fenêtre ; il faisait tournoyer une canne à pommeau d'argent. Quant à sa tenue, je ne suis pas certain d'avoir l'audace de vous la décrire : une cape noire de vampire d'opéra doublée d'un tissu écarlate, un gilet de son père, un pantalon de harem (ça s'appelle comme ça ?) qui avait l'air d'être resserré aux chevilles par des pinces à vélo dernier cri. Comme toujours, sa beauté presque écœurante en jetait plein la vue ; il avait l'air intelligent, raffiné, et incroyablement pédé.

— Comment on s'y prend ?

Gregory a fait un geste mou du poignet. Il se tenait près de la fenêtre ; il faisait tournoyer sa canne.

— Tu m'as dit que ça allait être facile, j'ai dit, tout en m'étonnant que ma voix prenne soudain une grossière nuance de reproche. (Je dis parfois des choses qui passeraient pour des insultes dans la bouche d'autrui. Et elles me blessent, ces choses, elles me laissent muet.)

— Mais oui, Terry. Il suffit de réfléchir à la meilleure tactique.

Quelques minutes plus tard, on avait mis au point un plan d'attaque, un plan relativement sommaire au demeurant. Greg devait être sensiblement plus vache que d'habitude avec Miranda, la faire fondre en larmes et prendre la poudre d'escampette ; à cet instant précis, je devais entrer dans la pièce l'air de rien, non sans avoir prévenu Miranda que ma tignasse rousse rôdait dans l'appartement puisque je lui aurais déjà ouvert la porte à son arrivée.

— Tu es sûr de pouvoir t'en sortir ? je lui ai demandé d'un ton léger, sans vouloir l'effrayer.

— Oh oui ! il a répondu. Rien de plus facile. De toute façon, elle passe presque tout son temps à pleurer, d'après ce que je sais.

— Comment ça se fait ? (Ça se présente bien, je me suis dit. En fait, c'est bien possible qu'elle fasse tous ces trucs si elle est aussi déglinguée que moi. Je les ferais bien, moi, à la première venue.)

— J'en sais rien, a répondu Gregory. Je suis toujours trop mal à l'aise pour lui poser la question. J'imagine qu'elle est folle, tout simplement. Comme la plupart des filles par les temps qui courent.

— Tu vas où ? Chez les pédés ?

— C'est pas un lieu de pédés. Il y a des tas de filles aussi.

— Bon, alors, chez les bi ?

— Oui. Écoute un peu… Tu vas t'en sortir pour le vin et tout ce qui s'ensuit ? Tant qu'à faire, tu pourrais la soûler.

— T'inquiète, j'en ai des tonnes.

Il m'a examiné de la tête aux pieds avec un dégoût affecté.

— Elle craque en beauté dès qu'elle est soûle. Elle est capable de tout.

— Sérieusement ?

— Oui. J'ai l'air de plaisanter ? Elle est vraiment prête à tout.

— Alors, je vais tenter ma chance.

— Tenter ta chance ? Attends, je parie qu'elle aura à peine franchi le seuil de la porte qu'elle sera déjà en train de te faire un truc répugnant. Je parie qu'elle prendra son…

La sonnette a retenti.

— C'est parti, a dit Gregory.

Après avoir ouvert la porte à la fille (pull-over blanc, jean, un regard farouche que je n'ai pas osé croiser, un goût de lait dans ma propre bouche) et l'avoir fait monter à l'étage, je suis retourné dans mon antre. J'ai pris des rasades de whisky jusqu'à ce que j'entende Gregory descendre l'escalier d'un pas martial.

— Vas-y, à toi de jouer, il m'a soufflé dans l'entrée. Allez, vas-y !

J'espérais que, le temps que je grimpe l'escalier, Miranda serait en larmes, en pleine crise d'hystérie ou – le pompon – dans le coma. Mais elle se tenait tranquillement, haute comme trois pommes, à côté de la grande fenêtre. Un peu grassouillette et très mignonne, je me suis dit, tout en remarquant avec un coup au cœur que sa musette en jean était encore jetée en bandoulière sur ses pauvres épaules.

— Il est parti ? elle a demandé sans se retourner.

Retourne-toi quand tu m'adresses la parole.

— J'ai bien peur que oui, j'ai répondu.

Elle s'est retournée.

— Je suis désolé, j'ai dit en sentant l'air bourdonner. Désolé de te voir dans cet état.

— Je ne sais pas quoi faire, elle a dit sans insister.

— Il est comme ça.

— Depuis toujours ?

— Non, pas depuis toujours. Descends donc. Il était sympa, avant. Tu veux prendre un verre en bas ? Quand il était jeune. Viens, je vais m'en verser un. Mais il a plus changé que la majorité des gens. Voilà, suis-moi, ma cocotte. Je ne sais pas pourquoi. Descends, on va parler un peu, tous les deux. De tout et de rien, de Gregory, de moi.

## 2. *C'est drôle, mais ça finit par être assommant d'être sans cesse un objet de désirs et de chamailleries.*

GREGORY

— Gregory à l'appareil, j'ai dit d'une voix murmurante.

— Oh ! a fait le téléphone. Gregory, c'est moi, Miranda.

— Eh bien ?

— … Alors, comment ça va ?

Je contemplais mes ongles à la lumière : on aurait dit des amandes brillantes.

— … Gregory ?

— Lui-même.

— Pourquoi tu es comme ça avec moi ? elle a demandé. Qu'est-ce qui s'est passé ? Est-ce que j'ai fait quelque chose de mal ?

— Combien de temps je vais devoir continuer à écouter tes salades ?

M'attendant au sanglot mouillé ou au serrement de gorge qui d'habitude ne manque pas de suivre, j'ai collé mon oreille encore plus près du combiné. Cela n'a pas tardé : un son chaud de salive déglutie.

— Il faut qu'on se parle, elle a dit.

— Certes.

— Il faut que tu me voies

— Je n'y manquerai pas

— ... Je peux passer ?

— Viens, je lui ai répondu en reposant le combiné et en laissant mes longs doigts errer sur le cadran du téléphone.

Je me suis mis à envisager diverses manières de remplir cette soirée dont j'héritais à l'improviste, ce fret soudain des heures imposées, en contemplant par la fenêtre de mon appartement, au dernier étage de l'immeuble, le paysage hivernal de toits qui semblaient encore une fois fourmiller de secrets et d'amis.

Toute la journée, au travail, mon appréhension avait frôlé l'épouvante. Rentrer à la maison pour passer une autre soirée à la Miranda (pourquoi le tolérer ?), une autre soirée où elle répondrait à ma froideur épique par une vénération d'empotée, où elle interromprait mon babillage écœurant par ses baisers volés dans la panique, une autre nuit de sommeil sculpté où j'aurais à mes côtés ses lèvres charnues et mouillées de chaudes larmes ? Pourquoi accepter qu'elles nous fassent subir de telles épreuves ? Pourquoi leur témoigner tant de tendresse ? Pourquoi ? Mais ton destin en a décidé autrement, sale garce : tu n'obtiendras plus rien de moi.

En réalité, bien sûr, cela n'avait pas représenté de grosses difficultés. Cet abruti de Terence était dans la cuisine quand je suis rentré du travail. Il n'a pas vraiment le droit de venir dans cette partie de l'appartement : d'où son air sournois, son expression de reconnaissance aux abois lorsque je lui ai demandé de rester à l'étage pour parler un peu.

— Gita ne veut plus baiser avec moi, a-t-il expliqué.

Je lui ai demandé avec un intérêt non feint comment il expliquait la chose.

— 'Sais pas. Gita sait pas non plus.

J'ai pointé un doigt vers lui :

— C'est laquelle, Gita ?

— La petite avec les boucles d'oreilles.

— Ah ! (*Toutes* les conquêtes de Terence, par la force des choses, sont minuscules, et leurs oreilles sont une des parties de leur corps auxquelles je m'efforce autant que possible de ne pas songer.) Elle n'a pas passé la nuit de mardi ici ?

— Si.

— Et alors ?

— J'ai essayé de la baiser.

— Et alors ?

— Elle n'a pas voulu.

Étrange, très étrange, m'a-t-il semblé. Car Gita était bien le genre de fille à qui l'on peut faire absolument tout ce qu'on veut. À quoi servirait-elle, sinon ? Mais j'ai dit par politesse :

— Bizarre ! Avec moi, en général, c'est tout le contraire.

Il s'est ensuivi une digression des plus niaises, Terence m'exposant en long, en large et en travers son manque d'assurance sexuelle, soi-disant par opposition à mon énergie insatiable. C'était d'une maladresse ! Et cette peur que lui inspire sa propre homosexualité, elle peut devenir assez inquiétante quand elle se manifeste avec tant de naïveté.

— En fait, c'est pas mon truc en ce moment, j'ai dit sans me démonter. Mais cette Miranda…

— Ah bon ? il a riposté en tendant l'oreille.

— Oui, Miranda et tout ce qu'elle me demande.

Le solide appétit charnel de Miranda, ma paresse, ma lassitude, la plus grande endurance de Terence dans ce domaine, la facilité avec laquelle on pourrait procéder à une substitution…

Cela n'a pris qu'un instant. Et ce soir, pendant que Terence trouvera le courage de grogner, cassé en deux entre les cuisses tavelées de Miranda, je glousserai en douce dans ma chambre en pensant à ce que je ne lui aurai pas dit : à la tranche de foie cru qu'elle lui fourrera dans la bouche pour l'embrasser, à cette langue parfumée au xérès trop sucré, aux odeurs fantomatiques qui se dégagent de ses bourrelets et de ses orifices, aux relents démoniaques qu'elle laisse luire sur les draps de ses amants.

Qu'est-ce qu'il vous arrive, les filles, en ce moment ?

Après avoir passé la nuit avec une névrosée (et il y en a de plus en plus de nos jours), ma répulsion naturelle augmente à la perspective d'examiner la literie une fois que je l'ai bottée hors de l'appartement. Certes, il faut s'attendre aux tristes symboles coutumiers de la féminité : à la truelle de maquillage sur les taies d'oreiller, au postiche de poils pubiens sur les draps, à la tache infernale un peu plus bas. Jusque-là, rien d'anormal. Mais en plus, à présent, lorsque j'arrache les couvertures, ce n'est pas sans un sentiment d'étonnement ou d'effarement : elles sont tout en morceaux, ces filles, elles pourraient presque laisser n'importe quoi sur leur passage… Je l'imagine comme si j'y étais : Gregory, planté au milieu de la chambre qui miroite encore après le départ affolé de la fille ; il s'approche avec précaution, le visage à moitié détourné, ramasse en un tournemain le lourd édredon, prend une inspiration, rejette les couvertures… et découvre une jambe entière abandonnée dans les draps. Ça ne m'étonnerait pas d'elles.

Saviez-vous par exemple que maintenant les filles vont aux toilettes ? Renversant comme nouvelle, je vous l'accorde ! Mais je n'invente rien. C'est la vérité. Et pas seulement pour pisser, en plus. Il fut un temps où je me plaisais à croire (je sais, c'est idiot !) qu'elles confiaient ce genre de besoins à la gent masculine, sauf quand elles étaient à l'hôpital ou dans un autre établissement dûment équipé pour la circonstance. Au reste, chaque fois que j'entendais une sirène d'ambulance ou que je voyais filer à toute allure une de ces citernes blanches, je me réjouissais d'imaginer quelques femmes, à l'intérieur, qui avaient la chance d'être transportées en urgence dans ce but unique. Quel romantisme de ma part ! À présent, elles font ça tout le temps. Voire : elles en parlent. Pire : elles essaient de le faire devant vous ! Mais c'est qu'elles agissent comme des gars, maintenant. Comme des types. Comme des mecs.

Et cette nervosité… Voilà ce qui me rend fou. À quand remonte cette idée qu'elles doivent toujours avoir les nerfs à fleur de peau ? Qui la leur a soufflée ? Leurs doigts fébriles, je les trouve à peine plus ragoûtants que des articulations couvertes de verrues ou des ongles noirs de crasse. Leurs mouvements agités ne me semblent guère mieux valoir qu'une malformation ou une disproportion physique. Je ne vois pas tellement de différence entre l'activité incessante de leurs maxillaires inférieurs (une espèce de radotage convulsif au moment des repas) et une dentition pourrie (ou un liseré d'écume au bord des lèvres). Les sanglots qui succèdent au coït me répugnent autant que les éruptions de boutons qui précèdent les règles. Et toutes les inepties qu'elles *racontent*… Toujours à vouloir vous comprendre ; toujours à chercher des sujets de conversation convenables ; toujours à tenter d'être humaines. On les prend comme elles sont, on leur donne la réplique. On n'est quand même pas censé leur avouer que, malgré leurs nombreux charmes, elles manquent tout bonnement d'intérêt.

Terence a-t-il dit un mot de mes penchants sexuels ? Je n'en doute pas une seconde, et je ne vais pas le démentir. Car si mon désir se porte sur un alter ego sexuel (c'est-à-dire un garçon, une ferme musculature de garçon), je ne vais pas me gêner pour aller en chercher un, plutôt que de m'arrêter sur une chose à mamelles qui doit s'asseoir pour faire pipi.

(Terence prend leur parti, bien entendu. Les sorcières fétides qu'il a tendance à escorter sont autant d'héroïnes, comme on peut s'y attendre, de ce genre malheureux.) Moi, j'aime les chasubles cossues de silence, la douce topographie de la chair, le satin fluide qui s'efface pour révéler les avenues de lingerie immaculées, les secrets silencieux d'un duvet couvert de rosée.

Imaginez donc avec quel mélange d'horreur et d'incrédulité j'ai découvert Miranda sous son vrai jour : une greluche tout excitée que j'ai immédiatement cédée à ce dindon de Terence (forme assommante de largage, direz-vous, mais du moins relativement indolore. J'ai horreur des disputes). C'est après un dîner, au cours d'une soirée bruyante chez mon ami Torka, l'arbitre des élégances, que j'ai fait sa connaissance sans prendre garde. Fatigué, accablé par la chaleur, poussé à bout d'exaspération par les blagues vulgaires d'Adrian, j'étais d'abord tout à fait disposé à consacrer un peu de mon temps à une jeune fille pleine de déférence et (je vous l'accorde) non dénuée de charme, qui semblait prête à remplir mon verre et à s'intéresser intelligemment à mon travail et à mes idées. Elle était debout, elle écoutait, elle avait les dents propres. Mais c'est quand je lui ai proposé de la reconduire chez elle dans mon bolide vert que le cauchemar a commencé pour de bon. Avec son air niais, elle ne m'a pas lâché d'une semelle pendant tout le reste de la soirée (même lorsque le célèbre Torka a essayé de m'en délivrer pour papoter), puis elle m'a carrément embrassé dans l'escalier – comble de l'horreur ! – avant de m'annoncer la bouche en cœur, alors que mon superbe cabriolet se réveillait dans un formidable vrombissement, qu'elle avait raté le dernier train pour la province et qu'elle n'avait pas d'endroit où dormir à Londres ! Jamais, plus jamais je ne me laisserai avoir par ce truc-là !

Entre ses mains, je me transformais en pâte molle. C'est dans ma nature. – Je ne veux pas les blesser dans leur délicatesse. Mais pourquoi pas ? Quelle délicatesse ? Cela ne me dérange pas, *moi*, qu'elles me blessent. Et en fait de délicatesse, elles n'en ont pas plus que moi. Miranda, c'est un mec, de toute façon, ni plus ni moins que moi, cette salope.

Les ébats physiques qui se sont ensuivis (et qui se sont poursuivis presque toutes les nuits pendant deux semaines), je les ai déjà décrits fidèlement. Sauf erreur de ma part, je pense qu'on a droit à une portion raisonnable de stupeur et d'indignation mêlées face à une jeune fille de dix-huit ans qui a des bosses dans le dos, des aisselles tropicales *et des traits blancs sinueux à la base des seins*. Le premier matin, elle a bondi du lit (après avoir abusé de moi à grands cris) et elle s'est agenouillée dans le plus simple appareil devant la bibliothèque, farfouillant dans son sac à la recherche d'un objet que ses gènes adorent. Je l'observais, je l'habillais du regard. Son derrière dépasse les bornes, je pensais ; et je ne supporte pas l'odeur qui se dégage de cette zone. Ce n'est pas sa faute, je sais. C'est la faute de ses nerfs.

Mais c'est encore ce qu'on pourrait appeler son caractère qui faisait peser la menace la plus lourde sur ma tranquillité. Elle n'avait même pas vingt ans que déjà, à chaque tournant de la conversation, s'ouvrait un nouveau chapitre sordide et misérable de son passé : une toquade ignorée, des avances rejetées, un dévergondage éhonté dont elle n'avait tiré aucun plaisir (cinquante hommes en deux ans, et c'est *elle* qui l'avouait). Rien de très étonnant à ce que je l'aie sérieusement prise en haine dès cette première collision. Je déteste qu'elle s'approche de moi. Lorsqu'elle me touche, je ferme les yeux et j'implore la patience. Quand nous faisons l'amour, mon visage part vivre sur une autre planète. Cela lui est égal. Elle en redemande. C'est le genre de personne qui vous prend votre argent, votre corps, votre temps, mais qui ne vous prend jamais en compte, vous. Ce n'est pas le genre, ah ça non ! Je suis trop tendre. Je me contente d'essuyer les tempêtes hormonales. Rien d'étonnant à ce que je me fasse exploiter.

J'ai composé les sept chiffres du numéro. J'ai murmuré quelques mots à Adrian (qui boudait, comme d'habitude) et compris que si le riche Torka ne serait pas là ce soir, la redoutable Susannah (une de nos récentes découvertes) y serait presque à coup sûr. – Parfait, j'ai dit à voix basse en raccrochant, juste au moment où Terence gravissait l'escalier de son pas lourd.

— À quelle heure elle doit passer ? il a demandé.

— D'une minute à l'autre. Elle vient d'appeler.

— Elle avait l'air comment ?

— En pleine crise de nerfs, forcément.

— Super.

— Euh, « Terry »… (J'ai marqué un temps d'arrêt en fronçant les sourcils.) Tu es fin prêt ?

Je jure sur l'honneur que Terence portait un pantalon en velours vert à la Robin des Bois, une chemise orange à volants et une veste rouge côtelée. Sans mentir, sur l'honneur. Mais c'est vrai aussi qu'il a toujours eu un goût d'extraterrestre en matière vestimentaire, comme d'ailleurs dans la plupart des domaines. Il possède par exemple une ceinture en similicuir avec une boucle d'argent qui fait la taille d'une grille de cheminée ; comme il lui manque quelques centimètres, il doit en outre se percher sur des bottes de loubard hautes comme des échasses. Ça peut passer si, comme moi, on est déjà très grand, mais pas si, comme lui, on est vraiment tout petit (Terence mesure un mètre soixante-dix à tout casser, et moi, bien entendu, un mètre quatre-vingt-sept bien tassé) ; en plus, il aime combiner les teintes comme sur un album de coloriage (une bigarrure grotesque de tons primaires et de nuances pastel : ici le nègre, là la femme de ménage) ; il apprécie également les accessoires et autres colifichets (bretelles, foulards, médaillons) qu'il arbore volontiers en même temps, comme un romanichel. Figurez-vous qu'il n'hésite pas, disons, à chausser des bottes foncées sur un pantalon d'été, que rien ne l'empêche d'enfiler un pull en V sur un tee-shirt sans y trouver à redire, qu'il est tout à fait capable de fermer les boutons du milieu de sa…

— Comment on emballe l'affaire, Greg ?

— Facile, j'ai répondu. Une dispute est provoquée, qui ne manquera pas de déclencher l'hystérie de Miranda. Là-dessus, je décampe. Et toi, « Terry », tu fais une entrée majestueuse avec tequila et gentillesse. Quoi de plus réconfortant ?

— Hein ? Que je la soûle ? Tu crois ?

— Tant qu'à faire… Au moins, ça éviterait tout malentendu. Tu en as une bonne réserve, j'imagine.

— Évidemment. L'alcool, au moins, c'est pas ce qui me manque. Pour l'alcool, j'assure.

— Je te conseille le vin blanc. Elle va se rendre malade par simple gourmandise naturelle. J'ai aussi du saumon fumé, tu peux lui en donner. Elle aime ça, parce qu'elle peut manger du pain avec.

— Euh ?

La sonnette a retenti.

— C'est parti, a dit Terence.

— Ah ! Entre, j'ai lancé.

J'ai entendu Miranda, à l'étage inférieur, remercier Terence dans l'entrée. Il s'est un peu attardé, elle s'est mise à monter lourdement l'escalier. Moi ? Je me balançais sur mes talons à côté de la fenêtre, ma cape noire déjà jetée sur mes larges épaules, et je faisais cliqueter dans ma main les clefs de mon prototype, tandis que ma canne à pommeau d'étain était appuyée contre mon bureau comme un mauvais augure.

— Bonjour, elle m'a dit sur un ton à l'image de sa forme rayonnante.

— Eh bien ? Qu'est-ce que tu te figures qu'on va faire ?

La beauté porcine de Miranda ne sautait guère aux yeux ce soir-là : des cheveux semblables à un foulard jaune, de grosses lèvres charnues, un regard effarouché. Quand elle s'est assise en grognant sur le bord de mon lit, son ridicule sac à dos en jean a dégringolé par terre.

— Ça m'est égal, elle a répondu. Ce que tu veux.

— Mon Dieu ! j'ai dit, voilà bien ce que je ne supporte pas chez toi. Mais pourquoi faut-il que tu sois si minable ?

— Je m'excuse. On pourrait sortir dîner. Ou aller voir ce film dont tu parlais, il passe à l'ABC. Ou faire quelque chose d'un peu différent, comme aller au bowling.

J'ai détourné mon regard épouvanté.

— En voilà une idée : on *pourrait*, comme tu dis.

— Excuse. Ou bien, on pourrait rester ici. Si tu es fatigué, je peux te préparer à manger.

— Fascinant comme programme ! Pile ce dont j'ai envie après une…

— Et pourquoi pas le petit restau au coin de la rue ? C'est…

— Comment *oses-tu* me couper la parole comme ça ? C'est vachement impoli.

— Je m'excuse.

— *Vachement* impoli.

Sur ce, comme de bien entendu, je suis sorti de la chambre en courant d'air et j'ai descendu l'escalier en faisant claquer mes semelles. J'ai savouré l'instant où je me suis arrêté dans l'entrée pour enfiler mes gants, et où Terence a émergé de l'ombre en respirant bruyamment.

— Alors ? Réussi ?

J'ai réfléchi un instant, puis je lui ai répondu :

— Tu ferais mieux de monter, « Terry ». Je ne sais pas de quoi elle est capable. Elle est complètement paniquée. (Rigolons un peu aux dépens de Terence, je me suis dit. Après tout, on est là pour ça : se payer sa tête.)

La pluie avait réchauffé l'air. J'ai hélé un taxi en maraude (ma belle cylindrée a fait une rechute) et je me suis laissé conduire à Howarth Gardens par un chauffeur incompétent. J'ai violenté le bouton en marbre de la sonnette.

Le domestique de Torka a timidement pouffé de rire en prenant ma cape.

Il était deux heures quand je suis sorti de chez Torka et que je me suis retrouvé sur le perron à boutonner fébrilement ma cape. J'avais mis une certaine précipitation dans mon départ, et sans doute beaucoup trop de théâtralité pour pouvoir appeler un taxi par téléphone. À cette heure-là, les chances d'en trouver un dans la rue étaient dangereusement minces. (Il s'est produit plusieurs incidents dans le quartier, récemment. Non que cela m'inquiète le moins du monde, car ce n'est pas le genre de chose qui arrive aux personnes comme il faut, aux personnes de ma taille, de ma prestance, etc.) Je n'avais donc d'autre possibilité que de rentrer à pied, dans les sonorités liquides et l'éclat mercuriel de la nuit.

Adrian et Susannah avaient fait preuve d'un comportement insupportable. À peine nous étions-nous déshabillés qu'Adrian se ridiculisa en prenant Susannah à partie sur son parfum ; il se plaignit d'avoir mal au dos et alla jusqu'à m'accuser de ne pas m'être lavé avant de sortir ! Nous dûmes nous livrer aux pires contorsions pour éloigner de son tarin aux pores distendus les zones soi-disant toxiques, et exécuter de nouvelles acrobaties répugnantes qu'il avait apprises à New York. C'était sacrément inconfortable ; mon coude me fait encore mal quand je plie le bras. Mais passe encore ! Ce n'était rien à côté de son attitude à *elle*. À partir du moment où Adrian concentra son attention sur moi (car c'est vraiment tout ce qui l'intéresse, Susannah, même si ton orgueil démesuré t'empêche forcément de t'en apercevoir), elle prétendit avoir la migraine et déclara qu'elle se contenterait de nous regarder. De toute façon, elle est loin d'être à la hauteur de sa réputation d'experte, et elle a trop de seins.

C'est drôle, mais ça finit par être assommant d'être sans cesse un objet de désirs et de chamailleries. Quels imbéciles, avec leurs luttes pour ma possession exclusive ! Ils ne voient donc pas que je suis là pour être savouré, goûté, adoré, mais non pas disputé comme un vulgaire morceau de viande ?

Je suis rentré sans incident ; je suis même arrivé légèrement essoufflé après avoir décidé de courir les huit cents derniers mètres. L'appartement était plongé dans l'obscurité ; de la poussière et du silence flottaient en suspens. Dans la foulée, j'ai emprunté le couloir d'un pas vif et souple. En règle générale, l'emplacement de la salle de bains (où l'on n'accède qu'en traversant le cauchemar hippie de chez Terence) constitue une source de profonde irritation chaque fois que je rentre tard ; mais ce soir-là, je me suis réjoui de pouvoir passer à côté de son lit. Miranda serait-elle couchée avec lui ? J'ai frappé à la porte.

— Terry ? j'ai appelé à voix basse.

J'ai tourné sans bruit la poignée froide de la porte, puis j'ai appuyé sur l'interrupteur.

En y repensant après coup, je me dis que ce n'est pas la présence de Miranda qui m'a surpris, à l'autre bout du grand lit désordonné de Terence, mais mon obscur sentiment d'exaspération devant le fait accompli. Les regrets de pure forme, les marques de compassion rétrospective que j'aurais pu éprouver à son égard ont aussitôt disparu à la vue de son derrière volumineux qui soulevait les couvertures. Dire qu'elle n'avait pas hésité à aller *jusque-là* pour me rendre jaloux, cette garce hystérique !

Avec la certitude de ne pas réveiller Terence (il abdique sa conscience et se met à ronfler comme un moteur, avec un sans-gêne plébéien, dès qu'il a fermé ses yeux cramoisis), j'ai ramassé de ma main gantée une brosse à cheveux qui traînait sur la table et je l'ai lancée avec adresse sur la forme convexe du derrière de Miranda, qui dessinait une tente sous les draps. Elle a remué, s'est retournée à moitié, puis a levé les yeux en battant les paupières ; je l'ai fixée, j'ai émis un ricanement parnassien d'anthologie, puis je suis passé dans la salle de bains. (En sortant, je regardais droit devant moi, ne m'arrêtant que pour surprendre ses sanglots étouffés au moment où j'ai éteint la lumière.)

Dans la cuisine, à l'étage, il y avait deux verres de vin du Rhin entamés, les restes de mon saumon fumé de luxe, un bout de baguette dans lequel quelqu'un avait planté ses dents. J'ai fait claquer la langue en savourant ce spectacle d'un casse-croûte vite avalé et d'une orgie vite expédiée. Mais bon… J'ai transvasé le vin dans un verre propre, je l'ai bu, j'ai plié la tranche de saumon dans un morceau de pain, puis je suis allé m'allonger sur mon lit ; perdu dans mes pensées quelques minutes, j'ai dévoré le tout de mes dents magnifiques.

# II

## *Février*

*1. Ce n'est pas très compliqué de voir ce qui m'a bousillé.*

TERRY

Gregory Riding est mon frère adoptif. C'est comme ça. Ses parents m'ont pris en charge quand j'avais neuf ans. La première partie de ma vie, pleine de merdes en tous genres, je l'ai passée sur Dawkin Street, dans le quartier de Scovill Road à Cambridge. Ce n'était pas tout à fait un bidonville, mais ça en prenait le chemin (je n'y suis pas retourné depuis ; ça doit en être un à présent) : des grappes de maisons mitoyennes construites après guerre de part et d'autre de petites rues jaunes, des bouts de pelouse préconisées par les autorités, de vieux scooters dans les potagers. Ma mère est morte quand j'avais six ans ; pendant les trois années qui ont suivi, ma sœur et moi avons vécu sous la seule tutelle de mon père, Ronald Service. Puis ma sœur est morte à son tour et je me suis retrouvé seul. Je ne sais pas si c'est mon père qui a tué ma mère, mais ce que je peux vous jurer, c'est que c'est lui qui a tué ma sœur, vu que j'étais dans les parages au moment du crime et que je l'ai regardé faire. (Dur à avaler, hein ? Ce n'est pas très compliqué de voir ce qui m'a bousillé. J'en parle à tort et à travers. Je n'excuse rien. Mais qu'est-ce que j'y peux ? J'ai le droit de m'étendre sur le sujet, dans la mesure où c'est ce qui m'a bousillé.) Rosie Service avait sept ans quand Ronnie Service l'a tuée. Elle avait de bonnes joues parsemées de taches de rousseur, des jambes comme des allumettes, des épaules tout étroites qui me font tendrement souffrir quand j'y repense maintenant – oui, même maintenant, alors que je suis en rade au milieu de ce qui a l'air d'être ma vie, avec sa farandole de jours qui s'étendent à l'infini. Ce putain d'enfoiré (je parle de plus en plus mal, comme je fais tout de plus en plus mal, ces temps-ci), il n'avait sans doute pas l'intention de lui faire ça. Mais est-ce qu'il avait l'intention de me faire ça à moi ?

Quoi qu'il en soit, le meurtre avait reçu pas mal d'attention dans le coin, à l'époque. Et si les autorités n'avaient pas déconné, mon cas aurait très bien pu échapper au philanthropisme éclairé de la famille de Greg. J'ai continué à vivre seul sur les lieux du crime, au 11 Dawkin Street, pendant plus d'une semaine : on est venu chercher mon père, on est venu chercher ma sœur (elle est partie sans bruit, contrairement à lui), mais personne n'est venu me chercher (un môme bousillé, un môme déglingué. Et pour m'emmener où, de toute façon ?). Pendant une semaine, j'ai hanté ces pièces mortes la trouille au ventre, cette cuisine immonde de lait caillé et de beurre rance, ces nuits clouées au pilori de mon angoisse, ce temps ralenti des après-midi pendulaires. Est-ce que vous vous rendez compte ? Je ne sortais pas, j'évitais les fenêtres. Je me cachais. J'avais honte, très honte de ce qu'ils avaient fait, tous les deux.

Un journaliste, le triomphe facile, m'a trouvé (ou plutôt, m'a découvert : il a frappé à la porte et m'a entendu monter l'escalier quatre à quatre ; il s'est vite agenouillé pour jeter un coup d'œil par la boîte à lettres : il m'avait découvert). Il avait l'air ravi de tout ce qu'il pouvait faire de moi. Pareil pour la revue où il travaillait (ils m'ont couvert, j'ai fait la une et leurs choux gras). Et c'est cet article rayonnant sur ma détresse qui a mis en branle l'imagination de la famille Riding, ou du moins celle de son patriarche ; j'ai compris plus tard que Mr Riding avait l'habitude malsaine, tous les matins, de lire à voix haute les développements de l'affaire à la somptueuse table du petit déjeuner, quitte à susciter l'ennui ou l'exaspération de toute la compagnie. Comme j'allais bientôt l'apprendre par moi-même, le sentiment de pitié ne connaissait pas de bornes chez le père Riding (autrement dit, il avait perdu la boule comme cela arrive aux gens de la haute. En gros, il ne l'a toujours pas retrouvée) et il jurait ses grands dieux qu'il n'aurait pas l'âme en paix tant que mon sort ne serait pas réglé d'une manière qui lui convienne. Ce qui, dans l'univers fantasque et embrumé où il concevait les rapports de cause à effet, ne désignait rien d'autre que la manière dont il allait régler mon sort, lui. De plus, il était visiblement titillé ou émoustillé par certains parallèles entre nos deux familles – des parallèles à la fois si fortuits et si puissants que, pendant un certain temps, j'ai espéré que nos destins étaient unis par un lien de parenté mystérieux à la Fielding : Mr Riding et mon père avaient le même âge, je n'avais que vingt-quatre heures de différence avec Greg ; sa sœur Ursula et la mienne avaient toutes les deux sept ans à l'époque, elles étaient chacune la seule survivante d'une paire de jumelles tronquée. Et ainsi de suite. L'angoisse erratique, mais profonde, de Mr Riding montait au rythme du scandale grandissant que suscitait mon abandon. Il se laissait obnubiler et il ne cédait ni aux allons-allons agacés de sa femme, ni au trouble et à l'embarras où étaient jetés ses enfants.

À ce stade, j'étais plus ou moins placé sous garde. À la tête d'une escouade de policiers en civil, une énorme assistante sociale était venue me chercher pour me conduire dans une maison où l'on pourrait venir me reprendre en respectant davantage les convenances. Voyez un peu dans quel état j'étais. Pendant quinze jours, on m'a régulièrement lavé et nourri, on m'a glissé chaque soir entre des draps de soie artificielle qui, le lendemain matin, ne manquaient pas de m'étrangler le cou comme un garrot brûlant. Je n'avais aucune tendresse pour ce foyer confit dans ses crises d'hystérie, ni aucune reconnaissance pour les employés ; j'étais à leur merci, ou du moins c'est ce que je pensais ; ils se sont donc tous mis à me détester un peu. Le dernier matin avant mon départ, une mégère gradée est entrée dans ma chambre pour me peigner et me vomir bonne chance. « Sois poli, tiens-toi tranquille et estime-toi heureux », m'a-t-elle conseillé.

Vu tout ce que ma situation avait de larmoyant (orphelin des couches défavorisées, enfant trouvé de la panique et du dégoût), on devinera sans trop de mal comment j'accueillis la suggestion de cette adoption. Je contemplais le cabinet de travail solennel qui s'affichait en première page du journal local (légende : LES RIDING : ON DOIT AGIR) jusqu'à ce que... c'est dur de décrire maintenant l'impression que j'éprouvai sur le moment. Je contemplais la photo jusqu'à ce que ses quatre côtés s'étirent en diagonale, déployant l'image aveuglante d'un monde inconnaissable, tout de rigueur et de symétrie compassée. Un vénérable vieillard en costume sombre, Henry Riding, posait, le menton relevé, à côté d'une épouse visiblement plus jeune et coiffée d'un galurin impressionnant ; dans la tourelle qui se profilait entre leurs deux visages, on apercevait le petit portail de Rivers Hall, son heurtoir en métal tordu, les deux jarres disposées de part et d'autre du perron en perspective. À droite et à gauche, devant eux, se trouvaient, disons, mon nouveau frère et ma nouvelle sœur (non, certainement pas : il n'est pas possible qu'ils me veuillent pour frère, je ne voudrais pas de moi non plus) : elle, la fille, les traits durs et l'air mutin, droit sorti d'un conte de fées vaguement lugubre, et lui, le garçon, le fils de famille, Gregory de son prénom, un vrai petit marquis en chemise à jabot et collerette de page, affichant la même crispation de répugnance dans son regard en coin ; au fond, derrière leurs épaules bien dessinées (une main protectrice posée sur chacune), les hautes fenêtres noires, les murs tapissés de plantes grimpantes, les perpendiculaires grandioses de la maison. Quelque chose se prépare. Mais quoi ?

La petite voiture noire remonta lentement l'allée caillouteuse, et dans le cadre de la vitre arrière m'apparut une nouvelle fois Rivers Hall. Une bruine de nylon pendait des nuages guerriers : l'automne avait tout envahi. Nous débarquâmes. Je fus conduit dans un vestibule (son éclat soudain, sa diversité), puis emmené à la cuisine par la gouvernante, Mrs Daltrey (que Gregory appelle maintenant « le personnel »). Elle fit du thé pendant que Mr et Mrs Riding signèrent ce qui devait être un reçu, puis écoutèrent les adieux de la mégère gradée et de l'assistante sociale avant de les raccompagner à la porte. Ils passèrent ensuite dans la cuisine et se présentèrent de nouveau comme mes parents adoptifs. À ce moment-là, j'étais bien sûr en larmes (des larmes de pardon, des larmes de remords) et j'acquiesçai sans rechigner lorsque Mrs Riding insinua que je devais être fatigué et que je préférerais sans doute filer directement au lit. Mrs Daltrey me fit monter dans une grande chambre humide au premier étage et elle resta à mes côtés jusqu'à ce que je lui dise que tout allait bien. (Faux ! Tout allait très mal, j'étais complètement déglingué.)

Pendant ce premier épisode de mon séjour à Rivers Hall, je dus avoir le visage constamment empourpré de gêne ou de honte, mais quand je repense maintenant à celui que j'étais à l'époque, j'ai tendance à imaginer un gamin blême et timoré, un personnage représenté à une échelle plus petite que tout ce qui l'entoure, un lilliputien blanc et duveteux confronté à l'éclatante opulence d'un pays de Cocagne. Lorsque je me réveillai le premier matin, petite larve recroquevillée dans le grand lit d'un autre, je me rappelle mon excitation en songeant, comme pour la première fois, à cette éclatante faculté que possède l'enfance de s'apitoyer sur son sort ; je sentais que les contours rétrécis de mon corps (ces pauvres cuisses, ces pauvres bras, ces pauvres épaules) exprimaient un pathos presque corrosif, et beaucoup trop lourd à supporter. (J'arrivais à le supporter, ou à peu près ; il me restait encore un peu de culot à l'époque. Maintenant, je n'y arrive plus.) Je gardai les yeux clos. Je n'osais pas bouger, tout en pressentant que c'était une tactique compréhensible. La forme des couvertures sous lesquelles j'étais couché : voilà tout ce qui restait de mon espace vital.

Le monde entier dans son sillage, Mrs Daltrey entra dans la chambre en faisant un remue-ménage digne d'une gouvernante de Dickens ; elle tira les rideaux et le soleil inonda soudain la chambre ; elle me dit de m'habiller ; tandis que j'obtempérais, elle se mit à ranger mes affaires dans un tiroir qu'on avait vidé à cet effet, en clopinant de-ci de-là et en chantant à tue-tête. Une fois que je fus vêtu à son goût, elle me fit sortir, emprunter un couloir, descendre un escalier beaucoup plus étroit que celui par lequel nous étions montés, traverser la cuisine et pénétrer dans un jardin d'hiver pittoresque où quatre personnes étaient assises autour d'une table ployant sous la nourriture.

— Je te présente ta sœur, Miss Ursula, dit Mrs Daltrey en me désignant la fille d'un geste.

Elle avait l'air doux et plus ensommeillé dans sa chemise de nuit blanche, et elle m'adressa un sourire.

— Et je te présente Mister Gregory.

Lequel, avec ses traits fins et son teint mat, se retourna pour m'observer à la dérobée.

Voici donc comment ma journée commence.

Mon gros réveil bon marché, invariablement réglé pour sonner à sept heures cinquante-cinq, est posé sur le rebord de la fenêtre à l'autre bout de ma chambre. Lorsqu'il m'arrive de dormir (par opposition aux nuits entières que je passe sans fermer l'œil, agité par des spasmes d'angoisse, des haut-le-cœur d'alcoolique), c'est avec une pesanteur vasculaire, étouffante et moisie (je meurs un peu) ; si mon réveil est à portée de main, il me suffit de me retourner pour appuyer d'un coup sec sur le bouton et replonger de nouveau dans l'inconscience. Cela m'arrivait si souvent, et c'était source d'une telle inquiétude au travail, que je me mis à enfermer la bombe métallique sous le couvercle arrondi de mon tourne-disque (pour augmenter le volume de la sonnerie) et à y scotcher des injures du type : PUTAIN, MAIS DEBOUT, ou bien DEBOUT, PUTAIN DE TERRY ; pour l'atteindre, je devais emprunter un parcours casse-gueule à travers la pièce, les yeux picotants, mais, en général, je refaisais aussitôt le parcours du combattant pour aller me recoucher et n'émerger qu'à dix heures, tout vasouillard et pris en faute. À un moment, j'ai tenté autre chose : j'ai pris pour habitude, à titre expérimental, de semer mon chemin de divers obstacles, des obstacles qui devaient me tirer du sommeil en faisant du bruit, en me faisant peur, en me faisant mal si je me cognais à eux ; mais je me suis vite retrouvé à zigzaguer automatiquement entre les fils détendus, les chaises renversées et les corbeilles à papier retournées, et je me contentais d'appuyer sur le mamelon tremblant du réveil avant de regagner, par les mêmes zigzags, la chaleur moite des draps. Je déteste dormir, en fait (et je prie le Ciel de m'épargner ces putains de rêve). Je ne sais pas pourquoi je m'obstine. Il peut se passer n'importe quoi pendant qu'on dort. Le sommeil, c'est la politique de l'autruche.

Maintenant, je me lève comme si quelqu'un essayait de m'en empêcher, et je reste planté devant la fenêtre entrouverte, encore traumatisé et déjà *tonto*. De l'air frais, de la volonté, du temps : voilà ce qu'il me faut. Et au moins une minute, par exemple, pour reprendre mon souffle et marmonner des obscénités. Après quoi, je peux partir à l'assaut de la salle de bains (en passant par le petit dressing où sont suspendus les vêtements de Gregory, comme autant de mosaïques). Commence alors la grande entreprise de reconquête faciale. Ce sont d'abord quatre-vingt-dix secondes d'humectation des yeux avant qu'ils ne soient prêts à s'ouvrir, suivies d'un débridage à grande eau jusqu'à ce qu'ils retrouvent leur gaieté un peu suspecte. (Ils sont tout collés, même si je ne les ai pas fermés de la nuit. Si on jetait un coup d'œil au lavabo, on dirait que j'ai passé un jour à la plage.) Viennent ensuite, au minimum, trois minutes de brossage des dents et de gargarisme intenses dans l'espoir de supprimer la couche de sciure qui me dessèche la bouche, puis un long mouchage sur des mètres et des mètres de papier hygiénique dans l'espoir d'arriver à dégager les voies respiratoires. Le décrassage soulève les sept voiles de la gueule de bois quotidienne (pourquoi est-ce que je bois tant ? C'est nouveau. J'ai envie d'être soûl à toute heure du jour et de la nuit. Si je bois tant, j'imagine que c'est simplement parce que je perds mon culot. Avant, je fumais aussi du hasch. Plus maintenant. Ça me rend *tonto*. Sauf bien sûr si je suis soûl. Alors j'en fume) : dans une chaude vapeur sonore de nudité crapuleuse, je retourne dans ma chambre et me glisse dans des vêtements aussi raides que rêches.

À cause de l'agencement vicieux de l'appartement où nous vivons (il est fait pour un célibataire snob, ou pour un snob et sa poule), je dois traverser la chambre de Gregory et passer tout près de son lit pour aller à la cuisine. Assez souvent, il s'arrange pour me faire comprendre qu'il y a quelqu'un d'autre dans son lit (mais jamais un garçon. Pourquoi, au fait ? Mais c'est *tant mieux*. Je n'aime pas les pédés, je les déteste, ce qui veut sans doute dire que j'en suis un). Ce matin, à distance du torse finement musclé de Gregory, j'aperçois une masse de cheveux bruns et j'entends par intermittence un faible grognement. Éloignement maximal des corps, comme d'habitude. Greg a le visage tourné de côté, avec cet air antipathique que je lui connais quand il dort : un mélange d'hostilité, de suffisance et de dégoût. J'ai envie de hurler de douleur, de réduire la terre entière en lambeaux, mais je me contente de jeter un vague coup d'œil en direction des seins de la fille (j'en ai vu quelques paires de temps en temps, c'est le summum de ma vie sexuelle depuis des mois), puis je tourne délicatement la poignée de la porte qui grince et je passe dans la cuisine. Je suis franchement épouvanté à l'idée de réveiller Gregory, bien qu'en même temps j'envie et réprouve de toutes mes forces sa liberté de faire la grasse matinée jusqu'à neuf heures ou neuf heures trente. (Il pourrait m'expulser. Il en aurait le droit ? On le laisserait faire ?) Je descends donc à pas de loup, une grande tasse de café soluble à la main, et je m'assieds à mon bureau pour la boire, en grillant cigarette sur cigarette. Je déverse le contenu des cendriers dans la fosse commune de la corbeille à papiers. (Cette corbeille, c'est un des Déboires de mon existence en ce moment. Je ne l'ai pas vidée depuis plusieurs semaines. Je n'ose pas. Je me contente de compresser les ordures. Un de ces jours, elle va se lever et sortir toute seule.) Je passe encore une fois dans la salle de bains pour pisser et me donner un dernier coup de peigne. Puis c'est la rue. À nous deux !

On habite à Bayswater, quartier de passage pour les étrangers. Des hôtels à tous les coins de rue ou presque, des perrons qui grouillent comme si c'étaient des garnisons de la Légion étrangère, des garanties de réussite pour n'importe quel Arabe dans la merde. (Mais les gosses du quartier prennent la relève. La rue, c'est leur champ d'opérations, ils marquent leur territoire. Ils vont gagner. Je me dis que je pourrais me joindre à eux si seulement j'arrivais à rassembler mon courage. Mais je n'y arrive pas. J'essaie d'apprécier l'évolution du monde, mais je n'ai pas l'impression d'y trouver ma place.) Je déteste ces dix minutes de marche quotidienne le long de squares frileux, puis devant des magasins obscurs à l'intérieur desquels des chats se font les griffes sur les vitrines ; ensuite, je descends la fourmilière de Queensway, slalomant entre les voitures qui frissonnent dans l'odeur douceâtre des ordures de la veille. Bien entendu, je regarde les filles et j'observe les avions (emmenez-moi en Amérique), j'achète un journal et des tonnes de cigarettes en chemin, mais je ne pense pas convaincre qui que ce soit par mes faits et gestes. Personne ne s'aperçoit de ma présence ; les gens poursuivent leur route (vous pourriez me croiser un de ces jours, vous ne vous en rendriez même pas compte. Pourquoi en irait-il autrement ?). Dans les kiosques, dans les boutiques dont je suis un client bassement fidèle, je n'attire pas la moindre attention, même si je lance chaque fois le même bonjour et que j'énonce clairement ce que je veux. Le mastodonte épuisé qui me vend le *Guardian* (et qui gratifie presque tout le monde d'un sourire et d'un salut) ne me répond jamais quand je lui donne l'appoint, et il me dévisage avec une haine abominable si jamais je lui tends en tremblant un billet d'une livre. Quand les employés du métro ont l'air de me reconnaître en me vendant un ticket ou en le vérifiant au portillon, c'est l'exception qui confirme la règle. Parfois, je me retourne au milieu du couloir de pierre et je surprends des dizaines de paires d'yeux, curieux et hostiles, en train de m'épier. Parvenu tout en bas dans les artères souterraines, quand le train surgit de son trou, écumant de colère, et que j'essaie de me glisser entre les gens tassés dans les voitures, je m'attends toujours à ce qu'ils protestent spontanément et se serrent les coudes pour m'empêcher d'entrer. (Ce n'est pas de l'aliénation, ça, n'est-ce pas ? Je veux m'intégrer. Je meurs d'envie de m'intégrer.)

À l'autre bout du trajet m'attend un supplice de moindre envergure : pour acheter mon thé dans un gobelet en carton hermétique, je dois aller chez Dino, un petit café tenu par des Italiens dans les entrailles du viaduc de Holborn. Avec son caractère de cochon et sa longue mèche brillantinée en travers du front, Dino est beaucoup trop grand seigneur, ces temps-ci, pour s'abaisser à préparer autre chose qu'une spécialité de la maison, disons un toast au Viandox ou un sandwich à la tomate ; c'est donc à cette vieille harpie de Phyllis, tout incompétente (et britannique) qu'elle soit, qu'il revient de s'occuper du commerce trivial des boissons chaudes. Elle est d'une lenteur et d'une nullité incroyables dans son boulot, mais elle fait comme si elle *couchait* avec la plupart des clients : « Un thé, Frank ? », « Le jus d'orange de Ron », « Tiens, ton café, Eddie ». Même les filles lui arrachent un sourire et un suave bonjour, et des inconnus, des étrangers, des gens qui ne sont même pas entrés pour *acheter*, pour *se payer* une boisson ou de la nourriture, mais juste pour demander leur foutu chemin, s'entendent souvent qualifier d'un « mon chéri », « ma belle », « mon ami ». *À moi, elle n'a jamais adressé la parole de toute ma vie.* Un jour où cette grosse vache n'arrivait pas à se dépatouiller de ses gobelets en plastique, je me suis risqué à l'appeler « Phyl » (tout le monde l'appelle comme ça), mais elle m'a toisé avec une réprobation tellement stupéfiante que, pendant une semaine, j'ai dû me traîner jusqu'à la sandwicherie des chauffeurs de taxi sur King Street. (Dans ce genre d'endroit, je dis « Merci » cinq fois par matinée. Merci de m'avoir laissé entrer, merci de vous être rendu compte que j'étais là, merci de prendre ma commande, merci de prendre mon argent, merci de me rendre la monnaie. L'autre jour, à la gare de Paddington, j'ai dit « Merci » à un distributeur automatique de boissons chaudes. Oui, à un distributeur automatique de boissons chaudes : il m'a donné une boisson chaude et voilà ! j'ai dit « Merci ». C'est un autre Déboire que je connais depuis peu. Je crois que je manque de culot. Je crois que je deviens *tonto*.) À Masters House, c'est à peu près le même traitement que me réservent le gardien à rouflaquettes, le garçon d'ascenseur normalement vif et bavard, les pétasses qui font le ménage, arc-boutées à quatre pattes dans le chlore des halls d'entrée.

Une fois arrivé, je commence à me sentir mieux, bien mieux. Parce qu'ici, ils sont presque tous aussi déglingués que moi.

Je fais un boulot. Voilà ce que je fais. (Comme la plupart des gens. Vous en faites un aussi ? C'est ce que fait presque tout le monde.) Pendant quelque temps, une fois terminée ma vie d'étudiant, j'ai glandé à droite et à gauche (mais où est-ce que j'ai bien pu trouver le courage pour *ça* ?), puis j'ai commencé à faire ce boulot. J'ai été content quand on me l'a offert et je n'ai en tout cas jamais voulu le rendre. Je suis toujours content, grosso modo. Au moins, pas de clochardisation en vue puisque j'ai ce boulot. Je me demande pourquoi ils m'ont laissé le piquer à un autre. (Je pense qu'ils pensent que je suis classe.)

Je ne sais pas très bien ce que je fais ici. J'ai parfois envie de poser la question : « Qu'est-ce que je fais ici », au cas où on me le demanderait ? Bref, je ne sais pas ce que je fous, mais personne non plus, en réalité. (Avant, ça m'inquiétait, ou du moins ça me surprenait. Plus maintenant. Quand on est jeune, on s'imagine que les vieux savent tous ce qu'ils font. Faux. Presque personne n'en sait rien. Presque personne n'est capable d'expliquer sa fonction.) Je vends : jusque-là, ça va. Je *crois* aussi que j'achète. Tout se passe par téléphone ; on parle d'articles. Je dois dire des trucs, je dois écouter des trucs – et je suis frappé qu'un certain nombre de ces trucs puissent être flous, erronés, ou pas tout à fait vrais à cent pour cent. Mais je dis ce que j'ai à dire pour vendre ce que j'ai à vendre. Qu'est-ce que je vends *exactement* ? Peu importe ! En tout cas, on me paie cinquante livres par semaine.

On est en train de se faire racheter : ça aussi, c'est certain. On se fait tous un peu de mauvais sang au boulot, on en bave tous un peu en ce moment. C'est comme si on allait être obligés (je m'y attendais) d'adhérer au syndicat, qui fixe les taux de rémunération, les jours de congé, les heures de bureau, les tickets-restaurant, les pauses pipi, etc. En échange, le bureau bénéficiera de hausses salariales considérables et d'une réduction proportionnelle des effectifs.

Période d'angoisse pour tout le monde. Le bureau n'est pas désagréable en soi, mais l'atmosphère n'y est pas très agréable en ce moment. Du mécontentement dans l'air, un mécontentement qui plane comme une migraine. Les types ne sont pas méchants ; au contraire, ce sont à bien des égards les derniers représentants de l'honnête homme : ils effectuent leurs transactions comme des gentlemen et ils ont lu quelques livres (par opposition à ces enculés d'illettrés à qui on doit causer toute la journée). Mais c'est juste qu'ils ne veulent pas perdre leur boulot. Ceux qui ne sont pas pédés ou anormaux ont à coup sûr des mioches – pour quoi faire ?, je me demande, vu tout le supplément de souffrance que ça leur crée. Il y en a trois, sans parler de moi, à qui on ne donnerait pas une semaine pour finir clodos. Il n'y a pas de nouveaux emplois et il n'y a personne pour aller en chercher. Personne pour quitter le sien non plus. (Mais ça semble impossible de se protéger les uns les autres. Si on était syndiqués, ce serait différent, mais justement : ce n'est pas possible de s'organiser tant qu'on n'est pas organisés.)

Qui va en faire les frais ? On est cinq à bosser dans ce service, et chacun pense que ça va tomber sur lui. Burns, l'ex-instit à moustache, pense que ça va être lui. Peut-être qu'il a raison : il n'a pas l'air de vendre autant que moi. D'ailleurs, j'aimerais assez que ce soit lui, parce qu'il perd ses cheveux un peu moins vite que moi et qu'il mange du poisson à son bureau l'après-midi (ça ne peut pas être bon pour les affaires, si vous voulez mon avis). Herbert, l'ex-beatnik obèse, a l'air assez convaincu que ça va être lui. Je l'espère, et je passe mon temps à l'inciter en douce à démissionner, parce qu'il est sentencieux, qu'il parle lentement (même s'il est assez efficace dans le travail), qu'il brode à l'infini sur le sujet de l'instabilité mentale et de la dépression nerveuse, et qu'il est presque aussi jeune que moi. Lloyd-Jackson, l'ex-pigiste aux manières courtoises et prout-prout-ma chère, affirme qu'il ne serait pas le moins du monde surpris si cela tombait sur lui. C'est le plus ancien d'entre nous (il occupe le poste de contrôleur adjoint, en réalité), mais il prétend que la syndicalisation serait incompatible avec son prout-proutisme courtois. Ça me plairait assez que ça tombe sur lui parce que je l'aime bien et qu'il est le seul à *pouvoir* rivaliser d'intelligence avec moi. Wark, l'ex-stalinien timbré, déclare qu'il n'en a rien à secouer que ça tombe sur lui ou sur un autre. C'est tout ce qu'il a à dire. Je meurs d'envie que ça tombe sur lui parce que c'est un salopard de première qui vient de se faire arracher toutes les dents, et que je ne supporte pas la bouillie de sa nouvelle élocution, ni la teinte rouge et le poids de ses mégots qui pendouillent mollement à ses lèvres… Non. Il n'y en a que deux, ici, à se foutre éperdument de la restructuration du bureau : John Hain, cette terreur de nouveau contrôleur (il est arrivé après moi, et il ne se fait pas non plus prier pour lever le coude), qui se bat avec brio pour la syndicalisation depuis le début, et Damon, le petit commis chétif qui appartient déjà à un autre syndicat pour la défense de ses problèmes glandulaires chroniques.

Ça pourrait être moi, naturellement. Oui, moi : une possibilité à ne pas exclure.

Je suis justement en train de faire un signe de tête au frêle Damon (je n'ai jamais vu quelqu'un arborer si ouvertement ses origines : l'étiquette « prolétaire » lui barre le visage comme une éruption d'acné) : ce matin, il est assis, l'esprit aussi vierge qu'une feuille de papier, dans la pénombre de son recoin près de la porte du bureau. Ce recoin crépusculaire suscite en fait la jalousie de tout le monde sauf du contrôleur (autre point commun entre eux). Quand j'ai emménagé, le bureau n'avait strictement aucune cloison, et il a fallu attendre l'arrivée de John Hain pour obtenir de la direction la construction de box individuels. (On était tous d'accord pour penser que c'était absolument nécessaire, vu qu'on aime tous dire du mal les uns des autres, au téléphone ou en tête à tête.) Résultat : le nouvel aménagement est déprimant au plus haut point. On dirait une juxtaposition étouffante d'alvéoles, un lacis de petites cabines téléphoniques en bois (ce doit être ça, d'ailleurs), un terrain de jeu miniature, labyrinthes et cachettes compris. Le seul endroit à peu près décent, exception faite du sombre recoin de Damon, c'est la zone centrale autour de la grande table où travaillent les filles (elles ne sont pas très commodes en ce moment, mais vu le taux de rotation, on ne sait jamais) ; en passant près de la table, je m'attire un sourire de l'intérimaire niaise aux dents écartées, celle qui est chargée de relire les épreuves et que j'envisage sérieusement d'inviter à dîner un de ces quatre.

Dans ma capsule, à mon immense satisfaction, je vois une carte et deux lettres qui m'attendent sur mon bureau. J'ôte le couvercle de mon gobelet de thé et allume une cigarette d'un air pensif, ma neuvième de la journée, avant d'inspecter le courrier, je prends un trombone et le triture avec l'ongle de mon pouce, je casse l'allumette en deux et je frotte les deux bouts : j'enclenche la première vitesse. La carte, je la parcours sans grand intérêt, comme pour me roder. Elle vient de ma sœur adoptive, Ursula, et elle ne va donc pas avoir beaucoup d'influence sur mes progrès socio-sexuels. Ursula est de nouveau à Londres, elle fait des études pour devenir secrétaire (non, on ne s'improvise pas secrétaire comme ça) et elle me demande de l'emmener dîner en ville, ce qui m'agace et me flatte à la fois. (Je me dis de temps en temps que c'est ma meilleure amie ; à d'autres moments, j'ai l'impression que cela ne me ferait pas *grand-chose* si elle mourait.) Passons aux choses sérieuses : les lettres. La première vient d'une vendeuse à laquelle j'ai parlé deux fois à Cambridge, et dont j'ai ensuite retrouvé la trace en Cumbria ; le hic, me dit-elle, c'est que cela ne me sert à rien de faire le voyage juste pour aller la voir, elle et Barry (son mari). La seconde lettre vient d'une fille dont j'ai relevé l'adresse dans un magazine de rock, parmi les petites annonces de demandes de correspondants : il s'avère qu'elle a douze ans, et elle estime que cela n'a aucun intérêt d'écrire à quelqu'un qui habite à cinq cents mètres de chez soi. Merci, mesdames, ça suffira comme ça : étant donné mes critères actuels, c'est un début de journée plutôt sexy (rien à tirer de Miranda, soit dit en passant. Ne me demandez pas pourquoi. Elle m'a embrassé, elle m'a laissé lui peloter les seins, elle m'a rejoint au lit, elle a même dormi avec moi. Mais rien de plus. J'en avais envie, j'ai fait ce qu'il fallait. Mais elle a répondu qu'elle n'en avait pas envie. Ne me demandez pas pourquoi.

Et merde ! En plus, j'ai la bite en panne de toute façon. Elle ne fonctionne plus. Elle déclare forfait. Elle n'est même plus capable d'une branlette. Je n'arrête pas de me dire qu'elle va finir par se rétracter dans mon corps, ou bien tomber, ou tout bonnement disparaître. Qu'est-ce qui la maintient en place, après tout ? Elle veut juste se voiler la face et tout oublier. J'ai parfois du mal à la trouver dans mon bain.

— Je sais que tu es par ici, petite coquine. Tu m'as servi à pisser il y a à peine une demi-heure.

Ces temps-ci, même quand il m'est permis d'embrasser des filles – et que j'arrive à leur toucher les seins ou à dormir dans le même lit qu'elles, comme avec Miranda –, elle ne bronche pas d'un centimètre. J'essaie de jouer avec elle, de lui témoigner mon affection ; je la tords, je la pince, je l'étrangle, je la tripote dans tous les sens. Mais elle est morte, rien à faire. Elle attend une nouvelle mission. Elle veut partir. Et qui suis-je donc pour la convaincre de rester ?) ; je suis en train de combiner une vacherie dont je pourrais charger Damon lorsque Wark, l'ex-stalinien timbré, se précipite dans mon box, tête baissée.

— C'est Herbert, dit-il.

— *Merde !* Comment tu le sais ?

— John Hain l'a fait venir dans son bureau. Ça se voyait.

— Comment ?

— Ça sautait aux yeux.

À cet instant, je me tourne vers la fenêtre. Avant de se faire arracher toutes ses quenottes noirâtres, Wark avait un débit rapide et une élocution claire. Depuis son opération, il parle d'une voix pâteuse, râpeuse, sirupeuse, et je n'arrive pas à le supporter plus de quelques secondes d'affilée.

— Bien sûr que c'est Herbert, dit Wark avec un soudain accès de mélancolie, comme s'il reconnaissait une citation poétique.

— Tu y crois vraiment, Geoffrey ?

— Il faut bien que ce soit lui.

— Bon. Voilà qui met du baume au cœur, je dis sans la moindre sincérité (sans la moindre sincérité, non pas parce que cela ne me mettrait pas du baume au cœur que ce soit Herbert, mais parce que Wark est beaucoup trop timbré pour qu'on puisse se fier à ses informations. Il ne saisit plus la différence entre ce qui est et ce qui n'est pas, il ne contrôle plus ce à quoi il veut penser). Bien sûr, j'ajoute, on pourrait être deux dans le collimateur. Pas seulement un. Mais Herbert et un autre.

— Bien sûr que c'est possible. C'est même sans doute le cas.

Wark me répond du tac au tac avec une nuance de mépris. Je vois bien que cette possibilité ne lui a jamais effleuré l'esprit. Mais il aime faire comme s'il avait envisagé tous les cas de figure. (Wark est complètement déglingué, tout bien considéré : pas de tête, pas de dents, pas de culot… Et pas de boulot par-dessus le marché ? C'est comme une loterie mentale, finalement, le pari consistant à savoir combien de temps il mettra à se tuer, ou à devenir trop *tonto* pour continuer.)

— N'empêche, Herbert va en prendre un sacré coup au moral, je dis pour réconforter Wark. Il prétend que ça ne lui fera rien, je sais, mais c'est faux. Il est trop vieux pour se retrouver à la rue. Pense à tout ce qu'il…

— Terry ? interpelle une autre voix.

C'est Burns, à moitié chauve et moustachu, qui arrive dans un remugle de poisson. Comme Burns et Wark se détestent encore plus que la normale, je suis plutôt déconcerté de voir l'ex-instit entrer dans ma capsule et refermer soigneusement la porte derrière lui. Il doit apporter un scoop du tonnerre.

— On pense que c'est Herbert, je dis à titre préventif, l'air inquiet.

Burns agite en l'air la paume de sa main.

— Oui, c'est bien Herbert. Mais pas que lui. Un gars du syndicat m'a dit que John Hain allait virer tout le personnel.

— Bien sûr qu'il va le faire, dit Wark d'un ton indigné. Il a pas le choix. Peut pas faire autrement.

— Bon Dieu, non ! je lance (il ne va pas oser, l'enflure). Il peut pas, hein ? Si ? Comment c'est possible ? Non, c'est pas possible.

— Terence, interpelle une autre voix.

Lloyd-Jackson !

— Je crois que le contrôleur aimerait te dire deux mots.

Possible. Oui, c'est possible. John Hain a du pouvoir sur nous, il nous a à sa merci : il peut nous faire tout ce qu'il veut (il peut nous tuer si ça lui chante). Il a le pouvoir et, chose plus rare, il a le culot. Mais rien d'autre. En traversant la pièce pour me rendre dans son bureau, je sens l'air s'embuer d'un sentiment de danger, d'urgence, et je me vois de dos, moi et ma démarche de poltron, mes cheveux qui se barrent, et plus loin encore, derrière la fenêtre bleue, j'aperçois ce deuxième personnage arpenter les rues du ciel, cette caricature familière et cradingue qui traîne les pieds sous son imperméable : Terry le clodo. (Gregory, espèce de salaud sans cœur, qu'est-ce que tu as fait pour être ce que tu es ?) Je veux ce boulot. Il est à moi, *c'est le mien*. Ils me l'ont donné et *il n'est pas question* que je le rende.

(Mon Dieu ! Quand on pense à ce que peuvent devenir les gens, et avec quelle rapidité… Lorsque j'étais petit et que je levais les yeux vers les vendeurs, les gardiens de parcs ou les laitiers – vers tous ceux qui faisaient leur boulot, en fait –, j'imaginais qu'ils avaient toujours voulu être ce qu'ils étaient, comme s'ils n'avaient jamais eu à choisir, comme si rien n'avait jamais pu changer. Ils me faisaient l'effet d'oiseaux incapables de voler, d'êtres humains sans vitalité ni appétit. Mais je comprends maintenant qu'on ne veut presque jamais être ce qu'on est. Non qu'on sache précisément ce qu'on voudrait être d'autre, mais en tout cas, on n'a franchement pas envie d'être ce qu'on est.)

— Bonjour, Terry. Kathy, laissez-nous seuls un instant, je vous prie. Asseyez-vous s'il vous plaît. Bon. Dites-moi ce que vous pensez du boulot que vous faites ici.

Ne me posez pas la question. Dites-moi ce que je dois répondre. Dites-moi ce que je dois répondre et je répondrai.

> 2. *Dans un monde idéal, bien sûr, on s'attendrait à pouvoir filer au travail au volant de son luxueux bolide vert.*
>
> GREGORY

Et ma journée *à moi*, comment est-ce qu'elle commence ?

Mal. De travers. L'appartement où je vis est un appartement d'héritier de bonne famille : il est conçu pour un célibataire, il est conçu pour moi. Le vaste salon, orné de moulures noueuses, tapissé de bibliothèques où se serrent les meilleurs ouvrages, percé de fenêtres éblouissantes de blancheur, formait au bon vieux temps une immense scène où rêvassaient et musardaient les bienheureux jeunes Riding, où ils musardaient et rêvassaient avant de descendre, d'un pas nonchalant, les marches en bois de l'escalier cintré pour rejoindre l'élégant vestibule, à partir duquel un petit corridor menait à ce qui fut jadis une chambre tout à fait acceptable, attenant à un dressing où un homme pouvait s'habiller, lequel jouxtait une salle de bains où un homme pouvait prendre un bain. Cet appartement, on est maintenant deux à le partager. Mais bon…

En raison de cette disposition vicieusement impériale, ma journée commence donc par la vision assez traumatisante du second occupant des lieux, Terence Service. Figurez-vous que le trou à rats pour lequel il travaille exige qu'il arrive au bureau à neuf heures au plus tard ; et lui, en brave gars tout simple, aime ingurgiter son litre brûlant de boisson bon marché avant de se mettre en route. Ce qui l'amène à traverser ma chambre d'une démarche balourde qui ne manque jamais de m'arracher au sommeil. Tout le contraire de ce qu'il me faut. Le sommeil est une maîtresse ingrate et le courtisan que je suis manque d'assurance dans ses antichambres. Tout le contraire de ce qu'il me faut. Dormir, c'est dormir qu'il me faut. Car je suis obligé de sortir tous les soirs, *moi*, et je ne me couche jamais avant une heure avancée de la nuit. Quoi qu'il en soit, j'entrouvre mes lourds cils ensommeillés et je vois Terry s'avancer comme un histrion sur la pointe des pieds, penché en avant, les cuisses relevées, en direction de la cuisine ; quelques minutes de cacophonie plus tard, il repasse en sens inverse, offrant le même spectacle désolant, muni d'une grande tasse et, parfois, d'un petit casse-croûte hypercalorique. Si seulement il arrêtait ce manège ! C'est tellement gênant quand je suis avec quelqu'un. Qu'est-ce que je suis censé dire ? Qu'est-ce que je suis censé raconter ? Si je ne m'amusais autant à observer sa mécanique d'horlogerie, lui qui s'imagine être la souplesse incarnée, je pense que je lui interdirais de risquer un orteil ici avant l'heure du déjeuner. Est-ce qu'il ne pourrait pas s'installer de quoi préparer son petit déjeuner dans sa chambre, après tout ? Je vais peut-être lui en souffler l'idée aujourd'hui.

Toujours est-il que je me prélasse jusqu'à ce que je l'entende quitter mon appartement, en réfléchissant à ma tenue et en repensant à mes aventures de la veille : tantôt une soirée chez Torka, tantôt une virée en ville avec mes deux copains, Kane et Skimmer, qui nous aura coûté la peau du dos. De sacrés noceurs, ces deux-là ! Ils vont vous plaire… On dîne toujours dans les plus grands restaurants. On fréquente toujours les bars à cocktails cossus et douillets (on ne supporte pas les pubs). On adore dépenser des fortunes. On se déchaîne jusqu'à des heures indues et on finit toujours par se laisser entraîner dans des délires. Le matin, je me sens souvent vaseux – une sorte de faiblesse qui ne se dissipe qu'avec un bon champagne à l'orange avant le déjeuner. Mais, bien entendu, cela n'a rien d'une gueule de bois : les gueules de bois, ce n'est pas pour moi ; les gueules de bois, c'est bon pour les pauvres mecs.

... Je bondis de mon grand lit doux et blanc comme neige et passe nonchalamment à la cuisine en robe de chambre de soie, en caleçon, ou même nu, aussi bien. Un jus d'orange frais, du vrai café bien noir, un croissant, une cuillerée de miel fameux. Puis, en me faisant couler un bain (pour cela, je dois me frayer une voie parmi les miasmes de chez Terry), je me brosse les dents – merveilleux émail, dur et brillant –, agace mes cheveux de bohémien et me fais les ongles. Dans l'entrée (où je me frictionne vigoureusement avec une serviette), je trouve un tas de courrier que Terence a inspecté et qu'il a replacé sur le rebord de la fenêtre sans rien trouver qui lui soit destiné ; je choisis la missive la plus attrayante, celle qui fleure le plus l'argent et le sexe (sujets communs à toutes les lettres, au fond) et la parcours en faisant sécher au soleil les ondulations de mes mèches rebelles. Ensuite, je m'habille avec cette désinvolture je-m'en-foutiste que seules osent jamais les personnes douées d'une élégance naturelle, j'admire ma silhouette dans le miroir incliné de l'entrée, supporte les plaisanteries obséquieuses du garçon d'ascenseur, du portier, du concierge de l'immeuble, et franchis majestueusement la double porte vitrée. Puis c'est la rue : à nous deux !

Dans un monde idéal, bien sûr, on s'attendrait à pouvoir filer au travail au volant de son luxueux bolide vert. C'est certain. Mais il se trouve qu'une autorité saumâtre, mesquine, tatillonne s'est chargée d'interdire plus ou moins le stationnement dans ce joyau du centre-ville où, comme par hasard, j'exerce ma profession. Je vais donc travailler à pied, comme tout le monde. Comme vous. Je marche le cœur au ventre, les yeux dans les nuages, ignorant pareillement les regards admiratifs des hommes, les sifflements des secrétaires et des vendeuses, les aboiements des crieurs de journaux, ou encore les grands panoramas, déversés par cars entiers, d'Allemands bouffis et interchangeables, de coloniaux d'outre-Atlantique en pantalon à carreaux, d'Arabes arachnoïdes. Mais qu'est-ce qu'il se passe donc dans ce quartier, dans cette ville, ce pays, cette planète ? (La nuit, il m'arrive parfois de faire vrombir le mâle moteur de ma voiture verte pour terroriser ces macaques : j'adore les voir s'aplatir, avec un mélange atavique de soumission et de panique, quand je leur fonce dessus dans le beuglement des klaxons.) Poussez-vous, je me dis. Laissez-moi passer. J'essaie d'aller au *travail*, moi.

Dans la station de métro, j'évite allègrement les troupeaux qui virevoltent sans savoir où aller. Je choisis un compartiment non-fumeur et fais tout le trajet debout, qu'il y ait des sièges libres ou non, en me protégeant d'ordinaire les lèvres d'un foulard parfumé. Bille en tête, j'émerge dans la splendeur hivernale de Green Park. Sur Albemarle Street, je m'arrête pour acheter une tulipe à ce ravissant petit marchand des quatre-saisons, et, quelques secondes plus tard, mes clefs brillent dans le soleil froid de Berkeley Square.

Je travaille dans une galerie d'art. Oui, c'est assez grandiose comme boulot – on pouvait s'y attendre. Salaire élevé, horaires flexibles, multiples occasions de voyager, belles perspectives d'avenir. Le tout dans une atmosphère très décontractée, très chaleureuse. Dans le milieu, on sait tous ce qui se profile, à court terme comme à long terme. Je ne fais rien d'autre que ce qui me plaît. Difficile d'appeler ça un « boulot », en réalité, au sens où je viendrais monnayer mes journées : disons que je passe assez régulièrement à la galerie, dans le quartier de Mayfair, et que j'agis plus ou moins à ma guise dans un environnement qui n'a rien de désagréable (un brin de causette, la lecture du journal, des coups de fil à mes innombrables amis). En échange de quoi, chaque vendredi, trône sur ma table ce chèque mirobolant à faire rougir de honte.

L'explication, bien sûr, c'est que je manipule comme un marionnettiste goguenard les deux nigauds qui gèrent la galerie. Je tire les ficelles et ils ne font aucun geste que je ne commande d'un petit coup sec. Ils s'appellent Mr et Mrs Jason Styles et forment un couple de libertins entre deux âges, une paire de parvenus qui, partie d'un magasin d'antiquités situé dans Camden Passage, a gravi à la juive les échelons de la profession et se donne actuellement un mal *fou* pour jouer la décadence. Sous leurs auspices – il va presque sans dire – la galerie ne vaut guère mieux qu'une salle de jeux vouée à leur progrès sociosexuel : ils achètent et revendent des babioles victoriennes bas de gamme, accrochent aux cimaises les curiosités des riches, louent leurs murs aux gribouillis des célébrités. Bref, rien ne les freine dans leur ascension. Une chose est sûre, c'est que s'ils m'ont proposé le poste d'assistant, c'est sur la base de ma bonne éducation et de mon physique avantageux. Quand je suis arrivé pour l'entretien d'embauche, ils ont poussé à l'unisson un gémissement de convoitise, m'ont remercié de m'être présenté et ont renvoyé, l'air songeur, les autres candidats qui attendaient à l'extérieur, pleins d'espoir. Ils n'y vont pas par quatre chemins pour me poursuivre l'un et l'autre de leurs assiduités taquines, et j'essaie de ne pas les éconduire trop brusquement, bien que *Mrs* Styles, en particulier, redouble d'audace d'heure en heure. Mais je compte devenir le maître des lieux d'ici environ six mois ; je bichonne déjà ma petite pépinière de talents en herbe et j'ai provisoirement fixé au mois de décembre prochain la date de ma première exposition individuelle.

La porte vitrée se referme doucement derrière moi. Je me baisse prestement pour ramasser le courrier, verrouille la porte de l'intérieur et pénètre gaillardement dans la galerie, dont les panneaux de liège sont en ce moment défigurés par les « paysages intérieurs pompiers de tel ou tel hystérique de renom. J'allume les spots argentés et je donne un petit coup sur les tableaux pour éliminer les traces de poussière qui se présenteraient à ma vue. Cet imbécile de Jason m'a dit un jour en plaisantant que je devrais consacrer dix minutes, tous les matins, à nettoyer les toiles en arrivant. Moi ? Faire le tour de la galerie avec une brosse et un chiffon à la main ! Voilà qui m'a bien fait rigoler ! Je passe dans le petit bureau des Styles qui sent incroyablement mauvais, j'ôte ma cape et me vautre sur le gros canapé en cuir avec le courrier. Une carte postale (elle m'écrit toujours à la galerie) de l'exquise Ursula, ma chère sœur, ma douce ; elle me donne des nouvelles de la famille, me répète son affection, me propose un délicieux rendez-vous galant ce week-end. Elle monte à Londres faire des études pour devenir secrétaire. Absurde ! C'est pour *ne pas* devenir secrétaire qu'elle devrait faire des études. Enfin, cela l'amusera peut-être cinq minutes. Avec son mot, je trouve les huit ou neuf invitations d'usage (des vernissages, des lancements, des réceptions chez des particuliers) ; sur l'ensemble, il y en a peut-être trois ou quatre qui pourront s'estimer heureuses si je les honore. Je parcours les pages Art des quotidiens, règle ma montre sur l'horrible horloge à cannelures qui orne le placard où les Styles rangent leurs dossiers, et traverse la galerie en sens inverse, sans me presser, jusqu'à ma table de travail qui est reléguée dans un obscur recoin à quelques pas de l'entrée : c'est agaçant, mais il n'y a pas la place pour que j'aie mon propre bureau. Du moins pour l'instant. Deux ou trois minutes plus tard, Jason et Odette Styles (je me demande à quelle époque ils se sont inventé ces noms-là) se traînent en grommelant jusqu'à la porte, recroquevillés contre le froid et battant la semelle. Je me lève pour aller leur ouvrir.

— Bonjour, Gregory, dit Jason.

— Bonjour, Greg, dit Odette.

— Pas de problèmes ?

— En forme aujourd'hui ?

— Je vais bien. Tout va bien. Comment allez-vous ? dis-je sur un ton d'incrédulité affable.

Le fin connaisseur de l'ennui, l'expert en satiété que je suis reste toujours pantois de les voir arriver ensemble tous les matins, bras dessus, bras dessous, se prodiguant encore toutes les attentions du désir. Ils ont entre trente-cinq et quarante ans, ils partagent leur bureau et leur lit depuis dix ans, peut-être davantage ; ils sont tous les deux, avec les meilleurs sentiments du monde, d'une laideur repoussante. Pourtant, ils arrivent, ils viennent et reviennent ensemble, sans cesse et sans fin. Ils *partent* aussi ensemble, ce qui ne manque jamais de me procurer un petit choc. Ils partent donc ensemble, rentrent ensemble à la maison ; ils boivent, mangent, s'endorment ensemble ; ils vont se coucher ensemble ; et ils se lèvent ensemble, et se relèvent, sans cesse et sans fin. Phénoménal !

— Brrr ! Il fait *un froid de canard* aujourd'hui, dit l'hyperfessue à l'homuncule odieusement bien portant, qui rythme à coups de fouet cinglants le supplice qu'elle s'est imposé au pilori de l'ennui conjugal.

— Guère plus chaud à l'intérieur. Je vais vérifier le thermostat, répond la tignasse couleur poivre à l'énorme montagne légèrement moustachue, qui sent la ménopause à plein nez et dont il parcourt au trot, depuis dix ans de nuits châtrées, les étendues forestières aujourd'hui condamnées.

Je contemple la scène avec consternation tandis qu'ils s'élancent l'un vers l'autre pour se remettre d'aplomb, contournant l'innommable œuvre abstraite qui s'étale en trois dimensions près de l'entrée. Rien d'étonnant, mon Dieu, à ce qu'ils donnent dans *l'échangisme*, lui en mac, elle en pute ; rien d'étonnant non plus à ce qu'ils me poursuivent de leurs assiduités et cherchent désespérément à me croquer.

— Je vais afficher la pancarte OUVERT, dis-je pour faire diversion.

La journée débute par une algarade personnelle des plus contrariantes. Corinthia Pope, cette petite sotte que j'ai récemment éconduite après un semblant d'amourette (et qui me casse les pieds au téléphone depuis des semaines), prend l'initiative sans précédent de faire irruption à la galerie ! Je mets l'imbécile à la porte, une fois de plus, et sans me départir de mon élégance naturelle, je la renvoie à ses chères études en lui lançant quelques reproches sans réplique. Puis je retourne à ma table de travail, bouffi de colère, et m'oblige à hausser les épaules d'un air penaud pour me faire pardonner par les deux paires d'yeux qui m'observent à travers la petite lucarne de leur bureau.

Au chapitre des rebuffades, d'ailleurs, Terence prétend maintenant qu'il *n'a pas* apprécié ma Miranda, tout compte fait. Cocasse, allez-vous penser. En fait, moi aussi, j'ai trouvé que c'était drôle, au départ. Mais il ne démord pas de sa version des faits : il a essayé, dit-il, et elle ne l'a pas laissé faire. Bizarre… Car le petit Terry réussissait pourtant à épingler à son tableau de chasse les vendeuses timorées et les étudiantes odorantes qu'il ramenait chez moi ; si je rentrais tard le soir, et que la cuisine sentait la fumée et la sueur, je pouvais m'attendre à voir un tas de bouclettes emmêlées sur l'oreiller à côté du sien, lorsque je traversais sa chambre pour aller faire mes ablutions. Mais peut-être qu'en réalité Miranda n'était pas tout à fait dans ses cordes. Peut-être que c'est une fois de plus une question de classe. Est-ce qu'il vous en a touché un mot ?

Ma mésaventure avec la petite Pope suffit à déclencher le badinage pathologique auquel je suis désormais habitué. De toute façon, il n'y a évidemment personne dans la galerie, à l'exception du paumé de service qui se promène en silence de tableau en tableau, comme un témoin chargé d'identifier le coupable parmi les accusés.

— Je dois dire, Gregory, que je comprends pourquoi toutes les filles vous courent après, est forcée de remarquer Mrs Styles au moment où j'émerge des toilettes du sous-sol dans un splendide vacarme de chasse d'eau. Vous êtes un jeune homme très élégant !

— Je dois dire aussi, suis-je obligé de répondre, que *vous* faites une Femme Mûre très élégante !

Comme il en faut pour tous les goûts, il doit bien y en avoir qui la trouveraient belle, avec ses cheveux noirs luisants, sa bouille de serveuse, sa grosse poitrine et son derrière rebondi jusqu'au malaise (je ne sais pas où donner de la tête : il y en a partout), ses jambes correctes malgré leur duvet inadmissible, sa grande taille.

— Allez, allez… Vous avez déjà connu une Femme Mûre ? Elle se rapproche. Impossible de lui échapper. Les seins grouillent dans sa chemise d'homme.

— C'est assez drôle, mais non, je ne crois pas. Pas au sens où vous l'entendez.

— Elles ont tant de choses à vous apprendre, continue-t-elle (l'horrible cliché !).

— Ah bon ? Quoi, par exemple ?

Elle se rapproche encore – et, avec elle, sept voiles de maquillage périmé. Une gargouille ricane derrière mon faible sourire étincelant.

— Le plus simple serait de vous faire une démonstration, dit-elle sans vergogne en désignant la porte des toilettes. Je suis plutôt douée pour une petite spécialité.

— Ah ?

Mais la vieille chouette est partie (*Seigneur* ! pire que le supplice de Tantale !) remettre d'aplomb l'architecture de sa gaine. J'entends le froufrou des tubes et le halètement de son souffle en me ruant à l'étage.

Je suis en train de récupérer à mon bureau quand je devine la masse compacte de Jason qui s'approche en diagonale. Je lève les yeux.

— Bien sûr, ça ne m'intéresse plus trop, dit-il en faisant tournoyer son bras droit comme un lanceur au cricket.

— Quoi donc ?

— J'ai joué au tennis ce week-end. Grave erreur. Je suis si courbatu que j'ai l'impression d'avoir été passé à tabac. Une grande imprudence. On ne m'y reprendra plus.

Il juche son petit derrière coquin sur le bord de mon bureau.

— Ça vous intéresse, Greg ? Le sport et tout ce qui s'ensuit ?

— J'ai fait de l'aviron, j'ai joué au squash et j'ai été le capitaine des Onze à l'école, dis-je en détournant mon regard de l'éclat rustique de son costume en shantung.

Il se penche en fronçant les sourcils pour apprécier la musculature de ma cuisse.

— Je ne vous aurais jamais imaginé en train de jouer au foot. Mais c'est vrai que vous êtes plus costaud que vous en avez l'air.

— Pas au « foot ». Au cricket. Le football était interdit à l'école de Peerforth.

— Et à juste titre.

Il a toujours la main posée sur mon genou quand cette pipelette d'Odette débouche en trombe en haut de l'escalier.

— On a du travail ! se disent-ils dans un bel ensemble ahuri. Et, comme un avion vire doucement de bord, ils mettent le cap sur les ténèbres du bureau qu'ils partagent.

Où je suis attendu vers onze heures et quart pour notre réunion de la matinée. Nous prenons une tasse de ce qui m'est tour à tour décrit comme du « café », du « thé » ou du « chocolat » (la troisième boisson étant à mon avis plus sucrée que les deux autres, mais c'est peut-être seulement un effet de mon imagination). L'humeur change du tout au tout : finies, les rivalités ! Annulées, les jalousies ! On est bien au chaud là-dedans et, au bout de quelques minutes, j'arrive même à respirer du nez sans trop de gêne. Je les laisse médire un brin ; je les laisse s'illusionner sans conviction sur la viabilité de la galerie ; je les laisse discuter de rendez-vous importants inscrits dans leurs agendas. Puis, sans presque aucune incitation directe de ma part, ça commence :

— En quels termes, Greg, en quels… bref, comment envisagez-vous votre avenir ici ?

— Le garçon qui était là avant vous, n'est-ce pas, il n'était pas très heureux. Il avait des intérêts vraiment trop diversifiés.

Le garçon ? Le garçon ? C'est d'un pathétique ! Ces gens-là affichent au grand jour leur concupiscence !

— Il a fini par nous quitter pour un travail plus… pour un boulot qui lui plaisait davantage.

— Comme vous le savez, Greg, nous n'avons pas d'enfants, mais nous avons toujours considéré que la galerie était une entreprise familiale. C'est stupide, bien sûr, mais c'est comme ça.

— Nous nous sommes pris d'une grande affection pour vous, comme vous le savez, et nous aurions l'esprit beaucoup plus tranquille si nous pouvions nous dire que vous… eh bien, que vous vous installez pour toujours. Pas vrai ?

— Parce que… il faut voir les choses en face : on n'a personne pour nous succéder. Pas vrai ?

Et ainsi de suite. À l'infini.

Ciel ! l'horreur de l'ordinaire médiocrité !

Quand je les vois, les autres (une femme qui a l'air de pratiquer l'art-thérapie à des fins curatives émet un léger gloussement de satisfaction en trouvant, avec ses collègues, une place libre dans le bar à vin, véritable coup de chance qui ôte un poids considérable à sa journée ; dans la voiture du métro, un gros bonhomme ahanant sous un imperméable gris minable se débat si violemment avec un journal qu'il rate sa station, revers de fortune qui lui fait arpenter le wagon et regarder soudain sa montre comme si c'était un chancre syphilitique ; le concierge de mon immeuble passe la journée debout dans l'escalier, à l'abri de tout, en se demandant quel âge il peut bien avoir, comme si l'air lui-même fourmillait d'une pléthore d'étranges équations capables de donner sens à sa vie), je me dis : on mérite d'être ce qu'on est si on a supporté d'en arriver là. On a dû voir venir les choses. Maintenant, c'est trop tard. Personne pour vous protéger. Et les gens ne voient plus ce qui les empêcherait de vous faire du mal. Votre vie va se partager entre la peur de la folie et la panique de la survie. Allez-y : engraissez pour mieux sombrer. J'ai bien peur qu'on n'ait rien d'autre à vous offrir.

Soit, admettons ! Mais (se demande quelqu'un à coup sûr) qu'est-ce qu'il m'arriverait à *moi* si…

Si je n'étais pas beau, doué, riche et bien né ? Je mendierais, je me battrais, je voyagerais, je réussirais, je mourrais.

Quant à *Terence*, il pense (sans vraiment oser le dire) que ma vie parodie avec un certain panache les à-coups et les accrocs de ses propres hantises quotidiennes, lui qui est en rade au milieu de ses journées s'étendant à l'infini. Dans son esprit cireux, tous mes dons (sociaux, financiers, physionomiques) prennent une forme monstrueuse et se font aussi menaçants que des nuages herculéens. En un sens, il me considère comme le défenseur actif de privilèges que je me contente pourtant d'incarner passivement. Le pauvre crétin, il n'a rien fait pour en arriver là. Il a juste laissé les événements se produire, et il n'en faut pas davantage aujourd'hui. Le monde change : le passé n'est plus ; dorénavant, tout se conjugue au futur. Il se peut que les voyous finissent par gagner, mais ils ne lui ont pas gardé de place parmi eux.

Est-ce que cela me dérange… est-ce que cela me dérange de voir mes jours ne jamais faillir à leur éclat, de bondir d'un sommet altier à un autre, de vivre depuis l'origine comme si je fendais en ligne droite, glissant sur des rails d'argent, le paysage accidenté qui nous entoure ? Je contemple mon reflet dans la glace. Drôle de sentiment… C'est toujours agréable, on s'amuse bien tous les deux (c'est comme surprendre les rimes de la nature). J'imagine que c'est un don, au même titre que les autres dons, et que les personnes démesurément douées ont toujours eu une certaine appréhension de leur propre génie. Ça serre un peu le cœur… La solitude est la rançon de la beauté, comme du brio, comme de la bravoure.

(Terence Service est mon frère adoptif, à propos. Oui, je sais, mais c'est la vie. Mes parents l'ont pris en charge quand il avait neuf ans. Le premier épisode de sa vie s'est déroulé dans un clapier en location dans le quartier de Scovill Road à Cambridge, ce bidonville tortueux qui s'étend entre la gare et le marché aux bestiaux. Sa mère était femme de ménage en free-lance : elle est morte quand Terry avait six ou sept ans, et, pendant quelques années, il a vécu avec sa sœur sous la seule tutelle de son père, un menuisier tout à fait compétent qui s'appelait Ronald. L'hypothèse fut émise que le père Service était loin d'être étranger à la mort de sa femme – opinion à laquelle l'assassinat sauvage de sa propre fille finit par apporter une confirmation lourde de conséquences. Terence avait alors neuf ans, comme je l'ai dit, et il était dans les parages au moment du crime : on lui pardonnera donc de ressasser l'événement à l'envi. Ce mélodrame s'attira une certaine publicité à Cambridge (notamment parce que Terence continua à vivre pendant une semaine dans le taudis vide, avant qu'on ne s'aperçoive de sa présence) et c'est la feuille de chou du coin qui, avec ses reportages à faire pleurer Margot, porta le sort tragique du petit Terry à la bienveillante connaissance de ma famille, les Riding. Je me rappelle que mon père, au petit déjeuner, nous lisait ce feuilleton quotidien avec des trémolos dans la voix, tandis que j'échangeais avec Mère force bâillements d'ennui. Il traversait une phase d'humanisme vorace – ou, plus précisément, il avait lu récemment quelque chose sur l'humanisme, ou quelque chose sur quelqu'un qui avait fait preuve d'un humanisme vorace – et il prétendait qu'il ne pourrait littéralement pas avoir l'âme en paix tant que Terence n'aurait pas trouvé un foyer convenable. Ce qui piquait l'imagination de mon père, voyez-vous, ce n'était pas tant la situation de Terry, tout empreinte qu'elle fût d'un sentimentalisme sordide, mais plutôt certaines ressemblances qu'il se plaisait à imaginer entre sa famille et la nôtre (la liste en est trop fastidieuse à répéter, adressez-vous à Terence). Ainsi augmenta son intérêt pour l'enfant abandonné ; il mourait d'envie de le prendre sous son aile protectrice. Mère et moi faisions de notre mieux pour le raisonner. « Mais le petit garçon, le petit garçon », disait-il en agitant lentement sa grosse tête en délire. L'énorme influence de Père finit par prévaloir : on mit au point les préparatifs, on prévint les autorités...

Quant à moi, dans ce village dont j'étais le prince, dans cette maison qui m'adorait comme la prunelle de ses yeux, dans cette famille dont j'étais la vedette, le favori des favoris, le chouchou des domestiques, mes sentiments vis-à-vis de l'adoption proposée ne sont pas difficiles à deviner. Je fixai le petit visage qui s'étalait en première page du torchon (légende : *Terry Service – L'enfant du dernier jour*) jusqu'à ce que le grain du papier parût s'animer, frémir et prendre vie en douce. Et cela, cela seul suffit à m'arracher à mon enfance idyllique : l'image de ce petit étranger effarouché, de ce vandale qui détale, de ce garçonnet qui n'avait en fait pas plus de réalité charnelle, à mes yeux, qu'une tache imprimée sur un journal salissant dont les bords irréguliers s'ouvraient sur un autre monde, un monde de dégradation et de haine, un monde de panique et d'odeur animale – l'odeur des bêtes aux aguets. Je pensai à l'astronomie étincelante qu'avait été *ma vie* jusqu'à ce jour : aux angles aplanis de la salle de jeu et de ma chambre, à la complicité que j'entretenais avec le vaste domaine du jardin, à ma sœur qui sortait d'un conte de fées, à l'inclinaison et à la perspective harmonieuses de chaque porte, de chaque montée d'escalier ; aux trois endroits où tel jouet pouvait se trouver si jamais on l'avait délogé de la place qui était la sienne ; au temps qu'il faut au ballon en cuir pour rebondir contre la porte striée du garage ; au grincement du plancher, à son code secret distillant des informations sur l'éloignement et l'identité de la personne. Bref, les mille et une certitudes sur lesquelles s'appuie l'enfance pour reprendre son souffle se trouvaient d'un seul coup ébranlées, déformées, brouillées – aussi brouillées que le portrait de Terence sur ce journal maculé qui glissait à présent de la cuisse de mon père.

Terence arriva par une splendide matinée d'automne, alors que les Riding prenaient un de leurs petits déjeuners paradisiaques au jardin d'hiver surélevé, dans l'aile est de la maison. Imaginez une table blanche et ronde posée sur un sol en pierre agencé en damier, de profondes vasques et leurs plantes fabuleuses, un rideau de fleurs roses et mauves en point de fuite, et, assis dans la réverbération de la lumière orangée, quatre ornements humains : Henry Riding, le patriarche aux allures d'artiste avec sa belle stature, ses cheveux en bataille, sa veste blanche et sa chemise à col Mao ; sa splendide épouse Marigold, chevelure d'argent et tailleur gris ; la délicieuse Ursula, l'air absent et les yeux ensommeillés, encore en chemise de nuit comme une petite friponne ; et Gregory, qui avait récemment fêté son dixième anniversaire et qui formait déjà un beau spécimen d'homme grand et musclé, les cheveux de jais plaqués en arrière, la bouche fine quoiqu'un brin cruelle, peut-être, l'œil vif et plein de discernement… Je m'en souviens encore : je venais de rembarrer vertement le cuisinier en lui reprochant que mon œuf à la coque n'eût pas la consistance désirée et, en attendant que s'écoulent les deux cent quatre-vingt-cinq secondes nécessaires à la préparation de son successeur, j'amusais mon palais avec une petite tartine de pâté aux anchois, bien calé sur ma chaise. C'est alors que j'entendis les bonnes s'affairer subitement dans l'entrée. Notre gouvernante, la brave Mrs Daltrey, surgit dans la lumière, tout en émoi, tenant par une laisse invisible un petit garçon qui écarquillait les yeux, vêtu d'une chemise grise et d'un short kaki : c'était Terence, mon frère adoptif. Il se tourna vers moi et m'observa à la dérobée.)

# III

## *Mars*

1. *Je ne suis plus bon à rien. Je dois disparaître quelque temps jusqu'à ce que je retrouve la faculté de vivre.*

TERRY

Il va falloir que vous m'excusiez un instant.

Putain de bouche, putain de fesses, putain de poignet, putain de bite. Putain d'oreilles, putain de cheveux, putain de nez, putain d'orteil. Je ne pense à rien d'autre quand je suis dans ma chambre. Putain de lit, putain de sol, putain de bureau, putain de fenêtre, putain de tapis.

Et dans la rue : putain de goudron, putain de lampadaire, putain de vitrine. Putain de vélo, putain d'auto, putain de bus. Putain de rempart, putain de rambarde, putain de rebuts.

Putain de stylo, putain de trombone, putain de papier. (Je suis au bureau, maintenant.) Putain de femme de ménage, putain de secrétaire, putain d'intérimaire. Putain de bordereau, putain de facture, putain de téléphone.

Et partout ailleurs : putain de terre, putain de mer, putain d'air, putain de nuage, putain de ciel. Au gré des états d'âme : putain de haine, putain de fureur, putain de plaisir, putain de maladie, putain de tristesse. En toutes circonstances : putain de pote, putain de môme, putain de nièce, putain de tante, putain de mamie, putain de frangine. Putain de putain. *Hurler* : voilà ce que je veux faire le plus clair de mon temps, ou bien trembloter comme une bestiole amochée. Je reste assis à la maison, écumant de rage.

Non, elles n'en ont toujours pas envie. Et *moi*, je ne suis plus du tout certain d'en avoir encore envie. Car, au bout d'un moment, ce qui se passe quand elles… bref. Pour l'aspect purement mécanique de la chose, je me débrouille (on en parle dans les livres, j'achète aussi pas mal de revues où des filles exhibent au monde l'intérieur de leur vagin et de leur anus moyennant rémunération. Est-ce que la police, d'ailleurs, connaît l'existence de ces revues, celles qu'on peut se procurer partout ? Ce n'est sans doute pas possible), mais ça doit paraître assez maladroit et gênant. Vous le faites souvent ? Tous les combien ? Moins souvent que vous le voulez ou plus souvent ? Avant, je sautais sur l'occasion dès qu'elle se présentait, et je me régalais. Puis j'ai arrêté parce qu'il n'y avait personne pour se joindre à moi (et être accompagné représente déjà la moitié du plaisir). Je vais bientôt arrêter d'essayer, je le sens. Je me trouve isolé, encerclé par des barricades qui se referment sur moi. Bientôt, le moment viendra où il sera trop tard pour que je remette un jour le nez dehors.

La liste de mes déboires continue de s'allonger. La semaine dernière, j'ai acheté un costume à rayures blanches dans une friperie de Notting Hill Gate. Un costume grotesque à tous points de vue (c'était clair qu'avant moi, il avait été porté par un vieux croulant dans la merde) mais je connaissais un service de retouche où je le ferais recouper et relooker pour pas cher (voilà ce que je me disais). Ils l'ont donc recoupé et relooké pour pas cher, je suis rentré à la maison avec, je l'ai enfilé ; il m'allait, il tombait bien. Mais, à ce moment-là, je me suis rendu compte qu'il puait, qu'il puait affreusement la sueur du mort qui l'avait porté toute sa vie. Pas grave, j'ai pensé : je l'ai mis à tremper dans de l'ammoniaque une nuit entière, étendu à ma fenêtre idem, enterré dans le jardin encore idem, aspergé de cendres, plongé dans une décoction d'après-rasage et de whisky, et je l'ai remis. Rien à faire : il continuait à puer, à puer affreusement la sueur du mort qui l'avait porté toute sa vie. J'ai tout balancé à la poubelle. Ça ne rentrait pas dans ma corbeille à papier qui me lorgne de travers, pleine à ras bord dans le coin de ma chambre, toujours en train de me chercher des crosses, toujours en train de vouloir la bagarre.

Rien de neuf au boulot. La restructuration n'est pas encore effective (on continue pourtant à penser que c'est Wark qui va faire les frais du dégraissage. Même Wark est dorénavant convaincu que ce sera Wark). John Hain ne pipe pas mot (ce filou de mes deux ne cherchait qu'à me sonder la fois où il m'a fait venir dans son bureau) ; il ne va pas se laisser marcher sur les pieds ; personne n'est capable de lui imposer quoi que ce soit s'il n'en a pas lui-même eu l'idée. Le travail est au point mort. On ne reçoit plus nos bordereaux de vente et nos listes de numéros de téléphone le matin. On n'a plus rien à vendre (même si on continue d'être payé pour ça. Je déteste aller empocher mon salaire ces jours-ci. Quand la vieille compulse les enveloppes à la lettre S, je suis sûr et certain qu'il n'y aura pas la mienne). Je reste assis à mon bureau toute la sainte journée comme si j'étais Damon (Bon Dieu ! il a les dents dans un état, ce môme ! Il reconnaît d'ailleurs qu'elles lui tintent entre les oreilles comme des pièces de monnaie dans une poche), sans rien d'autre à faire que mâcher du chewing-gum et fumer des clopes, en tripatouillant une allumette fendue dans une main, un trombone tordu dans l'autre. Je n'arrive même plus à lire comme il faut. Ça, ce sera ma prochaine faculté à se barrer. Et on attend, on soupire, on regarde la pluie tomber (la pluie qui ruisselle sur les fenêtres me replonge toujours dans le passé, ou du moins fait tout pour ça. Mais je résiste, je reste à la surface du présent). On n'ose pas trop se parler, on a peur d'apprendre quelque chose qu'on ne sait pas encore. Hier, un type du syndicat m'a téléphoné : un certain Veale, la voix terriblement grave et posée. Il a dit qu'il venait me voir. Sa voix n'avait rien de menaçant ni d'encourageant, elle était juste grave et posée. Je suis allé aux renseignements : il ne vient voir personne d'autre, du moins c'est ce qu'ils affirment tous. Personne d'autre que moi. J'espère qu'il ne croit pas que je suis classe.

J'ai fini par appeler Ursula, en réponse à la carte qu'elle m'avait envoyée. Je ne sais pas très bien pourquoi j'ai tant attendu (c'est une fille, après tout), mais c'est un fait que j'ai attendu longtemps. Je lui sais gré, je crois, de la gentillesse qu'elle m'a témoignée dans le passé – ou plutôt de son absence totale de cruauté, ce qui valait encore mieux, étant donné les circonstances – et je ferai mon possible pour qu'elle s'en sorte. Je l'aime. Oui, je l'aime vraiment, Dieu merci. Mais ce n'est pas facile de la décrire sans la faire passer pour une petite emmerdeuse (ce qu'elle est de toute façon la moitié du temps. Par pitié, ne croyez pas un mot de ce que raconte Greg sur elle. Impossible de lui faire confiance là-dessus). Elle a dix-neuf ans et on lui en donnerait à peu près la moitié. Jamais, de toute ma vie, je n'ai vu quelqu'un manquer à ce point de sensualité : des jambes comme des allumettes, des fesses qui brillent par leur absence, un dos derrière et un dos devant. Au repos, son visage est d'une étrange beauté neutre, comme dans ces représentations idéalisées d'individus absolument quelconques, lorsqu'un peintre de cour leur tire le portrait. Dès qu'il s'anime, il perd cette beauté, son visage, mais il devient en même temps… comment dire ? plus animé. (Elle vous plairait, j'imagine. Je tomberais amoureux d'elle sur-le-champ si ce n'était pas ma sœur. Mais ça ne veut pas dire grand-chose.) Jugez-en par vous-même. Mais laissez-moi ajouter une précision : à mon avis, c'est une fille pure, gentille, touchante, innocente, assez drôle, très snob, perspicace à ses heures et (entre nous soit dit) un brin *tonto*.

J'ai parlé à la directrice de sa pension pour secrétaires, elle m'a répondu sur un ton serein qu'Ursula me rappellerait dès la fin de son cours au numéro que je voudrais bien lui laisser. Je suis resté assis à mon bureau avec un café que Damon était allé me chercher en traînant la patte, incapable de faire quoi que ce soit avant son coup de fil.

— Salut, Carotte. Heureux ?

— Bien sûr que non. T'as perdu les pédales ou quoi ? Comment ça va, toi ?

— Bien, je crois. C'est pourtant un joyeux foutoir, cette boîte. Stressé ?

— Énormément Et j'espère ne pas me tromper. Parce que je n'ai pas envie que ça s'aggrave. Et toi, stressée ?

— Complètement.

— Quelle histoire, hein !

— On ferait bien de se voir bientôt, tu ne crois pas ?

Si, je crois. Mais je n'ai aucun conseil à te donner. Tout ce que j'ai à te dire, c'est de ne pas grandir si jamais tu peux t'en empêcher, et de rester où tu es, toute petite, parce qu'ici, chez les grands, ça ne rigole pas tous les jours.

Par habitude (mais aussi par angoisse, par honte, par dégoût de moi-même), j'ai donné rendez-vous à Ursula à un arrêt de bus sur Fulham Road. C'est ma tactique pour rencontrer les filles (à moins que ce ne soit pour me préserver), parce que comme ça, si jamais elles posent un lapin, on a vite fait de sauter dans un bus comme si c'était ce qu'on attendait, comme si c'était tout ce qu'on avait en tête, au lieu de rester planté à un coin de rue, exposé seul à la vue de tous, au beau milieu de la ville qui agonise dans ses déchets et ses déchirures. Elle est venue. Elle a bondi d'un 14 sur le trottoir d'en face et elle a traversé la rue en courant, son petit corps frêle penché en avant, comme une fillette bien élevée. Nous nous sommes embrassés gauchement, puis nous avons relâché notre étreinte pour nous dévisager à la lumière de la rue. Une frange coupée à mi-front, de grands yeux clairs, son nez disproportionné rougi par le froid, des traits fins mais avenants, un visage pas trop anguleux ; elle avait l'air prépubère, non pubère ; j'ai eu l'impression que si jamais je couchais avec elle (le genre de pensée qui me turlupine), j'en retirerais une douleur si vive, si lancinante, que je n'aurais pas assez de toute ma vie pour m'en remettre. (Est-ce qu'elle baise ? je me suis tout à coup demandé avec un haut-le-cœur qui m'a fait vaciller. Pff... Non, pas elle. Elle ne doit encore rien savoir des choses de la vie. Et j'espère que personne n'ira la mettre au courant. Bon sang, qu'est-ce qu'elle me manque, ma sœur ! Personne ne l'a jamais mise au courant non plus. Ce qui est une bonne chose. Peut-être que mon père l'a foutue en l'air, mais du moins elle ne s'est jamais fait foutre. *Tant mieux*.)

— Allez ! T'as pas l'air si mal en point, a dit Ursula. Pour un pauvre mec.

Nous sommes allés dans un restaurant de hamburgers que je connais, à deux cents mètres de l'arrêt de bus en remontant Fulham Road : un endroit bruyant, éclairé par de grandes baies vitrées, où des serveurs élancés, bien faits de leur personne, toujours à l'avant-garde de la mode, vous traitent en amis en vous donnant à manger et en vous prenant votre argent. C'est dans le coup. Nous nous sommes glissés dans une petite file d'attente où il n'y avait que des couples : des hommes en jean et un assortiment bigarré de femmes beaucoup plus extravagantes. Comme vous le savez, je n'aime pas les couples (c'est pour moi un affront personnel), mais nous avons fait semblant d'en former un, Ursula et moi. Résultat : au bout de cinq minutes, nous avions franchi la porte ; au bout de cinq autres minutes, nous avions pris possession de deux chaises à une table de quatre qui était libre. Sans attendre, un jeune homme svelte, les sourcils drus comme les poils d'une brosse à dents, a approché une chaise pour s'asseoir en face de nous. Je me suis tourné vers lui avec un air de reproche, son regard a croisé le mien. Ce type cherche la bagarre, je me suis dit. Puis il a enchaîné, en extirpant un carnet jaune de la pochette de sa veste :

— Salut. Qu'est-ce que je vous sers de beau ce soir ?

— Ah ! Eh bien, un peu de vin, le temps de réfléchir à la suite. Du rouge. Une bouteille.

— Je n'en prendrai pas, a dit Ursula.

— Et alors ? j'ai répondu.

Le serveur a hoché la tête en grimaçant et il s'est esquivé.

— Si seulement ils pouvaient arrêter ce manège ! j'ai dit.

— Quel manège ?

— S'asseoir à notre table comme ça. C'est un serveur, non ? Il n'y a rien qui m'énerve tant que les serveurs qui s'assoient à côté de moi.

— Du calme, Carotte. Il avait l'air gentil. Il avait l'air intelligent aussi.

— Ah bon ? Mais qu'est-ce qu'il fout à trimer dans ce restau minable, alors ?

— Tout petit petit, a dit Ursula.

(À propos, vous savez ce que ça veut dire, « tout petit petit » ? Je crois que j'ai compris. C'est ce qu'on dit quand on est gêné d'être pauvre, moche et ordinaire. Voilà ce que ça veut dire.)

— Tu parles ! j'ai dit.

Ursula a choisi ce moment-là pour ôter son duffle-coat ; c'était un vêtement épais, une défroque d'étudiant, et je savais que, si elle l'enlevait, sa présence physique allait rétrécir de deux tiers environ. Dessous, elle portait une robe foncée à fleurs (une robe propre, non repassée, informe, qui n'était pas faite pour l'hiver) ; en ont jailli deux jambes fines et nues, deux avant-bras fins dont l'ombre duveteuse a capté la lumière. Quand elle s'est étirée de tout son long pour pendre son duffle-coat au crochet tarabiscoté du portemanteau, sa robe a remonté doucement sur ses cuisses de Bambi. Vous voyez ? C'est vraiment ma sœur, elle a vraiment dans les dix ans.

J'ai ouvert mon troisième paquet de cigarettes de la journée et je nous ai versé du vin que ce frimeur de serveur nous avait apporté, non sans élégance. Autour de nous, des jeunes gens sexy riaient et parlaient à voix basse.

— Dis donc, Terry, a lancé Ursula. C'est vrai que t'es vachement stressé, ce soir.

— Je sais. Regarde mes mains.

Ursula rentrait juste d'un week-end qu'elle avait passé chez ses parents à la campagne. Nous avons parlé de la maison, ce lieu protégé qui semblait offrir tant d'aménités. (J'y retournais beaucoup, avant. Je n'y vais plus maintenant ; Gregory non plus. D'ailleurs, je n'aime plus du tout partir de chez moi : j'ai peur qu'il se passe quelque chose dans mon dos. Et, de toute façon, la famille me donne la chair de poule.) Apparemment, Père s'était remis de la blessure qu'il s'était faite au genou en tombant du toit de la grange – chute restée célèbre dans les annales familiales – et il prétendait maintenant avoir le pied plus leste qu'à n'importe quelle période de sa vie. Elle m'a raconté d'autres anecdotes récentes qui le concernaient : une dispute, logiquement suivie d'une échauffourée avec le curé gauchiste du village ; sa nouvelle passion pour le jeu de boules en intérieur ; son refus obstiné de manger des légumes ; sa deuxième série de folles dépenses cette année ; sa troisième tentative de faire des avances, de bon matin, à la femme de ménage septuagénaire ; sa décision de planter un wigwam dans le grand salon.

— Mon Dieu ! je me suis écrié. Mais tout fout le camp, en ce moment. J'imagine qu'il doit vraiment être un peu cinglé sur les bords, non ?

Ursula n'a pas changé d'expression, elle a gardé son air amusé et blasé, comme moi.

— Bien entendu. Mais il a toujours été comme ça. Nous tous au grand complet, d'ailleurs. Il n'y a que toi qui aies eu de la chance, Carotte.

— Ah ! C'est donc *ça*. Moi qui me demandais ce que j'avais. Mais vous, vous avez de la classe, vous êtes de la haute. Qu'est-ce que ça peut bien faire, que les snobs déjantent ? Ils sont déjà tous cinglés, de toute façon.

— C'est pour ça que tu t'en es tiré. T'es pas un snob, toi.

— Si. Moi aussi, j'en suis un, maintenant.

— Non et non.

— Qu'est-ce que je suis, alors ?

— Un pauvre mec.

Non et non. Je suis un snob. Je sais tout ce qu'il y a à savoir sur les classes sociales et la manière de les identifier. J'étais là, il y a cinq ans, pendant cette soirée historique où la fillette qui est maintenant assise en face de moi est venue dans le salon de télévision de Rivers Hall : la famille regardait une série sur les domestiques d'avant-guerre, sur leurs maîtres et leurs maîtresses, et elle, elle est allée se blottir sans réfléchir sur les genoux de sa nounou. La nounou (qui a pris sa retraite depuis) n'a pas bronché sous le poids de ce fardeau de quatorze ans. *À aucun moment elles n'ont détourné leur regard de l'écran.* Je sais tout ce qu'il y a à savoir sur les classes sociales. Je parle de « canapé », je dis « hein ? », « poivre et sel », « cabinets », « chââââteau » (je pourrais même dire « derrière » au lieu de « cul », si ça me chantait). À quatorze ans, j'ai fait un test dans une revue : en gros, il s'agissait d'évaluer son degré de snobisme en répondant à tout un questionnaire. Au milieu du test (oui, j'ai éloigné mon bol de soupe ; non, je n'ai pas versé le lait en premier), je voyais bien que j'allais faire un très bon score. La dernière question portait sur les prénoms qu'on avait donnés à ses enfants, où qu'on leur donnerait si jamais on en avait (c'était encore l'époque où on pouvait se permettre d'en faire). Est-ce qu'on appellerait son fils : 1. Sebastian, Clarence, Montague, ou 2. Michael, James, Robert, ou bien… Je me préparais à cocher résolument la deuxième solution (je n'étais quand même pas tombé dans le panneau de la première) lorsque mes yeux se sont égarés sur la troisième réponse proposée : 3. Norman, Keith, Terry ? J'en ai lâché le stylo, il est tombé avec un tintement. Mon père n'était donc pas un snob. Rien de nouveau sous le soleil. (Vous croyez toujours que ça a de l'importance, les classes sociales et tout le tremblement ? Aucune. C'est des conneries. Des *conneries.*)

— Tu sais, j'ai dit, les pauvres mecs deviennent *tonto*, eux aussi.

— Oh que non ! a répondu Ursula.

— Oh que si ! Ça fait quel effet, j'ai demandé d'un ton morne, de partir de chez ses parents, de terminer ses études, de se retrouver en ville, de prendre le rythme métro-boulot-dodo, et ainsi de suite ? Je vis comme ça depuis des lustres et je suis toujours incapable de dire l'effet que ça fait. Il y a quelque chose...

— Je ne peux pas encore savoir, moi ! Parce que je n'ai pas terminé mes études. Qu'est-ce que tu en penses ? Davantage de stress ?

— Oui, si tu veux. Mais c'est pas ça. Enfin bon... Je suis bourré. Et ça va être l'heure de s'arracher. Je me demande juste à quoi ça rime, tout ce tintouin. Quand on pense qu'on passe sa vie à se préparer à *ça* ! On ne rigole plus beaucoup après l'âge de dix ans, tellement c'est angoissant. Je... je crois que c'est juste...

— ... Et Gregory, comment ça va ?

— Comme d'habitude : toujours un monstre de vanité, une crapule et une tantouze.

— Arrête, Carotte. C'est quoi, d'ailleurs, une tantouze ?

— Écoute. Ne m'appelle plus jamais Carotte, d'accord ?

— Je croyais que tu aimais bien qu'on t'appelle Carotte.

— Eh bien, non.

— Je croyais que si. Pardon.

— Qu'est-ce qui te le faisait croire ? Je n'aime pas ça du tout. Mais alors, pas du tout du tout.

— Pardon.

J'ai jeté un regard ahuri à la ronde, j'ai observé les filles et les couples. Dans ce genre de moment, ma laideur me pèse comme un gros vêtement minable. J'ai regardé Ursula. À quoi me servait-elle ? Je n'avais même pas envie de la baiser ; c'est la blesser que je voulais, lui faire du mal, lui donner des coups de pied dans les tibias, lui lancer mon verre à vin à la gueule, écraser ma cigarette sur sa petite pogne agitée. Holà ! Qu'est-ce qui m'arrive ?

— Holà ! Qu'est-ce qui m'arrive ? Pardon. Allons-y. Pardon.

Nous avons marché en silence jusqu'à la station de métro de Gloucester Road.

— Je te raccompagne, je lui ai dit.

Nous avons pris un métro plein d'ivrognes jusqu'à Sloane Square. Nous avons marché en silence dans des rues mal éclairées et de plus en plus étroites.

— C'est ici, elle dit. Je n'ai qu'à sonner.

— Toi, au moins, tu es tirée d'affaire.

— Euh…

— Je ne suis plus bon à rien. Je dois disparaître quelque temps jusqu'à ce que je retrouve la faculté de vivre.

Nous nous sommes embrassés comme d'habitude, le centre de mes lèvres effleurant en biais le coin de sa bouche.

— Terry, elle m'a dit, arrête de t'angoisser. Sinon, tu vas finir par être celui que tu t'imagines.

— Je sais.

Puis elle a resserré son étreinte avec une espèce d'autorité de fillette, et nous nous sommes de nouveau embrassés, avec douceur mais fermeté, sur les lèvres.

— Merci, j'ai dit.

Elle a posé sa bouche contre mon oreille.

— J'entends des voix, elle a soufflé dans un murmure. Dans ma tête.

— Quel genre de voix ? Qu'est-ce que tu veux dire ?

— Dans ma tête.

— Qu'est-ce qu'elles disent ?

— Aucune importance. Mais je les entends.

— Bon, écoute, je t'appelle demain, d'accord ?

— D'accord.

— Bonne nuit. Prends soin de toi.

— Fais de beaux rêves, elle m'a lancé en montant les marches du perron.

Toute cette histoire m'a hanté l'esprit le long des avenues humides, dans la lumière crue du métro, puis dans la pluie et les ombres de mon quartier que je connais par cœur. La pluie, ce baiser, ces voix… Réfléchis une minute, mon gars, je me suis dit, tu peux y arriver. Putain d'Ursula, putain de sœur… putain *d'adoption* ? Non, je ne peux pas y arriver… Je ne peux même pas y songer. Cet écheveau de décadence à l'eau de rose, je le laisse rôder à la périphérie des fantasmes de Gregory. *Lui*, il s'est toujours plu à hystériser les quelques séances de touche-pipi auxquelles il s'est livré avec Ursula dans son adolescence (j'en ai connu quelques-unes, moi aussi, en un sens). Mais je suis passé à autre chose ; c'est fini, tout ça ; tout est beaucoup trop compliqué. En règle générale, ça me touche de près, la question des sœurs. J'en ai eu une qui est morte et je ne m'en suis pas remis. Oublier les sœurs. Marre des sœurs. Allez vous faire foutre, putains de *frangines*.

Je me suis arrêté sur le palier à l'extérieur de notre appartement, devant la fenêtre qui occupe tout un pan de mur, du sol au plafond et de droite à gauche. Elle grince, elle ploie quand l'air s'agite. Elle branle au gré du vent. Elle frissonne dans le froid. Elle déteste le temps quand il est à l'orage (elle remplit mal sa fonction). J'ai vu mon reflet dans la vitre. Des gouttes de pluie me dégoulinaient le long du visage en y creusant de sombres rigoles. J'ai tendu l'oreille vers la circulation ; j'ai pensé à moi, à vous tous qui vivez dans le vaste monde, et j'ai ri des pertes que j'avais subies. J'ai appuyé la tête contre la vitre. Elle a fléchi d'un pouce. J'ai accentué la pression. J'ai senti qu'à tout moment je pouvais l'entendre craquer.

Voici comment les choses ont commencé.

*Zou*. J'ai six ans ; ma sœur n'est pas encore très présente parmi nous, on l'a posée dans la pièce adjacente comme une chiffe toute chaude, couverte de taches de rousseur et les yeux pleins de larmes. Deux ou trois fois par mois, dans la cuisine, au moment du dîner à dix-neuf heures, il planait une légère vapeur de migraine qui enveloppait tout de ses picotements et finissait par retarder notre repas. Tss-tss, faisait l'air. Mon père est assis à ma droite, grand et balourd, l'air austère, avec ses cheveux roux et ternes de bon villageois, sa petite fente tordue en guise de bouche, ses yeux fixes et exorbités ; il ne dit rien, il engloutit consciencieusement ses œufs, ses frites, ses haricots blancs et ses tomates, disposant un peu de chaque aliment sur sa fourchette, gardant juste dans son assiette, mettons, un morceau de jaune d'œuf, un bout de frite, deux haricots, quelques graines de tomate et un brin de pulpe écarlate qu'il avalera avec brio dans une dernière bouchée. Ma mère est assise à ma gauche, raide sur sa chaise, efflanquée, nerveuse, intelligente, avec son visage taillé à la serpe (elle a perdu ses dents, elle ne les a jamais retrouvées) ; elle ne dit rien, elle écrase et mélange ses œufs, ses haricots et ses tomates, elle les mange à la cuiller comme si c'était de la soupe. Assis entre eux se trouve Terry, six ans, le petit garçon que j'étais il y a longtemps, mais qui ressemble à peu de chose près, me semble-t-il, à l'adulte que je suis devenu. Je triture mes bâtonnets de poisson. Personne ne parle, même si on a l'impression que tout le monde essaie, que tout le monde parlerait si c'était possible. Les picotements se font insistants, de plus en plus irritants, jusqu'à ce que nos bruits de ferraille sur les assiettes produisent un vacarme de timbales en marche, un vacarme qui enfle, qui s'amplifie pour emplir la pièce, puis qui retombe avant de reprendre de plus belle.

C'est un soir tout ce qu'il y a de plus normal (c'est ce qu'on se dit tous : un soir tout ce qu'il y a de plus normal) exception faite de cette curieuse vapeur de mal au crâne et de cette fausse clarté des sons. Mais peut-être aussi qu'on pressent tous quelque chose d'autre, quelque chose de plus, le cerveau de mon père commençant à entrer en activité, l'esprit de ma mère lui rendant la pareille avec une insidieuse perversité.

C'est l'heure d'aller au lit, Terry, dit mon père sans s'adresser à personne. N'oublie pas de te brosser les dents, ajoute ma mère en empilant les assiettes, tête baissée. Je vais jusqu'à la porte et je me retourne. L'espace d'un instant, j'ai l'impression de me tenir à la lisière de leur monde de migraine, de fatigue et de terreur ; l'impression de pouvoir les en délivrer, de pouvoir leur dire à toute allure comment c'est de l'autre côté. Mais je dis :

Bonne nuit.

Bonne nuit.

Bonne nuit.

Je grimpe à l'étage à pas feutrés, je passe dans la salle de bains et je fais ma toilette dans un silence de faïence humide, je me déshabille en frissonnant et je me glisse entre les grosses couvertures, j'écrase l'oreiller sur ma tête. D'un seul coup, j'entends la maison se mettre en branle comme une grosse machine : les murs tremblent et transpirent, le plafond se craquelle, le sol projette mon lit dans les airs, les draps froids m'enserrent dans une étreinte de feu.

Quand je fus un peu plus âgé (plus grand, plus fort, plus conscient que mes parents étaient bons à rien), je pensais qu'il me suffisait de me présenter à leur vue, de leur montrer que j'étais là, pour qu'ils arrêtent, qu'ils arrêtent tout de suite et qu'ils ne recommencent plus jamais. (J'avais l'absurdité de croire que ma seule présence avait un pouvoir sacré. Qu'est-ce qui s'est passé depuis ?) Regardez ! Je suis là, je vous vois faire. Vous n'imaginez donc pas l'effet que ça doit produire sur *moi* ?

J'attendais, debout dans ma chambre. Je voulais me cacher, me cacher, mais je ne faisais rien pour me déshabiller. Le picotement vertigineux avait repris, le seuil sonore était franchi, grave et précis, et je savais que le moment fatal approchait. Ensuite commençaient les agitations, d'abord au hasard et à intervalles irréguliers, comme se brisent les vagues au lointain, comme une musique sourde qui recouvre les clapotis de la mer. Je sors sur le palier : tout est sens dessus dessous, les murs ne tiennent plus droit. Et je descends l'escalier qui craque sur mon passage au rythme d'une pédale qui ralentit l'allure, comme une partie de cette vieille machine qu'est devenue la maison. Je me dirige vers son cœur, l'office situé derrière la cuisine, cette pièce où se balancent des casseroles noircies et où s'entassent des récipients couverts de suie, mais aussi le théâtre d'un événement auquel je n'ai encore jamais assisté. Dans le couloir du rez-de-chaussée, le bruit est presque insoutenable : non pas un bruit discret, inerte, de bataille et de naufrage, mais des sons chauds, moites, humains, évoquant douleur et détresse, suggérant un acte beaucoup trop intense pour être vu. J'entre dans la cuisine ; je traverse la pièce et je pousse la porte vitrée de la réserve ; elle s'ouvre d'un seul coup, je contemple le spectacle. Le spectacle de quoi ? Des yeux de mon père qui me dévisagent sans curiosité. Des yeux sans trace de haine, de colère, de surprise ni de quelque émotion que j'aie moi-même ressentie ou observée chez autrui. Des yeux purs, vides, qui abandonnent un instant une tâche impossible pour me regarder. *Zou.* La pièce est envahie par le mal de crâne, je distingue à peine ma mère penchée sur le linoléum : l'atmosphère de migraine semble s'épaissir pour m'expulser, pour me chasser en coup de vent et refermer la porte en la claquant à quelques centimètres de mon visage. Je fais cause commune avec le monde, et nous battons en retraite, nous sortons de la réserve tandis que le mécanisme se remet doucement en marche, prudent et irrégulier de nouveau, comme une musique clapotant sur les vagues au lointain.

Le lendemain matin, tout était rentré dans l'ordre, plus ou moins. Ma mère avait l'air sensiblement plus déglingué que d'habitude au petit déjeuner, mais aussi visiblement soulagé ; mon père avait l'air préoccupé, absent, mais tranquille. Atmosphère lourde de compromis. Pourquoi a-t-il fallu que la situation empire à ce point ? J'aurais pu me faire à d'innombrables nuits de migraine comme celle-là, et au calme apaisant des lendemains matin. Mais les choses se sont dégradées (j'imagine que c'était fatal) et elles se sont terminées en quelques secondes de panique suraiguë, lorsque ma mère s'est fait tuer, suivie de ma sœur, sans que jamais il porte la main sur moi. Pourquoi ?

Ursula avait tort. Les pauvres mecs deviennent *tonto pour de bon.* Je n'échappe pas à la règle, même si je m'y prends d'une autre manière que mon père. Je crois que personne n'y échappe tout à fait aujourd'hui. (Si seulement je connaissais quelqu'un ! Au moins je pourrais vérifier ma théorie.) Je deviens *tonto*, et pourtant je ne suis qu'un simple individu que des gens comme vous croisent dans la rue en se disant : « Parfois, j'aimerais autant être comme lui : ni joies ni peines, pas même une âme pour se sentir contrarié. » Faux ! J'ai une âme – une âme qui a envie d'être embrassée comme toutes les âmes qui se respectent. C'est que la folie, voyez-vous, se démocratise. Vous, les riches, vous ne pouvez pas continuer à en monopoliser éternellement les symptômes. Nous aussi, nous réclamons notre part.

Je me suis enfin expliqué avec ma corbeille à papier, dans l'intention d'éliminer un déboire de ma vie. Je me suis donc procuré un paquet de grands sacs-poubelle noirs au supermarché (en me disant qu'ils seraient bien pratiques, aussi, pour entreposer mon linge sale). Je me suis soûlé au déjeuner, un samedi, et j'ai versé le contenu de la corbeille dans un des sacs. Ça n'a pas été une mince affaire, mais j'y suis arrivé (ça n'en finissait pas, on aurait dit que je vidais les strates superposées des latrines de Pompéi). Tant que j'y étais, j'en ai profité pour fourrer dans un autre sac-poubelle un stock de chaussettes, de slips et de chemises sales. J'ai jeté les ordures à la poubelle et je suis allé à la laverie de Ladbroke Grove, où j'ai laissé l'autre sac à la vieille qui s'occupe de laver votre linge moyennant paiement (d'autres gens, en particulier des étrangers, sont plus pauvres que moi et font leur lessive eux-mêmes. Je me fais un effet bœuf, je me fais l'effet d'être Gregory, à la laverie). Quand je suis arrivé le lundi matin pour récupérer mon linge propre, une employée dégoûtée m'a rendu mon sac noir : « C'est ça que vous voulez nous faire laver ? elle m'a demandé. Combien de séchages, monsieur ? » Le sac était plein d'ordures, bien entendu. Je suis rentré à l'appartement en courant. Les éboueurs étaient passés ce matin-là. Quatre chemises, cinq slips, six paires de chaussettes. Un déboire de plus. Merci la vie. Je crois que je perds mon culot. Je crois que je deviens *tonto*.

Il y a un hippie complètement déglingué qui vit dans la rue à côté de chez nous. Je le vois deux ou trois fois par semaine. Son état se détériore de jour en jour. Il est coincé à l'horizontale dans l'entrée d'un magasin barricadé sur Moscow Road. Il a une valise et quelques sacs en plastique avec lui. Son visage en écorce d'orange est creusé de sillons jaunes, tellement il a pleuré dans le soleil froid. Je vais bientôt aller lui parler pour lui demander l'effet que ça fait.

2. *J'ai pris une douzaine d'huîtres [...], suivies du succulent faisan à la mode de Champagne mitonné par François.*

GREGORY

Évidemment, tout ce qu'on raconte sur l' « inceste » n'est qu'un tissu d'inepties, vous savez.

Dans ce pays en tout cas, l'*inceste* (défini par l'*Oxford English Dictionary* comme « une relation ou une cohabitation sexuelle coupable entre des personnes dont le degré de parenté entraîne la prohibition légale du mariage) » n'était même pas considéré comme une infraction jusqu'en 1650, date à laquelle il fut soudain associé, bon gré mal gré, à d'autres délits, et arbitrairement élevé au rang de crime capital. Après la seconde aube glorieuse de la Restauration, c'est bien entendu à « la faible coercition des tribunaux spirituels », pour reprendre la piètre expression forgée par un Blackstone imbu de lui-même, qu'il revint d'abroger la « faute », bien que maints et maints projets de loi fussent déposés au Parlement, visant à rétablir le forfait de l'inceste, mais se heurtant chaque fois au rejet de députés hilares.

En 1908, cependant, une loi fut promulguée en douce (le décret sur la punition de l'inceste), selon laquelle les rapports sexuels entre un homme et sa fille, sa mère, sa sœur ou sa petite-fille (*sic* !) devenaient passibles d'une peine de prison pouvant aller jusqu'à sept ans. Que ces rapports aient eu lieu avec ou sans le consentement de la femme n'importait pas le moins du monde ; et de fait, si elle était reconnue coupable, une femme consentante encourait la même punition que l'homme. (Au départ, tous les procès relevant de cette juridiction se déroulaient à huis clos, mais cette mesure fut abolie par un amendement en 1922. Dans l'affaire qui opposa le ministère public à un certain Ball [22CX, cc366], les magistrats statuèrent que l'existence avérée de rapports antérieurs suffisait à établir la culpabilité de la passion et à réfuter l'innocence de la relation. On ne se serait pas attendu à moins…) Au reste, sous les termes « frère » et « sœur », il fallait également entendre « demi-frère » et « demi-sœur », qu'il fût ou non possible d'assigner le lien de parenté à un mariage légitime.

Pareils atermoiements ne sauraient occulter le fait (au contraire, ils peuvent même servir à l'accentuer) qu'il s'agit là d'un de ces tabous dont la société hérite comme d'une antiquaille à moitié oubliée, grâce à laquelle une époque d'angoisse ou de refoulement ranime avec effroi les règles de vie assez empiriques d'une société du passé. Comme j'en ai eu l'heureuse confirmation en lisant la monographie du docteur J. G. V. Kruk intitulée *L'Inceste*, et publiée récemment chez Michel Albin en 1976 (les spécialistes de la question partagent mon avis, le supplément littéraire du *Times* ayant même qualifié l'ouvrage d'entreprise savante et convaincante de démystification), la prohibition de l'inceste n'était qu'un stratagème antédiluvien visant à renouveler la chair masculine dans les familles. Qui, en effet, eût souhaité voir ses propres filles resserrer le bastion familial en épousant leurs frères par manque d'imagination, alors que dans la cabane ou la baraque d'à côté se morfondait un robuste laboureur qui ne demandait pas mieux que d'emménager chez vous, et qui vous aiderait à travailler la terre, à chasser, à couper du bois, à éloigner les emmerdeurs, et j'en passe ? C'était l'unique raison de la quarantaine. Car s'il est vrai que les gènes inférieurs ont plus de chances de se multiplier dans des unions rapprochées, il n'en va pas autrement des gènes vigoureux. Prenez par exemple la superbe dynastie égyptienne (Cléopâtre, Ramsès II, etc.) : pendant plusieurs générations ont régné des frères et des sœurs d'une érudition éblouissante, d'une constitution parfaite, forts, beaux et doués. Non, j'ai bien peur que cela ne suffise pas : l'« inceste » n'est qu'une accroche qui s'étale sur les manchettes trompeuses de la presse à scandale, un tic de langage brandi par les incultes et les banlieusards, un « péché » que seules montrent du doigt les personnes en mal d'affection et en panne de générosité.

De plus, on ne l'a commis qu'une fois.

Voici comment les choses ont commencé.

Ma sœur et moi avons respectivement sept et neuf ans. C'est l'été. Nous sommes en train de jouer sur l'étang en D, un grand lac semi-circulaire assez mal entretenu, situé à la pointe nord de notre immense domaine. C'est un de ces après-midi chatoyants, insouciants, gorgés de pollen ; des vaguelettes rident doucement la surface des eaux couleur pissenlit, talonnées par le vent chaud. Est-ce que je peux retrouver les bribes de mon enfance perdue ? Les rassembler ? Où sont-elles ? Hâlée par le soleil, Ursula ressemble à un garçon manqué avec ses cheveux blonds qui lui chatouillent les épaules ; elle ne porte qu'une culotte d'une blancheur immaculée. Je la dépasse d'environ une tête, je fais déjà preuve de ces qualités athlétiques et de cette maîtrise corporelle dont je saurai si bien tirer profit, plus tard, au gymnase et sur les terrains de sport ; j'arbore moi aussi un joli bronzage dans les lueurs rougeoyantes de cette longue fin d'été (mes nouvelles tennis et mon short blanc moulant n'en disconviennent pas). Nous jouons avec notre radeau, petite embarcation biscornue et périlleuse que nous avons fabriquée en ficelant des rondins, des battants de porte, des restes de bois de chauffage et de grosses cuves à essence. Je suggère de l'essayer en faisant le tour du lac et, joignant le geste à la parole, je m'élance en me propulsant adroitement à l'aide de la perche. Ursula me suit depuis la terre ferme ; elle trébuche, me prévient par ses hurlements perçants à l'approche de bouquets de roseaux et de branches qui se balancent à faible hauteur, me supplie de ne pas trop m'éloigner. Debout sur les flotteurs qui s'enfoncent dans l'eau, je m'efforce de conserver mon équilibre et, tout en prenant soin de ne pas abîmer mes nouvelles tennis dans la vase immonde des berges, je reviens sans peine à mon point de départ, sous les cris d'admiration et de soulagement d'Ursula.

— Génial ! Formidable ! lance-t-elle. Sensationnel !

— Allez, monte ! On va sur l'île, je lui dis en désignant le bosquet de verdure au milieu du lac.

À ces mots, naturellement, le visage de ma tendre sœur se voila d'une expression de malheur presque céleste.

— Non, c'est trop loin, l'île. Trop *profond.*

— Je m'occuperai de toi. Allez, *viens* !

Elle s'agrippa à moi en tremblant tandis que je la hissais à bord, mais je réussis à la faire asseoir à la proue et à lui imposer de rester sage. Au bout de quelques instants, elle m'aida à pagayer en agitant ses petites mains dans l'eau scintillante. Un peu abruti par la chaleur et la fatigue, je remuais mollement la perche dans notre sillage, l'esprit captivé par le prisme du ciel et de l'eau, le dos étincelant d'Ursula, ses cheveux multicolores… Notre île se révéla plus raffinée qu'elle n'en avait l'air : une fois que nous eûmes franchi la boue qui l'entourait, nous découvrîmes trois bosquets assez bien taillés qui délimitaient une petite clairière où l'herbe était ferme, et où nous eûmes bientôt le plaisir de nous asseoir. Ursula promenait son regard à l'entour ; de tous côtés, elle contemplait la masse d'eau.

— Réussi ! On a réussi ! Sensationnel ! Splendide ! fit-elle.

— Et si on se déshabillait ? je demandai.

— Oui, bonne idée. Sensationnel ! Sensass !

Ah ! Ce mot perdu ! Des essaims d'images bouillonnantes se formaient puis se dispersaient sous nos paupières closes ; retenu dans l'immobile rotondité du lac, le soleil décantait sa lumière sur nos corps imprégnés d'une douce odeur marine. Et notre île grandissait, s'étendait ; et tout le paysage se comprimait pour remplir les quatre coins de l'horizon. Lorsque je posai la main sur la fente dodue entre ses cuisses, Ursula me regarda d'un air encourageant, le visage illuminé d'un lac de songes.

Quand nous revînmes à la raison, naturellement, nous nous aperçûmes que notre embarcation s'était détachée de la rive, qu'elle avait sottement dérivé sur quatre ou cinq mètres et que, ne sachant nager ni l'un ni l'autre (j'abhorre la natation), nous nous trouvions temporairement naufragés sur une île déserte. Au bout d'une demi-heure, cependant, apparut une bonne que Mère avait chargée de nous apporter du jus de fruits frais ; en temps utile, deux vieux jardiniers obséquieux allèrent chercher une barque au lac des Saules, et les deux jeunes fugueurs furent bientôt rapatriés sur la terre ferme (Ursula s'empourpra devant les gens de maison qui la voyaient en petite tenue). Oh ! Ce n'était rien, vraiment rien du tout ! Mais pendant un moment, nous avions été nus tous les deux, et nous avions eu froid, et nous avions eu peur à l'idée d'être seuls au monde, dans ce monde vide que nous avions tout fait pour créer.

Après cet incident, Ursula et moi n'eûmes plus de contact intime pendant plus d'un an. Non que notre amour se refroidît le moins du monde. Depuis le début (dès le moment où nous avions compris qui nous étions, ce que nous étions), les liens qui nous unirent avaient sans doute été de l'espèce la plus rare et la plus passionnée entre frère et sœur. Je ne me rappelle pas un seul exemple de rancœur ou de cruauté, une seule rivalité, un seul mot qui ne fût de tendresse. (En revanche, je me souviens bien de notre consternation lorsque nous assistâmes un jour, au village, à une bagarre hystérique entre deux petits péquenauds. Nos yeux se croisèrent, incrédules, l'air de dire : « Mais ils sont frère et sœur, non ? Nous le sommes bien, *nous.* » Pendant le vert Paradis de notre longue enfance, nous nous aimâmes, Ursula et moi, d'un amour sans nuages, sans équivoques, sans aucune inquiétude : ses malheurs étaient les miens, mes triomphes étaient les siens. La parenthèse de prudence charnelle signala une période de réserve et d'attente, plutôt que d'éloignement. Bientôt, nous devions repartir à la découverte intense et juvénile de nos propres corps, aventure qui dura de nombreuses années jusqu'à son dénouement aussi brutal qu'accablant ; mais à ce moment-là, Père était déjà tombé malade, Terence était arrivé chez nous, et tout avait commencé à foutre le camp.

Au début du mois, ma sœur m'a téléphoné à la galerie. Je venais de faire visiter la nouvelle exposition individuelle à une bobonne en cloque, et c'est avec un vif soulagement que j'ai vu Odette Styles me faire signe, en ne laissant héroïquement paraître qu'un minimum de désapprobation sur sa face ordinaire, pour que j'aille prendre la communication dans les entrailles de son bureau. Le père Jason était lui aussi terré dans la pièce. J'ai senti s'abattre sur mes épaules la pesante torpeur de leur appétit sexuel :

— Gregory Riding à l'appareil, j'ai dit.

— Salut, c'est moi. Qui c'était, cette mégère ?

— Comment vas-tu, ma chérie ? Impossible de te répondre.

— La grosse qui essaie toujours de t'embrasser ?

— Elle-même.

— Gregory, je peux venir déjeuner ?

— Bien sûr que oui ! Je t'attends tout de suite.

J'ai raccroché et j'ai pivoté. La mère Styles, qui, ce matin-là, s'était déjà jetée sur moi dans le couloir du sous-sol avec moins de vergogne que jamais, contemplait la galerie par la lucarne, et tirait d'un air pensif sur une de ces infâmes cigarettes brunes. Je me suis retourné et j'ai vu les yeux brillants de Jason qui me scrutaient dans la pénombre.

— Je sors, j'ai annoncé.

— Encore un de ces déjeuners interminables ? j'ai entendu la mégère soupirer alors que je ramassais ma cape et traversais la galerie d'un pas léger.

Pour Ursula, bien sûr, tout doit être réglé *au quart de poil* ; naturellement, je ne manque jamais d'y pourvoir. Ma table habituelle a été réservée au Coq d'Or et, sitôt que nous avons fait notre entrée magistrale par la grande porte à deux battants, le brave Emil est comme toujours à nos petits soins. (Ursula et moi, nous adorons les grands restaurants.) Tandis que je fais virevolter ma cape avec la souplesse chorégraphique d'une raie, et qu'Ursula abandonne à deux larbins rivaux son imperméable blanc dernier cri, nos narines hument à grands traits l'élégance sereine, inviolable, qui se dégage de la salle à manger cristalline comme dans un film : symétrie étudiée de la corniche et du grand lustre, contraste saisissant entre la bousculade anonyme des serveurs de l'ombre et les entrées applaudies des chefs de la fournaise, présence d'abord indiscernable, au premier plan, de riches convives chics, raffinement compassé et feutré de l'ensemble.

— C'est *bien* votre table habituelle, n'est-ce pas, monsieur ?

— Tout à fait, Emil, je dis en glissant un billet plié de cinq livres dans la poche supérieure de sa veste moirée.

— Et ce sera votre cocktail habituel, monsieur, en attendant que votre déjeuner soit prêt ?

Nous fendons à présent le cœur de la salle : j'interpelle et salue diverses connaissances, je m'arrête même pour échanger quelques mots avec un jeune acteur connu (ce qui met toujours Ursula en transe).

— Emil, *je vous en prie.* Comment voulez-vous que mon invitée et moi-même puissions réfléchir à quelque chose d'aussi *compliqué* que cela ? Nous devons d'abord être installés à notre table.

— Certainement, monsieur Riding.

Nous avons gagné notre table, sans nul doute la plus agréable du restaurant : elle était décorée de bougies comme on en trouve dans les grottes, située à proximité d'un superbe nu impressionniste que je convoite depuis longtemps, et offrait un magnifique point de vue sur le vaste panorama de la salle. Comme d'habitude, Ursula a commandé une coupe aux fruits de la Passion (nous pouffions déjà de rire) et...

— Et pour moi, Emil, mon martini vodka avec...

— Bien, monsieur. Avec deux tranches de citron, sans eau.

— Parfait, Emil. Je sais que je peux compter sur vous.

Chaque fois que nous mangeons dans un grand restaurant et qu'Ursula s'assied dos à la salle, me laissant m'installer face à la foule élégante, c'est toujours pour une raison très précise... Je me suis penché vers elle, j'ai allongé les avant-bras sur la nappe blanche, approché le bout des doigts à quelques millimètres de ma bouche, et j'ai commencé :

— Là-bas, dans l'angle près de la porte, se trouve Sam Dunbar, le « sculpteur ». Il fabrique des Giacometti minables qui ressemblent à des pieds de micro volés, sans parler de son assortiment de figurines en acier qui représentent même de malheureuses filles enceintes, avec leurs cheveux ébouriffés et leurs formes d'un sentimentalisme intolérable. Dunbar vient régulièrement chez Torka. Avec lui déjeune Mia Küper, qui est incontestablement l'hôtesse la plus ringarde du Tout-Londres : elle est fort capable de servir *deux* homards à chacun de ses invités pour le déjeuner, tellement elle a peur de ne pas en faire assez pour impressionner la galerie. À deux tables de là, Ernest Dayton, cette crapule d'architecte à qui l'on doit l'annexe du complexe culturel sur la rive sud de la Tamise, excite la journaliste de mode Celia Hannah en lui murmurant des mots doux entre ses grosses lèvres. Plus près de nous (ne te retourne pas), il y a Isaac Stamp, banquier, chef d'entreprise et juif, qui soûle sans élégance une fille dont j'imagine qu'il a loué les services. C'est l'escroc fainéant qui…

Mais il a bientôt fallu passer la commande, Emil s'étant discrètement matérialisé à nos côtés tandis que de toute façon Ursula riait déjà aux larmes.

J'ai pris une douzaine d'huîtres (qui n'étaient pas *tout à fait* à la hauteur de la réputation de la maison), suivies du succulent faisan à la mode de Champagne mitonné par François ; Ursula, après avoir mûrement hésité en contemplant la carte, a opté comme on pouvait s'y attendre pour la même chose. Et bien que ma sœur boive très peu et ne s'y connaisse guère en vins, j'ai insisté pour commander une bouteille de leur stupéfiant Rothschild 1952, en faisant un clin d'œil à Emil pour l'inviter gentiment à la terminer. Plus tard, Ursula s'est régalée à volonté des mille et un desserts proposés (je me dis souvent que c'est la partie du repas qu'elle préfère), tandis que je sirotais une délicieuse liqueur très alcoolisée avec mon café et que je mâchonnais un énorme havane pour lui faire plaisir.

Il devait être, oh ! près de seize heures lorsque nous sommes sortis de table. Je dois dire qu'U. ne manquait pas d'allure dans son imperméable blanc, et quand je l'ai attirée quelques instants dans un passage tranquille, nous n'avons pas tardé à nous frotter l'un contre l'autre et à roucouler comme des tourtereaux. Au bout d'un moment, j'ai fini par l'expédier en cours et j'ai regagné sans me presser la galerie et son atmosphère ténébreuse, en comparaison ; à mon arrivée, l'imposante matrone a surgi de sa tanière, écumant de jalousie, mais je lui ai échappé et je suis descendu au sous-sol en sautillant ; j'ai passé le reste de l'après-midi dans la réserve, à glousser devant de nouvelles gravures hilarantes qu'elle avait récemment rapportées de La Haye par mégarde.

Je ne sais pas, mais peut-être que si je menais une vie sexuelle moins dissipée de mon côté, je pourrais tolérer, sinon encourager, les marques d'attention de plus en plus osées de la part de Mrs Styles. Mais en l'état actuel des choses, c'est comme si... comme si j'étais une conquête potentielle de Terence, un objet poursuivi et observé en permanence par un besoin moite d'adoration. Il y a trois jours, la sorcière m'a surpris aux toilettes. J'étais allé me recoiffer et, pour une fois, j'avais omis de prendre la précaution de verrouiller la porte à double tour. « Greg ! Mais pourquoi vous donnez-vous cette peine, *vous* ? » elle a crié gaiement *en me prenant dans ses bras par-derrière*. Oui, oui ! Un geste « maternel »... À ceci près que, sous la forte pression de sa poitrine qui m'écrabouillait le dos, sous les mouvements de son pelvis qui se frottait contre mes cuisses, je sentais les trépidations et les crispations d'un animal invertébré.

Car on s'échauffe, on se déchaîne *joliment* chez Torka en ce moment, et le sieur Gregory Riding se trouve sollicité de toutes parts. De nos jours, je m'en rends bien compte, cela fait chic de chercher des mailles dans la soie de la décadence, de fureter dans les coulisses de la libération des mœurs, d'en appeler à la mauvaise conscience de la jouissance. Piètres fadaises que tout cela, bien sûr. (Autre cocasserie répandue : cette idée que la décadence serait coupable d'un crime de lèse-démocratie. Mais examinez donc les prolétaires, examinez-les soigneusement. C'est normal qu'ils restent entre eux. Qui d'autre en voudrait ? Ils sont faits les uns pour les autres.) Il ne se passe jamais rien de sordide chez Torka. La décoration sophistiquée de son appartement écarte d'emblée les relents malsains qui émanent de certains lieux de perdition où je suis allé jeter un œil – ces relents de pure bestialité, de sadomasochisme, de caméras cachées et de miroirs sans tain, ces relents de la faute. Ici, au contraire, règnent le luxe, les bonnes manières, le plaisir garanti dans la joie et la bonne humeur.

Arrivée à vingt heures. Je bondis de ma voiture de prix. Au préalable, je suis passé sous la douche pour éliminer la crasse tiède du métro déposée sur mon corps, que j'ai ensuite moulé dans des habits de soirée d'une provocation sans bornes. Le domestique de Torka ôte ma cape en ricanant, je contemple scrupuleusement mon image dans le miroir géant de l'entrée, puis je me fais conduire, dans l'agitation coutumière, vers le salon à moitié plein, dont les fenêtres de la terrasse s'ouvrent sur les lumières séduisantes de Hyde Park. Je traverse la pièce sous l'ardeur insistante des prunelles, me dirige vers la table en marbre où sont posées les bouteilles, me verse un verre d'excellent vin blanc et rejoins le célèbre Torka, bien installé sur sa méridienne préférée, pour parler boutique pendant quelques minutes, avant que ne commencent les premières estimations de la soirée. Qui est là ? Adrian bien sûr, Susannah bien entendu (je ne leur parle pas en ce moment), cette Américaine aux formes intrigantes que tout le monde porte aux nues, le petit timide qui peut se montrer très câlin à condition d'être pris en main, la Suédoise plate comme une limande qui fut une catastrophe ambulante l'autre soir, le producteur de télévision et sa femme qui ne sont pas *tout à fait* à la hauteur, et qui le savent, et qui sont toujours les derniers à participer aux ébats, Johnnie (la dernière trouvaille de Torka), les jumelles (deux Orientales dont j'ai testé le talent la veille, dans un jeu de symétrie fascinante), Mary-Jane, qui a l'air d'une antiquité mais qui n'en est pas moins très experte dans ses débordements d'affection,

Montague, qui veut toujours se contenter de regarder, Dieu merci, deux nouveaux garçons (un cow-boy viril – comment est-il arrivé ici, *celui-là* ? – et un blondinet beaucoup plus prometteur, avec son air félin), et trois nouvelles filles (une motarde en cuir, une intrépide à particule dont on dit qu'elle n'est pas capable de grand-chose, et une rousse plaisamment musclée, qui a exactement le genre de corps ferme, hâlé et vigoureux que j'aime).

Tout passe par les yeux. Aux environs de vingt et une heures, les poches de la conversation commencent à sombrer dans une agonie languissante – les verres ne sont plus remplis, les cuillers à cocaïne sont rangées, l'air s'emplit d'une enivrante fumée de résine – et les regards se mettent à parcourir la pièce. Des regards indécis et détachés, des regards qui proposent, repoussent, affichent, soutiennent, progressent, jusqu'à ce que les croisent d'autres regards qu'ils apprécient et saluent, avec lesquels ils parlent d'autres regards encore, les critiquant, s'accordant ou se disputant à leur sujet, allant chercher ailleurs de nouvelles alliances. Ensuite, nous nous éclipsons.

C'est avec trois des nouveaux venus (le blondinet félin, la motarde en cuir, la rousse musclée) que j'ai fini par me rendre dans la plus somptueuse des cinq chambres de Torka. (Il me semble aussi que Mary-Jane, la doyenne, nous a emboîté le pas, ou du moins qu'elle a fait une apparition, au cas peu probable où se présenterait à sa vue un orifice dont personne ne s'occuperait.) Fatalement, comme on l'imagine, je suis très vite devenu le centre d'attention de leurs yeux, de leurs bouches et de leurs mains. La rousse m'a embrassé sans lâcher prise tandis que la fille en cuir déboutonnait ma chemise et que le félin l'aidait à me dépouiller de mon pantalon moulant en satin. Pagaille et branle-bas de combat à la découverte de mes insolentes parties : tout un ensemble de lèvres qui s'ouvrent et se ferment en cadence. Coulissement d'une fermeture éclair du côté de la fille en cuir, apparition soudaine d'un bouquet de chair fraîche lorsque la rousse surgit de sa combinaison blanche et s'assied doucement sur mon torse, passant de chaque côté ses chaudes cuisses parsemées de taches de son, se renversant en arrière pour laisser le jeune félin lui caresser à pleines mains les seins (peut-être un tantinet trop lourds), tandis qu'entre eux, la motarde nue peut tout à loisir faire aller et venir sa bouche gourmande entre mes reins. L'espace de quelques secondes, mon corps est parcouru d'une acclamation fervente jusque dans ses moindres cellules. C'est de loin le moment que je préfère (même si, bien sûr, toute l'opération prend un temps infini). Après quoi, trop souvent, c'est une simple affaire de peau et de cheveux, de membranes, de trucs sans surprise ni valeur, de restes purs et simples, de rebuts.

Une nuit, vers la fin de ce mois de mars humide et antipathique, je suis sorti de chez Torka de bonne heure, non sans m'attirer une salve de protestations assommantes, et je me suis transporté à pied à la maison, marchant d'un pas vif dans les rues de minuit. Mon automobile sur mesure, toujours prête à jouer les divas en hiver, avait à nouveau été convoquée au garage des Voleurs, et je n'appréciais pas du tout ce safari nocturne sur Bayswater Road et Queensway, territoire oublié par la police et laissé à l'abandon, ou plutôt livré à des Méditerranéens en vadrouille, des vagabonds malades, des ivrognes titubants, et de trop rares taxis. Pas plus tard que la semaine précédente, j'avais assisté à un spectacle aussi pervers que sordide sur le devant illuminé du garage des Trois Squares, à l'angle de Smith Avenue. Un individu baissé en molestait un autre à coups de matraque pour le faire tomber à terre, tandis qu'à côté d'eux un énorme berger allemand rôdait en trépignant. Cette soirée, chez Torka, avait de toute façon été largement au-dessous de la moyenne. Je m'étais juste laissé entraîner en douce dans une chambre par un nouveau couple assez attirant, assez inventif (c'étaient au reste les seules personnes présentes) et j'en étais ressorti quatre-vingt-dix minutes plus tard, à la fois trop épuisé et trop rassasié pour avoir la patience d'endiguer le flot de reproches et de récriminations que me déversait Adrian. Dans la cuisine, Torka animait une discussion enflammée avec un décorateur d'intérieur ou un critique de danse ; j'en avais donc profité pour m'esquiver sans demander mon reste. (J'aurais mieux fait d'accompagner Kane et Skimmer dans leur balade à Brighton.) Je me sentais fatigué, engourdi par le froid qu'il faisait dehors, dans la rue. En quittant l'artère principale pour me faufiler entre les squares, j'ai senti tomber les premières gouttes d'une pluie acide.

C'est alors que je l'ai vu. La cage d'escalier, dans mon immeuble, a un mur vitré qui donne sur la rue : un mur de verre fin, flexible, qui se met à vibrer dès que le vent se lève. Au dernier étage, à l'extérieur de mon appartement, se profilait la silhouette trapue de ce martyr qu'est mon frère adoptif, le corps appuyé sur la fenêtre ruisselante de pluie. J'ai fait une halte. Lentement, Terence a ouvert les bras en croix. On aurait dit un enfant impatient, le visage écrasé contre la devanture de la nuit. Que voit-il en face de lui ? Quelle forme prend sa vie ? J'ai fermé les yeux un instant et je l'ai vu chuter à travers la vitre, tournoyant sur lui-même dans l'air sombre. J'ai rouvert les yeux, il n'était plus là. J'ai frissonné. A-t-il assez de raisons de rester au monde ? Attention, Terry, attention : s'il te plaît, fais attention à ne rien casser.

# IV

## *Avril*

### *1. Petit morveux, ils viennent te chercher.*

TERRY

Devinez un peu !

J'ai baisé une fille superbe l'autre jour. (Devinez un peu ! C'est pas vrai. Poisson d'avril.)

Mais écoutez. Ne vous faites pas d'illusions (je ne sais pas du tout comment ça va se terminer), mais j'ai quand même l'impression que les choses pourraient s'arranger.

Depuis quelque temps, j'ai pris l'habitude de me dire que si, apparemment, je ne lève pas de filles en ce moment, c'est qu'apparemment je ne rencontre pas de filles en ce moment. Comment je pourrais m'y prendre, même par des voies détournées ? (C'est juste que je ne connais pas d'êtres humains. Dur à avaler, hein ?) Il y a des femmes auxquelles j'ai le droit de parler, comme des serveuses de café et des conductrices de bus, mais c'est à peu près tout. Non. En réalité, je n'ai jamais eu d'amis, pas plus que d'outils pour me défendre contre ceux qui pouvaient me détester. Je suis seul.

Qu'est-ce qu'il peut bien y avoir d'autre ?

Mes ex ? À force, elles m'ont toutes délaissé ou bien oublié ; de mon côté, j'ai détruit la moindre trace d'affection dans les quelques cœurs qui m'avaient un jour ménagé une place – rien de plus normal, vu mes ardeurs maladroites et mes mains luisantes. Des filles que j'aborderais au hasard dans la rue ? La tactique, au départ, était prometteuse, même s'il y fallait une bonne couche de culot – une fille a pris mon numéro de téléphone (résultat nul), une autre s'est laissé inviter au pub (résultat nul) – mais c'est clair qu'elle est un peu démodée parce que : 1° la majorité des gens arrivent à baiser qui bon leur semble sans en passer par là ; 2° c'est extrêmement humiliant d'essuyer des échecs (trois rejets d'affilée sapent le moral, et l'intervention d'un passant pour défendre la nana, comme cela m'est arrivé un jour, glace les sangs). Les filles que ramène Gregory à l'appartement ? En fait, malgré tout ce qu'il peut vous raconter, Gregory n'a pas beaucoup d'amis non plus, sauf cette vieille tantouze minable de Torka, avec sa cour d'enculés, de suceurs et de brouteurs, et ces deux connards de la haute, Kane et Skimmer : si Greg ramène une fille à la maison, c'est pour un accouplement rapide en bonne et due forme ; si c'est toute une bande qu'il ramène, je me sens carrément en dessous de tout et je n'ose pas monter à l'étage.

Mais écoutez. On vient tout à coup d'embaucher au boulot une nouvelle intérimaire épatante. Et quand je dis « épatante », c'est par rapport aux critères de tout le monde, pas seulement par rapport aux miens. Ce qu'elle a de plus remarquable, ou du moins de particulièrement remarquable, ce sont d'abord ses énormes seins. Non, pas énormes au sens vulgaire du terme : ni « haut perchés » ni « arrogants », rien d'une telle présomption. Juste deux seins parfaitement incongrus et attachants, posés là au milieu du reste, associés à un thorax qui paraît tout chétif en comparaison, à une taille si frêle qu'on la dirait creuse, à un petit derrière si pimpant qu'il en devient presque gênant, à des jambes de biche. Souvent, quand elle marche, elle croise pudiquement les bras sur ses seins, comme s'ils n'étaient pas à leur place, comme si elle n'en voulait pas (qu'elle me les donne !). Je trouve qu'elle a vraiment un beau visage. Au premier coup d'œil, on dirait un de ces visages insensibles qui suivent la mode, avec une grande auréole de cheveux teints au henné, un nez presque postiche, des yeux barbouillés de noir, un menton creusé d'une fossette, une large bouche qui semble manquer de générosité. Mais en poursuivant l'examen (chose dont je ne me prive bien sûr à aucun moment), on en vient à distinguer toutes sortes de formes douces et sentimentales sous l'éclat télégénique de la dureté. Elle a des yeux, en particulier, d'un violet pur : des yeux espiègles, par-dessus le marché, des yeux pleins de tendresse.

Tout a commencé un matin de la semaine dernière. J'étais assis à mon bureau, paré d'une gueule de bois comme je n'en avais encore jamais connu (j'avais même acheté un jus de tomate chez Dino, à la place de mon café habituel, ce qui est toujours mauvais signe) et j'étais au milieu d'une conversation haineuse, discordante et indigeste avec Wark, le stalinien timbré. Il avait posé ses grosses fesses molles sur le petit classeur où je range mes dossiers et, d'une voix pâteuse, avec un débit qui évoquait plus que d'ordinaire le plastique et les abats, il regrettait que, malgré toute sa courtoisie prout-prout, Lloyd Jackson s'avère incapable de résister à John Hain sur le chapitre de la restructuration qui allait bientôt affecter le personnel. J'allais tomber d'accord avec lui lorsque soudain, nul autre que l'ex-pigiste a ouvert la porte de mon box avec sa morgue habituelle et nous a annoncé, en esquissant un léger sourire sur ses jolies petites lèvres :

— Voilà ce qui s'appelle faire d'une pierre deux coups. Question d'« efficacité », comme on dit maintenant. On a une nouvelle intérimaire. Je vous présente Geoffrey Wark… je vous présente Terence Service.

Et je vous la présente, elle : elle portait un jean moulant et un ample tee-shirt, elle avait les épaules affaissées (et les bras croisés de la manière que j'ai déjà décrite), un rictus de timidité sur le visage, un plissement de myope entre ses yeux indigo.

— Et je vous présente, il a dit, *Jan*.

Comme il peut ressembler à Gregory, parfois, j'ai pensé en me redressant sur mon fauteuil ! Wark a salué de la tête avec insistance, puis il s'est retourné et s'est mis à regarder par la fenêtre sans se démonter. Qu'est-ce que je pouvais bien dire pour lui faire comprendre que je me désolidarisais des valeurs incarnées ici par Wark et par l'intelligent Lloyd-Jackson, que j'éprouvais un vif élan de compassion (sans la moindre trace d'hypocrisie) pour la position ordinaire et plus strictement fonctionnelle de son emploi, que j'étais gentil, très sympa et que je ferais un bon mari ? Je me suis penché en avant en réfrénant mon enthousiasme :

— Salut, j'ai dit.

— Salut, elle a répondu en souriant.

— Combien de temps, je lui ai demandé, combien de temps comptez-vous rester parmi nous ?

Jan a écarté ses narines ovales :

— Oh ! Disooons, un mois ou deux.

— Ça devrait suffire. Allez, venez, encore deux autres personnes à voir, lui a dit Lloyd-Jackson avec indulgence, en la précédant pour sortir de mon box.

— À bientôt, je lui ai lancé.

— Pas de problème, elle a répondu.

— Je vous expliquerai le fonctionnement de la maison dans quelques minutes, Wark a ajouté en salivant.

Voilà comment tout a commencé. Un peu plus tard, ce matin-là, je suis sorti de la fournaise de mon placard et je suis passé dans la pièce principale du bureau sous le prétexte d'aller chercher les anciennes factures pour les comparer aux bordereaux de vente que j'avais nonchalamment pris avec moi.

— Oh là là ! Je ne sais pas encore où ça se trouve, ça ! s'est défendue Jan.

— Ici, laissez-moi vous montrer, je lui ai répondu.

Ensemble, nous avons examiné le carambolage de cartons pendant près de quatre-vingt-dix secondes, tandis que l'air environnant s'emplissait de courants immobiles, d'ombres apparues à l'improviste, de grains de poussière étincelants et bourdonnants... Quelle histoire !

J'ose ? Je n'ai rien à perdre, après tout.

Sur un ton aussi pédant que pétillant : « Laissez-moi vous conduire dans un endroit où l'on peut obtenir un peu d'alcool contre de l'argent ? » Avec un aplomb nuancé par une tournure tant soit peu littéraire : « Pourquoi ne pas m'accompagner au pub ? » En émettant une proposition en l'air : « On va au Crown ? » Avec une brutalité toute plébéienne : « Envie d'un verre ? »

Il était pile dix-sept heures vingt-cinq. Vêtue d'un tailleur années quarante bien coupé et de collants mauves (la première fois qu'on voyait correctement ses jambes), Jan fourrageait dans la musette qui lui servait de sac à main, avec ces gestes désordonnés, voire incohérents, qui précédaient d'habitude son départ. À tout moment, elle pouvait se lever, s'étirer, bâiller, puis faire le tour de la table en lançant ses adieux à la cantonade. Elle s'entendait à merveille avec les deux secrétaires en poste permanent, la jeune cruche et la vieille épave, et elle faisait toujours un brin de causette avec elles avant de sortir d'un pas vif. C'était son huitième jour dans la boîte ; c'était donc aussi le huitième soir que je passais à la contempler derrière ma porte entrebâillée, animé d'un désir ardent. Les sept fois précédentes, elle avait été en pleine discussion avec ses deux amies, ce qui avait bien entendu empêché toute approche de type direct (on n'est quand même pas dans le métro ni dans la rue. « Tu ne peux pas prendre un verre ? Tu ne *veux pas* prendre un verre ? Bien, très bien. À demain. ») Mais ce soir-là, en revanche, Jan prenait son temps, comme pour me narguer ; elle tripotait un poudrier qui refusait de s'ouvrir. Anne et Muriel ont franchi le seuil du bureau. Parties ! La voie était libre. Oh non !

N'importe quel gentleman se serait levé de son fauteuil et l'aurait tranquillement rejointe à sa table. Vous-même, vous vous seriez penché au-dessus d'elle, vous lui auriez proposé vos services pour l'aider à se dépatouiller du boîtier rose dont ses longs doigts ne venaient pas à bout. Un autre type le lui aurait sans nul doute pris des mains, il aurait serré les dents et se serait tourné vers elle avec un air de modeste surprise, une fois ouverte la palourde embaumée. Personne, aucun être humain, n'aurait su résister au choc émotif quand elle aurait levé les yeux, souri, et crié :

— Tarzan !

— Envie d'un verre ? je lui ai demandé.

Elle est venue. Nous sommes allés à l'Entreprise, un petit pub à la mode sur Fox Street, malgré l'air délabré et lugubre que lui donnaient ses murs en marbre sombre et ses tristes fenêtres. J'ai exécuté mon numéro grotesque : debout sur la pointe des pieds, séparé du comptoir par quelques consommateurs, j'ai agité un billet d'une livre en direction du patron. Impossible d'attirer l'attention de cet homme aigri qui se déplaçait avec une incroyable lenteur. À intervalles réguliers, je me tournais vers Jan pour lui dire : « J'en ai pour une seconde », ou « Il ne m'a pas vu », ou encore « Mon Dieu ! » ; enfin, muni d'un demi de bière et d'un whisky-citron pour la dame, et démuni de toute monnaie, je l'ai suivie à travers la foule des costauds en costume, je l'ai installée dans un angle de la pièce qui la mettait à son avantage, et j'ai couru au sous-sol pour soulager ma vessie et camoufler une partie dégarnie de mon crâne. Puis je l'ai rejointe, elle et nos verres, à notre table.

— Tout va bien ? elle a demandé.

Je me moque de ce qu'on pourra dire, mais je crois que j'étais en superforme et que je lui ai fait une impression extrêmement favorable. Tout à fait par hasard, je portais mes plus beaux habits (c'est-à-dire les plus récents) et, un bonheur n'arrivant jamais seul, j'avais en plus l'impression de pouvoir me regarder dans la glace sans honte, ce jour-là : le teint moins blême, les lèvres moins crevassées, les cheveux moins rebelles que d'habitude. Mes mains ne tremblaient pas tant que ça non plus (la preuve : je lui ai allumé trois cigarettes en remarquant avec plaisir, dans un léger souffle, la quasi-immobilité de la flamme) et je ne parlais pas avec ces spasmes et ces trémolos qui me déforment parfois la voix dans des moments de stress, de honte ou de convoitise. (Elle ? Un sex-symbol du début à la fin.) La conversation ? Fluctuante. Disons fluctuante, mais pas absente.

Mon Dieu, mais quel *bonheur* ! Et quelle absurdité : d'un seul coup, je me suis senti un autre homme. En rentrant chez moi ce soir-là (le pont, le métro, les rues), je ne dévisageais plus les filles que je croisais avec un appétit féroce, comme si le seul constat de leur existence constituait une blessure vive, une atteinte à ma personne, un coup porté aux vestiges de mon honneur. La jolie petite Noire qui ramasse les tickets à la sortie de la station Queensway, et qui me fournit d'habitude le prétexte à quelque fantasme tropical, a pris le mien en répondant à mon merci par un autre merci : comme si j'avais été n'importe qui, comme si j'avais été vous. En quittant l'artère principale, j'ai vu un couple qui se pelotait sous la marquise d'un hôtel pouilleux ; je me suis éloigné avec un réflexe de répugnance et de colère jusqu'à ce que je ralentisse le pas, que je réfléchisse à la scène et que je leur souhaite beaucoup de plaisir. Ces rues qui, jusqu'à la semaine dernière, me faisaient l'effet d'un documentaire mort qu'on aurait projeté sur mon chemin soir après soir semblaient s'adoucir et regorger d'ombres plus variées. Je me suis arrêté dans le square, des feuilles me filaient entre les pieds avec bienveillance, j'ai regardé les lumières des studios s'allumer peu à peu.

— Oui, je sais, j'ai dit. Bien sûr qu'elle ne voudra pas. Je sais, je sais. Mais quand même.

J'ai croisé Gregory dans la cuisine (c'est ça, la haute société) ; il avait l'air tiré à quatre épingles et prêt à sortir, mais il n'a fait aucune difficulté pour rester un peu tandis que je me versais un verre.

— Comment ça va ? je lui ai demandé.

— Complètement débordé. Et toi, quoi de neuf ?

— Rien. Toujours la paralysie totale au bureau. Et je n'ai pas baisé récemment, si c'est ce que tu veux savoir.

— Tu n'as pas réessayé avec la petite aux grandes oreilles ?

— Gita ? Si. Mais elle n'en avait pas envie.

— Quelle garce ! Mais pourquoi, putain ? Pour qui est-ce qu'elle se prend ?

— Ça… Mais je pense avoir compris pourquoi elle n'en a pas envie. Elle est tellement gourde qu'elle a oublié qu'on avait déjà baisé ensemble.

— Elles sont infernales, pas vrai ? Mais à quoi elles servent, d'après elles, si elles veulent même pas baiser ?

— Tu vas où ?

— Chez Torka, il a répondu.

— Amuse-toi bien. Peut-être que je devrais virer pédé moi aussi.

— Merci. Tu restes à la maison ce soir ?

— Ouais, je…

Mais il a pris sa cape et m'a fait un signe de la main.

— Bonne nuit, je lui ai lancé.

Je suis resté à la maison. J'ai bu du whisky jusqu'à vingt-deux heures, dîné d'une tranche de jambon sous vide et de haricots froids, pataugé dans la baignoire un long moment, puis je suis allé me coucher. Des rêves érotiques et prometteurs, des rêves de lutte et de crise, suivis d'une courte période d'insomnie entre cinq et six heures, puis d'autres rêves, et enfin d'une certaine activité manuelle pendant que je fumais ma première cigarette du matin, comme si mon corps négligé se mettait enfin à revivre.

Ce jour-là, je lui ai de nouveau demandé si elle voulait venir au pub. Et elle a accepté.

Autre petite ruse de mon invention : grâce à un tissu d'allusions, de léger cabotinage, de mascarade, de réserve, de subterfuges et de mensonges, j'ai réussi à donner à Jan l'impression que je baisais, que j'avais baisé, ou en tout cas qu'il m'était définitivement arrivé de baiser avec Ursula un jour ! Je sais, ce genre de conduite est en soi contestable, mais j'ai toujours pensé, en premier lieu, qu'on ne met jamais autant d'atouts de son côté pour réussir sexuellement qu'en réussissant sexuellement (on ne peut pas avoir l'un sans l'autre, ni l'autre sans l'un) et, en second lieu, que les signes extérieurs de la réussite sexuelle se distinguent mal de la réussite sexuelle elle-même. (En troisième lieu, je suis complètement déglingué, cela ne peut pas me faire de mal. Les femmes, ça ne me réussit pas. C'est *comme ça*, rien à faire. Mais ça ne réussit pas à Gregory non plus. Sa seule réussite est sexuelle.) Bref : Jan, ma belle Jan éthérée, pivote sur sa chaise pivotante au milieu de la pièce ; appuyé à son aise sur la table à côté d'elle, les yeux bleus et brillants, les bras musclés et croisés, les cheveux roux et dégarnis, se trouve le Vendeur Stagiaire, Terence Service, qui est en train de parler avec fougue et condescendance à la fleur du personnel, lorsque, à midi quarante-cinq précisément, arrive l'autre fille de mon entourage, cette poulette, cette gonzesse qui s'appelle Ursula, et dont je laisse à Jan le temps d'apprécier l'étrange beauté d'aristocrate en lâchant un « oh oh » du coin des lèvres ; puis je me lève d'un bond avec mauvaise conscience, je fais les présentations d'usage (juste par les prénoms), je bredouille des excuses et je mets les voiles avec Urs pour lui offrir un bon repas nourrissant. (Ce qui est toujours mieux que la manière dont la traite Gregory ces temps-ci. La semaine dernière, apparemment, ils ont passé une demi-heure très déprimante dans un snack-bar près de sa galerie : il ne pouvait pas rester plus longtemps, lui a-t-il expliqué, et il a même dû lui emprunter soixante pence pour payer le déjeuner. Voilà qui met du baume au cœur. Un jour, il faudrait que je sache ce qu'il fait exactement comme boulot.)

Je soupçonne en tout cas que l'alibi d'Ursula produit des effets salutaires sur la jeune Jan, qui m'a interrogé à son sujet non pas une, mais deux fois (sans jalousie, hélas, mais avec un intérêt respectueux) et qui m'a répété à plusieurs reprises qu'elle la trouvait « vraiment jolie. » (Les filles apprécient toujours le physique d'Ursula, sans aucun doute parce qu'elle n'a pas de poitrine.) Dès qu'elle en parle, je feins d'être blessé et je prends un air nostalgique.

— Oui, je lui ai répondu hier en mordillant ma grosse lèvre plissée, c'est triste que... que ça ne marche plus tout à fait comme avant entre nous.

Jan a répondu :

— Oh mon Dieu !

J'ai regardé par la fenêtre ruisselante.

— Ouais. Mais bon ! Au moins on est restés amis. (Je me sens puissant quand je dis des choses comme ça, puissant comme une montagne. C'est de loin ce que j'ai fait de plus sexy cette année.)

Sans doute aussi que je dois continuer à profiter de l'alcoolisme galopant de Jan, que je dois continuer d'y puiser sécurité et encouragement. *Bon sang*, quelle boit-sans-soif, cette fille ! À côté, j'ai presque l'impression d'être sobre, même si je suis tout le temps soûl comme une barrique, ivre à rouler par terre, bourré en permanence. Je comprends maintenant la force du cliché : *comme du petit-lait*. Je l'ai vue boire trois demis de bière et quatre verres de vin au déjeuner, sans rien perdre de son efficacité ni de sa légèreté au travail dans l'après-midi. Elle peut écluser sept ou huit whiskies-citron à la sortie du bureau sans problème, et quitter le pub en courant pour aller prendre son train comme une lycéenne. (Elle habite à Barnet chez ses parents, Dieu merci. Jan n'est pas le diminutif de Janice ou de Janet, comme je l'avais cru, mais de Jane : beaucoup plus raffinée qu'elle ne le laisse croire. Elle parle un peu trop souvent, à mon goût, d'un petit couillon qui s'appelle Dave, mais toujours à l'imparfait ou au plus-que-parfait, et jamais ailleurs que dans des propositions subordonnées conjuguées au passé.) Naturellement, j'insiste jusqu'au bout pour payer le moindre verre qu'elle consomme en ma compagnie (histoire de la rendre coupable de ne pas coucher avec moi) et j'ai calculé que je pouvais la sortir au pub *deux fois par jour* pendant trois mois et demi avant de me trouver dans le rouge. (À propos, j'ai une trouille bleue d'être fauché. Je dis parfois que ça ne me fout pas la trouille. Mais c'est faux. Ça me fait pisser de trouille.) Mais ça ne va pas prendre autant de temps, n'est-ce pas ? Dans un cas comme dans l'autre, ça ne *peut pas* prendre autant de temps.

Bon Dieu, je suis fou d'elle. Il y a des fois où, lorsqu'elle me sourit ou qu'elle m'appelle par mon nom sans lever les yeux, j'ai tout bonnement envie de fondre en larmes, en chaudes larmes de gratitude. Je sens monter le trop-plein de sel dans ma gorge nouée, prêt à déborder, prêt à s'écouler. Il y a d'autres fois où, lorsque je l'entends marmonner tout bas en fouillant dans son sac à main, ou pousser un petit grognement d'effort en déplaçant sa lourde machine à écrire, je me raidis sur ma chaise, découvre mes dents et me frotte les mains. Sans compter qu'elle a un humour incroyable et d'inépuisables ressources de bonne humeur : si elle arrive à imiter à la perfection, par exemple, l'abominable Damon qui ne parle que par monosyllabes, elle est de très loin, parmi nous tous, la moins désagréable avec lui, à tel point qu'elle me fait même hésiter quand j'aurais envie de le taquiner devant les filles ou de l'humilier en lui demandant d'aller faire une course superflue. (Tout le monde l'apprécie, rien de plus normal. Burns cache son poisson et son vinaigre dans un tiroir de son bureau ; Herbert est toujours en train de lui débiter ses conneries, le sacré *veinard* ; Wark-le-timbré lui pardonne affectueusement ses bourdes professionnelles les plus énormes ; et John Hain lui-même en vient à oublier de travailler en douce à sa promotion, afin de l'admirer dans son numéro.) Et ce visage qu'elle a, oh mon Dieu ! Et ses yeux, ses cheveux ridicules ! Que se passerait-il si j'approchais ma main de la sienne et qu'elle la prenne, si je lui mettais les bras autour des épaules et qu'elle ne bouge pas, si elle me laissait l'embrasser… avec la langue ? Aide-moi, Seigneur, aide-moi. À quoi peuvent bien ressembler ses seins ? *Merde*, il faut que je le sache. Je donnerais tout ce que je possède pour le savoir.

Et que se passerait-il encore, par exemple, si elle me laissait, vous voyez ce que je veux dire, les toucher (on devine ses tétons durcis quand il fait froid, et elle a tendance à croiser pudiquement les bras sur sa poitrine, en diagonale) – si elle me laissait donc les toucher, les effleurer à peine, puis continuer peut-être (pourquoi pas ?) à glisser la main vers son ventre dur, son petit derrière intimidant et… *oh non…* son (je ne peux plus dire ce mot)… : est-ce qu'il serait roux et auburn comme ses cheveux, ou bien avec des poils noirs ? Et dans quelle densité ? Juste une petite touffe comme il faut, une toison épaisse remontant en volutes vers sa taille, ou bien quoi ? Est-ce que j'aurais la chance de le caresser et… ? Oui, voilà ce que je ferais : je me mettrais à genoux entre ses cuisses aussi longtemps qu'elle en aurait foutrement envie, des mois entiers, une éternité, je m'installerais à demeure et je ferais mon possible pour lui donner du plaisir, de sorte que cela ne serait pas très grave si je n'arrivais pas à bander, sauf bien sûr si elle était particulièrement douée pour y remédier, si elle maîtrisait quelque technique étrangère, ou si elle me traitait simplement avec une douceur et une sympathie hors du commun, ou encore si elle était très excitée de son côté et que… Bon sang ! Ça ne m'a encore jamais traversé l'esprit : vous croyez qu'elle en a *envie* pour de bon ?

Calme-toi. Ne va pas t'imaginer des choses. Qu'est-ce que ça peut bien foutre, pour l'instant, qu'elle en ait *envie* ou non ? Cela arrive-t-il si souvent, après tout, que des filles couchent parce qu'elles en ont *envie* ? (Ce n'est pas comme ça que tu vas y arriver, empoté que tu es. Ça n'a jamais marché pour toi.) Vas-y, fonce. Enjôle, échaude, persécute ou corromps ; prie, pleure, pique, asticote ; maudis, menace, mens, triche. Mais fonce.

Nous étions par exemple (bien que ce soit moi qui le dise) au pub pas plus tard qu'hier soir.

Un crépuscule chargé d'émotions, une nuit si désirable et si lente à tomber que personne n'avait songé à allumer la lumière pour la chasser. On en était à trois verres chacun, dans notre coin, et il avait commencé à se former entre nous et tout le reste de la pièce une vapeur mystérieuse à vous tirer les larmes. Les yeux embués, j'observais Jan qui continuait à parler, en me disant que la dernière des choses à faire était peut-être des avances : quel intérêt, si cela signifiait la fin des soirées comme celle-ci, la fin de cette douce ébriété à la tombée du jour, la fin des conversations entre amis autour de nous, la fin du bruit de la pluie fine et de la circulation souveraine à l'extérieur ? Je me suis mis à parler. Je l'ai à nouveau regardée, avec ses petites narines pâles, sa bouche tombante, la trace discrète des demi-grains de beauté et des taches de rousseur autour des lèvres.

— Écoute, j'ai dit. Viens prendre un verre à la maison demain. Tu rencontreras mon frère, mon frère adoptif. Ses parents m'ont pris en charge quand j'avais neuf ans. J'avais mes propres parents, bien sûr, mais ils ont déconné. Je partage l'appartement avec lui. Il s'appelle Gregory. Je crois que tu l'aimeras bien (et que tu auras envie de lui. Vous croyez donc que je n'ai pas songé à cette hypothèse ? Bien sûr que si. Je lui en toucherai un mot. J'arrangerai les choses. Il ne me ferait pas un coup pareil s'il savait tout ce que cela représente pour moi). Il est bizarre. Pédé comme un phoque, à propos. On ne s'entend plus et, d'ailleurs, je ne me rappelle pas comment c'était quand on s'entendait bien ; mais il fut un temps, il fut assurément un temps où je l'aimais…

Maintenant, je ne le vois presque plus. Il me manque. C'est le seul ami que j'aie jamais eu.

Il fut un temps où j'aimais Gregory. Oui, où je l'aimais. À ma manière, d'accord, mais personne n'aurait pu faire autrement. Quel garnement ! Ce n'était pas la peine d'être celui que j'étais pour voir qui il était, lui. Capable de tout sans que ce soit jamais une question d'audace. Ses transgressions n'étaient que la parure de son étourderie, la phraséologie de son charme et de sa chance. Comme si, de toute façon, l'audace pouvait exister dans ce paysage douillet de pièces claires, de goûters plantureux et de grosses gouvernantes.

Il volait avec ambition, avec subtilité et naturel, et *sans se faire pincer*. Il traînait à la sortie des supermarchés, son sac marin ployant sous le butin de tablettes de chocolat et de boissons gazeuses. Un jour, il a volé un *ballon de foot* chez Macmillan, sur Church Street, tout simplement en le faisant rebondir par terre jusqu'à la porte. Une autre fois, juste pour rigoler (il ne fume pas), Greg était appuyé sur le comptoir d'une boutique sordide près de mon école pour voler des cigarettes, mais il a été pris en flagrant délit par l'énorme propriétaire, qui nous a barré la porte et nous a froidement lancé qu'il allait appeler la police, faire venir les flics, et qu'on allait voir ce qu'on allait voir. Bien sûr, nous avons tous les deux fondu en larmes, moi en sanglotant du fond de la gorge à intervalles réguliers, comme un condamné (je savais qu'ils finiraient par m'attraper), Gregory en poussant des vagissements suraigus de détresse au moment de rendre le paquet de dix cigarettes bon marché, redoublant de remords hystériques, priant et suppliant l'homme de nous laisser partir. Ce que celui-ci a fait dès qu'il a eu fini de hurler et de nous insulter tout son soûl, en tournant le loquet de la porte et en nous jetant dehors avec dégoût. J'étais toujours en larmes lorsque, cent mètres plus bas, Gregory s'est tourné vers moi, les yeux secs et le regard triomphant, brandissant dans la paume de sa main un paquet de *vingt* Pall Mall longues.

Où trouvait-il cet aplomb ? D'où tirais-je le mien ? Je chapardais aussi, bien sûr, mais rarement, en amateur, sous forme compulsive, et jamais en dehors de la maison. Je pillais les portefeuilles et les sacs à main dans le fruste espoir de n'y rien trouver – mais non sans m'approprier ce qu'ils contenaient le cas échéant. Je frôlais les tables encombrées du salon, éclatantes d'argent et de quartz comme des carrières de métaux précieux en miniature, puis je montais quatre à quatre l'escalier, nouveau propriétaire paniqué d'un article de prix et de poids, qui lestait ma poche comme s'il s'était agi d'une boule de billard. Si je voyais la bourse de ma mère adoptive bâiller largement sur le buffet de la cuisine, tel un sac renfermant des trésors d'adulte, mes doigts se mettaient tout à coup à fureter entre les parois de cuir. Je ne cachais jamais les babioles en lieu sûr, je ne dépensais jamais l'argent que je volais. Pourquoi est-ce que je chapardais ? Il doit y avoir assez de raisons pour remplir tout un manuel. Un jour, j'ai provoqué un scandale sans précédent en détalant avec une fiole de grande valeur qui ornait le manteau de la cheminée dans la salle à manger. Presque tout de suite (à mon grand effroi qui provoqua des sueurs froides), l'alarme s'est mise à retentir. J'ai posé l'insecte brûlant sur une table du couloir au premier étage et je suis monté me réfugier dans le grenier. Je me suis glissé sous un bois de lit renversé, tendant l'oreille pour écouter les coups de fouet saccadés et les vibrations aiguës de la patrouille en marche. Petit morveux, ils viennent te chercher. Je voulais *mourir*, mourir… Gregory était seul lorsqu'il m'a trouvé. Je m'attendais à ce qu'il appelle les autres en poussant un cri de joie, mais au contraire, il s'est arrêté, s'est agenouillé à côté du bois de lit et s'est glissé dessous pour me rejoindre. Son visage était aussi trempé de larmes que le mien.

— Descends, Terry, il m'a dit. On n'est plus fâchés. L'incident est clos.

Il avait de la tendresse à l'époque, un éclat authentique, un flair extraordinaire pour l'enfance et la jeunesse, comme s'il avait été assez astucieux pour comprendre qu'il vivait les jours comptés de sa liberté absolue, sans que rien lui fût interdit, et qu'il s'en tirerait, qu'on l'aimerait de toute façon, mais que cela ne pourrait pas durer toujours. Gregory, ô Gregory, mon frère d'opulence et de légende. Ton enfance a pour moi une valeur sentimentale parce que la mienne n'en a pas. Je te revois, filant sur la route du village à la vitesse de l'éclair, pédalant sans les mains sur ton vélo de course à l'heure où les filles sortent de l'école ; je te revois aussi à ton goûter d'anniversaire, dans ton premier pantalon long, les yeux inondés de joie quand les flammes des douze bougies se transformèrent en autant de filets obliques de fumée, comme si les quatre horizons convergeaient pour ton plaisir ; je te revois encore, assis dans la voiture qui te conduisait en pension à l'automne, sans nous saluer de la main, sans incliner ni baisser la tête, sans montrer d'appréhension pour ce monde de maléfices dont les portails de la propriété t'avaient jusqu'alors protégé. C'était formidable, j'adorais ta vie comme n'importe qui l'aurait adorée.

Qu'est-ce qui t'a bousillé ? Qu'est-ce qui t'a changé ? Il s'est passé quelque chose. Quelque chose qui t'a volé ta sensibilité, ta tendresse, ton cœur, et qui t'a transformé en ce pauvre petit paquet de mépris, d'arrogance et de préjugés pour lequel tu te fais désormais passer – tous ces défauts qui ont été les premiers à te bousiller.

Mais regarde-toi un peu, *petit branleur, espèce d'enflure*, avec ta guimbarde de chochotte à la con, tes fringues de tapiole qui te couvrent de ridicule, ton boulot minable de tire-au-flanc, tes crétins d'amis pédés, tes angoisses de *fric* qui te bouffent et te rongent, ton esbroufe d'un autre âge, tes mensonges sans fin. Gregory est un menteur. Ne croyez pas un mot de ce qu'il dit. C'est un fabricant de mensonges.

Écoutez : s'il baise Jan, je devrai me débrouiller pour qu'il en crève. Je le tuerai, et elle aussi (je quitterai le pays, je referai ma vie ailleurs). Oh mon Dieu ! Peut-être que le moyen le plus sûr serait encore de le payer pour l'en empêcher, de lui offrir de l'argent (il l'accepterait, il est sur la paille). Ou alors, je pourrais le menacer (je sais que je peux le gagner à la bagarre. Il est plus costaud que moi, mais je me fiche d'être amoché. Pas lui). Ou accepter de déménager s'il ne touche pas à elle. Ou encore lui jurer que je me tuerai s'il la touche. Écoutez bien : s'il baise Jan (une épreuve d'athlétisme ordinaire à son programme, ça se pourrait bien), ma haine trouvera une solution pour briser sa vie, esquinter son corps, ou le rendre fou.

## 2. *Avril est le mois le plus cool pour les gens de ma trempe.*

GREGORY

Il me faut absolument dire quelques mots de la pétasse assez fantastique que Terence s'est mis à ramener à la maison après le travail. Joan ? Janice ? Janet ? Bref, un nom aussi ridicule. Secrétaire de son état, cela va de soi ; autrement dit, une petite employée chargée de s'acquitter de menus travaux sans conséquences dans le trou à rats qui les exploite. Une dégaine de poupée de chiffon, une gouaille de serveuse, un laisser-aller comme tant d'individus que l'on remarque à peine quand on les croise dans le tohu-bohu de la vie, et que l'on ne s'attend guère à rencontrer pour de bon. Intéressant, j'imagine, d'avoir affaire en chair et en os à ces zéros ambulants : du moins cela compense-t-il en partie le fait de partager son appartement avec une nullité.

Elle a une coupe de cheveux toute tire-bouchonnée... Or, je me fais un devoir de chausser mes lunettes noires les plus épaisses dès que j'entrevois le *moindre* « frisottis ». Mais dans le cas de la petite Janice, je reconnais bien volontiers que l'effet est plutôt comique, au sens galvaudé et romantique du terme, surtout qu'il s'associe à de petits traits idiots, à un orifice obstrué de poisson rouge qui lui sert de bouche, et que l'ensemble lui donne cet air vide que recherchent les peintres de supermarché : souvenez-vous de ces portraits de minus tout mignards, tout en grimace et en œillade, dont les tableaux se trouvent la plupart du temps accrochés sur des murs en taffetas chez d'illustres représentants de la délinquance. (On assiste en ce moment à un retour du kitsch, subventionné par de vulgaires charlatans comme Du Pré à la galerie Merton : trois semaines d'exploitation ? quatre ?) Pourtant, il n'empêche que le visage de Janice présente aussi plusieurs signes d'une dureté intéressante (plis sévères autour des yeux, pincement parfois mesquin des lèvres), ce qui, d'après mon immense expérience dans ce domaine, laisse supposer une forte dose de hardiesse et de savoir-faire au lit.

J'imagine aussi que Terence vous a parlé de ses bizarreries anatomiques. En règle générale, là encore, j'aime les filles qui ont une *petite* poitrine : mes seins préférés sont de petites rondeurs doucement galbées, discrètement gonflées, terminées par de légères tétines en forme de pétales. Rien de tel pour susciter mon intolérance que ces femmes qui envahissent tout l'espace comme des hommes-orchestres. De lourds plateaux de crème aussi encombrants que des sacs à dos, couronnés par un bout de saucisse tordu comme une cerise sur le gâteau : formidable, merci, très peu pour moi. Sans autre forme de procès, je reconnais cependant que les seins de Joan sont absolument colossaux (à tel point qu'elle doit porter un soutien-gorge) et qu'ils seraient à vomir sur n'importe quelle autre fille (sur Susannah, Mrs Styles, Miranda, etc., etc.). Mais son corps manque délicatement d'harmonie, comme en fait toute sa personne. Qu'ont à faire là de tels seins, gauchement perchés sur le treillage d'une frêle cage thoracique, au-dessus d'un piètre tour de taille ? (Chapeau pour tout ce qui se trouve sous la ceinture, soit dit en passant : pour les longues cuisses fines, pour le postérieur mutin de jeune garçon.) Elle a une certaine classe et, non, je l'avoue, elle me procure une certaine distraction.

Prenez la première fois où Terence l'a ramenée chez moi. C'était une splendide soirée de la mi-avril, un crépuscule couleur bourgogne se décantait lentement derrière les hautes fenêtres. Je rêvassais, allongé sur mon lit avec une timbale de Tío Pepe posée en équilibre sur mes tablettes abdominales ; je venais de prendre une douche, je jouissais de l'intervalle qui sépare le moment où les habits de la journée ont été ôtés et le moment où ceux de la soirée vont être enfilés (un intervalle de nudité, donc, exception faite d'un caleçon blanc plutôt affriolant et en pleine forme), et je m'apprêtais, de façon générale, à filer chez Torka dans mon bolide vert, qui m'avait été ce jour-là ramené du garage des Voleurs avec une facture à tomber à la renverse. J'ai entendu les pas ivres qui se traînaient comme d'habitude devant la porte d'entrée, et j'étais sur le point de poser mon verre pour faire semblant de dormir de profil lorsque j'ai entendu des voix, et un léger accent féminin des faubourgs qui se mêlait au ton professoral de Terence et à son timbre de baryton. Je me suis assis sur le lit avec une impatience perverse, je les ai écoutés monter l'escalier qui menait à ma chambre : Terence, avec un sac brillant plein de bouteilles bon marché, suivi de notre Joan, avec toutes ses frisettes.

— Oh ! Pardon, Greg, a-t-il dit en détournant le regard de mon corps presque dénudé. Je croyais que tu serais sorti. Je voulais juste prendre des glaçons.

— Entrez, entrez, je les ai encouragés d'une voix traînante.

— Oh… Merci.

— Les présentations, s'il te plaît.

— Ah ! Euh… Je te présente Joan. Joan, je te présente Gregory.

Il s'est tourné vers moi sans savoir que rajouter.

— Elle bosse au boulot, a-t-il dit.

— Pouah, le truc ! Première fois que je fais de l'intérim dans une boîte aussi *morte* !

Elle a franchi le seuil d'une enjambée, s'est dirigée droit vers la fenêtre en passant près de mon lit, et elle s'est appuyée tranquillement contre le rebord en parcourant mon torse de ses yeux plissés, avec l'air de le trouver à son goût. De mon côté, je m'autorisais pendant ce temps à admirer le contenu de son tee-shirt volumineux, la bande bronzée de son ventre exposée à l'air, entre son jean et son bassin aux os saillants (et je remarquais aussi, non sans dégoût, la protubérance anormale de son pubis).

— Nom d'un chien ! a lancé Joan sur un ton qui se voulait vulgaire. Super chic, l'appart'. Vous raquez combien ?

J'ai fait un vague signe de la main.

— Rien. Un héritage. Je paie juste la taxe d'habitation.

— Et toi, alors, tu paies quoi, Tel ? elle a demandé à son collègue.

Tel ? *Tel* ?

— Je partage la taxe d'habitation, a-t-il lâché entre ses dents.

Ce soir-là, Terence avait vraiment l'air au plus bas de sa forme – ou peu s'en fallait. Son visage ingrat, avec sa longue lèvre supérieure et son arête du nez écrabouillée, semblait décoloré, dévitalisé, les quelques cheveux qui lui restaient retombant en mèches sur son front comme autant de queues de poissons rouges. Ses vêtements ? Ni plus ni moins que son déguisement criard de carnaval habituel. Mais il avait l'air assez content de lui ; il souriait à la dérobée, une étincelle coquine jouait dans l'un de ses yeux qui brillaient d'un éclat répugnant.

— Oh là là ! a dit Janice en se tournant vers moi. Carrément chic, ici.

Je soutenais son regard. Au moment où Terence est passé en titubant dans la cuisine, un timide sourire de provocation a décentré la bouche ronde de Janice et j'ai senti un frémissement familier parcourir l'espace qui séparait nos yeux : d'un seul coup, ma chambre a été inondée de lumière grenat ; d'un seul coup, rien n'eût paru plus naturel ni plus opportun au monde que si Joan avait ôté son tee-shirt, s'était agenouillée sur le lit sans sourire et s'était mise à fouiller de ses lèvres charnues la bosse agitée de mon caleçon. Sans Terence qui faisait un raffut de tous les diables dans la pièce à côté, c'était ce qu'elle eût fait sans la moindre hésitation. Pour moi, cela ne faisait pas l'ombre d'un doute. Ni pour elle, la salope.

— Je suis si content que mon appartement te plaise, je lui ai soufflé dans un murmure en mettant le feu à sa chatte. Je le trouve assez beau aussi.

— Oh ! moi aussi. Beau, a-t-elle repris en allongeant le son (on sait tous où traînaient ses yeux à ce moment-là), beau comme tout.

— Quelle amie charmante tu t'es trouvée ! j'ai lancé à Terence quand il est apparu dans l'embrasure de la porte, tenant les deux verres en l'air comme un serveur. Amène-la aussi souvent qu'elle en aura envie.

— Pardon, Greg, je peux te servir quelque…

Mais là-dessus, je me suis levé et j'ai commencé à m'habiller avec une indifférence polie. Terence a escorté la pauvre Janice effarouchée à l'étage inférieur (il n'y arrivera pas, je me suis dit, pas la moindre chance) et je suis parti en trombe chez Torka, que j'ai trouvé endormi dans un appartement presque désert. J'ai taquiné Adrian jusqu'à ce qu'il parte bouder dans sa chambre, puis, en imaginant une autre scène (mes hommages à Janice), je me suis vidé sous les léchages inoffensifs et laborieux que me prodiguait Susannah avec sa langue verdie par les amphétamines, et à mon avis aussi râpeuse que du papier de verre.

Avril est le mois le plus cool pour les gens de ma trempe. Je baisse la capote de ma luxueuse berline verte. Je fais s'épanouir ma garde-robe de printemps. Je m'offre une coupe de cheveux à vingt livres. J'ai la plupart du temps du champagne au frais. Des guirlandes de fleurs décorent ma chambre. Je me promène dans le parc. Des rêves d'étés mythiques planent dans l'air.

Quand il fait beau, je quitte la galerie de bonne heure (malgré les protestations timides des deux vieux) pour profiter pleinement des jours qui s'allongent avant que les mois de canicule n'enserrent la ville dans leur étreinte moite. Je pars en excursion automobile avec Kane et Skimmer, nous allons dans des auberges de campagne, nous emmenons des filles riches qui apportent le pique-nique ou bien, si la température le permet, nous dînons tard sur les terrasses de Charlotte Street. Le week-end voit s'enchaîner les réceptions champêtres : croquet, tennis, cocktails sur des pelouses parfumées. Avec Ursula, nous comptons partir quelques jours à Rivers Court tant que le temps reste au beau (elle adore rouler en décapotable), mais mon agenda est bien trop plein, comme doit l'être le sien désormais : avril est l'époque de l'année où les débutantes se font de nouveaux amis. Henry Brine voulait que je l'accompagne à Paris pour le vernissage de son exposition, mais je n'ai pas réussi à caser le voyage dans mon emploi du temps. Je crois qu'on a raison de se dépenser comme ça dans sa jeunesse. Une fois la saison entamée, je ferme à peine l'œil de la nuit, mais tout le monde me dit que j'ai l'air aussi frais que jamais. Comment fais-tu ? me demande-t-on. Il n'y a pas de réponse.

Mon seul regret, c'est de ne pas pouvoir davantage recevoir chez moi. Bien sûr, vous avez deviné pourquoi… J'ai *envisagé* d'en faire un atout, de le présenter comme une espèce de nain de cour, comme une mascotte ou une curiosité de la nature ; après tout, je n'aurais même pas besoin de le costumer. Mais ce serait encore trop gênant, mes hôtes ne manqueraient pas de poser des questions. Assez souvent, bien sûr, je lui impose simplement de débarrasser le plancher pour la soirée. Mais l'horreur, c'est qu'il n'a strictement aucun endroit où aller, et je ne supporte pas de l'imaginer seul dans un café, les yeux rivés sur sa montre toute la nuit. C'est beaucoup trop déprimant pour moi. Seigneur, qu'est-ce que je suis censé faire de lui ? (J'aimerais l'expulser. Voilà ce qui me plairait. Mais comment m'y prendre ?) Peut-être qu'à ma prochaine soirée, il pourrait venir avec sa douce Janice, cela ferait une sorte de duo. Skimmer serait fou d'elle, j'en suis certain : il adore les pétasses. D'ailleurs, son image est apparue à deux ou trois reprises dans mes pensées, pour me procurer une assistance visuelle pendant de mornes séances chez Torka.

Fais attention à toi, Terry, il se pourrait bien que je me la fasse.

Car lui, en tout cas, il n'y arrivera pas. Aucun doute là-dessus. Mon Dieu, le pauvre bougre a-t-il seulement la moindre idée de ce qui lui arrive ces temps-ci ? Ne se rend-il pas compte de l'impression qu'il a commencé à donner ?

Par où je n'entends pas seulement ce que son physique a de plus disgracieux ni les aspects contre lesquels il ne peut rien. De l'allure générale de certains individus, il n'est pas difficile de déduire le type de vie qu'ils mènent, et Terence Service est la proie d'une calamité qui s'exerce sur lui dans la durée et en profondeur. L'année dernière, sa présence ne me gênait pas, allez savoir pourquoi : rentrer à la maison, c'était comme retrouver un bon toutou affectueux. Mais maintenant, on dirait un reptile, un être passif et répugnant. Il est soûl, soûl à longueur de journée, et il s'imagine que cela ne se voit pas. Lorsqu'il rentre du bureau à vingt heures, il peut à peine mettre un pied devant l'autre. Il a un sourire niais et malsain, un visage inerte et légèrement lumineux qui lui donne l'air d'un cadavre (la vie le maltraite, c'est clair). On sent qu'il doit passer presque tout son temps à écumer de haine. Il y a quelque chose qui bout derrière ses yeux.

Comment s'est-il débrouillé pour que je le haïsse à ce point ? Vous avez une idée ? Comment a-t-il fait pour me coller cette haine concertée qui me donne des migraines ? Je grimace presque de douleur lorsque je le croise dans l'escalier ou que j'entends son pantalon en pauvre toile *frotter* entre ses grosses cuisses, ou lorsque nous nous heurtons de plein fouet sur le seuil de la salle de bains et que je pénètre après lui en territoire pestilentiel, ou encore lorsque nous sommes assis tous les deux dans ma chambre et que la pièce s'emplit peu à peu du bruit de sa respiration. Pourquoi lui permettre de parasiter ma vie ? Pourquoi ne pas le chasser de mon esprit et l'écraser comme un moustique – ce qu'il est ? Pourquoi me tracasser à son sujet ?

Vous savez bien pourquoi.

Il fut un temps où j'étais animé de tout autres sentiments à l'égard de Terence. Oui, je l'aimais ; mais qui ne l'aurait pas aimé ? Les souffrances qu'il avait connues dans sa prime enfance avaient beau paraître d'une banalité affligeante, elles ne manquaient pas de réalité ; au début où il était chez nous, elles lui collaient encore à la peau comme de lourds vêtements tristes, et il n'est jamais arrivé à s'en défaire complètement. Pauvre Terence, mon pauvre Terence, mon vieil et cher ami. Je te revois sortir en courant du bus de ramassage scolaire, pleurant toutes les larmes de ton corps et serrant contre toi ton cartable comme un appendice minable de ton corps auquel tu te serais lamentablement habitué. Je te revois quand des domestiques te ramenaient dans ta chambre à minuit, les traits tirés par la puissance entêtante de tes rêves. Je te revois agenouillé sur la pelouse en arc de cercle, fléchissant sous la pression du passé, ployant sous les efforts démesurés que tu faisais pour l'effacer, tandis que l'herbe ondoyait de peur autour de toi, que les arbres se tordaient les mains dans ton dos et que dans le ciel filaient les nuages, s'enfuyant loin de toi, loin de tes cauchemars de l'enfance et de l'enfer. Je t'offre ma pitié, dûment mouillée par les larmes de ton frère : prends-la, accepte-la.

Je m'attendais naturellement à faire équipe avec un petit fripon de taille compacte, aux mœurs civilisées et d'un tempérament nerveux : grave erreur (prière de se reporter ici à son Freud de poche). Même si, plus tard, il a manifesté un sale caractère de voleur et de mouchard, Terry a dès le début courbé l'échine et mouillé sa culotte devant les formes les plus symboliques de l'autorité. Tout l'esprit, toute la *liberté* de l'enfance semblaient avoir été confisqués à son imagination avant qu'il ne comprenne ce qu'était l'enfance, avant qu'il ne s'aperçoive qu'elle ne durerait pas. Imaginez-moi, juché sur un mur hérissé de pointes en verre en train de voler des pommes, ou sur la place du village en train de martyriser les voyous, sur ma fière bicyclette à dix vitesses poursuivi par des écolières scandalisées – et imaginez-le, lui, Terence, hésitant, battant en retraite, encore sous le choc d'avoir vu se déployer toute une gamme inopinée de possibilités dans le monde de maléfices qui l'entourait. Pendant que je lançais des pétards qui fendaient l'air en sifflant, que j'en glissais dans la boîte aux lettres des démunis et des paumés, que j'en enterrais dans des crottes de chien fraîches à côté de superbes voitures lustrées, Terence disparaissait derrière un mur ou derrière un arbre, fermait ses yeux plissés, se couvrait les oreilles de ses mains comme pour empêcher toute sa tête d'exploser. Pendant que je dominais de ma hauteur une propriété privée, que j'aspergeais les serres et les jardins voisins de produits mortels, il me surveillait dans la position d'un gamin paré pour prendre ses jambes à son cou ; pendant que je m'attardais en riant dans l'allée pour savourer la fureur du jardinier ou de la maîtresse de maison, Terence déguerpissait dans les champs, et ce n'était pas une mince affaire que de l'amadouer pour le faire sortir du fossé où il se terrait en battant des cils. D'étranges phénomènes insignifiants le terrorisaient : les gardiens de parcs, les immeubles trop hauts, s'habiller, les magasins murés par des planches, les bruits et les gestes trop brusques. D'étranges phénomènes insignifiants le rassérénaient et l'apaisaient : les pièces exiguës, les autobus, les personnes très âgées, les policiers…

Tandis que j'étais un voleur méticuleux, précis, téméraire et élégant (je m'attaquais aux magasins, aux institutions, à mes ennemis), les larcins du jeune Terence étaient sordides, voués à l'échec, et ne dépassaient pas l'enceinte de la maison. Manifestement, c'était à mettre au compte d'une compulsion anale de sabotage, par opposition au toupet éloquent de mes frasques romanesques (à plusieurs égards, je crois que je suis encore victime de l'apprentissage de la propreté chez Terry). Je me souviens en particulier d'un acte de banditisme qui fit grand bruit : l'objet en cause était une splendide salière de Cellini que Terence-la-terreur avait empochée peu de temps après que je fus revenu de Repworth, la pension chic où j'allais en classe, pour les vacances de Noël. La disparition de l'article fut tout de suite avérée, un consensus mou se dégagea pour accuser Terence du forfait, un domestique fut dépêché pour aller le chercher et le ramener aussitôt devant le tribunal sévère des Riding, qui s'étaient assemblés dans la bibliothèque et qui s'interrogeaient sur la punition à infliger au coupable tout en essayant de garder leur sérieux. Mais le plus croustillant de l'histoire, c'est que notre Moriarty en herbe était allé se cacher ! Nous organisâmes une battue dans toute la maison et nous repérâmes rapidement l'ennemi public n° 1 dans le grenier de la face nord, sous le châssis voilé d'un lit où il s'était glissé. Je fus le premier à le découvrir. Je donnai l'alerte. Ses aveux tonitruants, ses excuses braillées à tue-tête nous firent bientôt tordre de rire.

Parmi les nombreux signes particuliers et déconcertants de mon frère adoptif (le sentiment pittoresque de son décalage, son obsession lugubre pour l'atmosphère psychologique, sa soif revancharde de reconnaissance et d'affection, sa tendance naturelle à banaliser jusqu'aux horreurs les plus crues qui avaient formé son tempérament), j'optai tout de suite pour un trait de caractère qui me semblait tout à fait essentiel à sa constitution. Dès le départ, son humour fut toujours teinté d'ironie. Oui, d'ironie : pas de gaieté, de fantaisie, de joie, de décontraction ou d'outrance, mais d'ironie. (Non qu'il ait jamais été *drôle* cependant, il ne faut pas tout mélanger.)

— Mes chaussures sont trop serrées, elles me font de plus en plus mal, dis-je un matin.

— Problème de croissance, murmura Terence.

Un jour, nous arrivâmes à échapper à une excursion organisée par le catéchisme et Mère, toute contente d'elle, nous fit rendre visite à l'une de mes vieilles nourrices qui était à la retraite au village.

— Qu'est-ce que tu crois ? me demanda-t-il tandis que je ronchonnais en chemin. Ce n'est quand même pas une sortie de catéchisme, tu sais.

À quoi il conviendrait d'ajouter, je pense, qu'il était mû par un instinct automatique de fidélité à la vérité, comme si le mensonge le plus véniel conduisait droit en enfer. Si je ne faisais aucun secret de mon amour pour la fiction, de ma soif inextinguible de falsification, c'était toujours la vérité qui lui sortait de la bouche, en toutes circonstances et à n'importe quel prix. Les rares fois où la véracité eût équivalu à un comportement suicidaire, à une perversité morbide, des bobards plombés d'adrénaline s'échappaient de lui comme des nomades persécutés, et ses yeux prenaient un air abattu et condamné à la ruine. Il n'a jamais su mentir, et pourtant, personne ne le croyait. Encore une précocité maladive dans le monde dénaturé qui avait usurpé son enfance.

Qui la lui a volée ? Il faut un responsable. À moins qu'il ne s'en soit débarrassé lui-même. Pendant que vous et moi, dans notre enfance, nous poussions au large dans la mer, sous le tonnerre et le soleil, il restait sur la rive, comme un sémaphore mélancolique perdu dans le sifflement corrosif des galets. Te voilà donc, Terence : je comprends ton passé, tes drames et tes craintes. Mais ce passé ne t'est plus d'aucun secours à présent, ni à toi ni à quiconque : ce n'est rien qu'un obstacle, un article de seconde main, un déchet. Tes drames manquent de virilité et de hauteur, ils sont mièvres, banals, aigres. C'est pour cela que tu n'as pas d'amis ni personne pour te protéger ; c'est pour cela que tu ne réussiras jamais dans ton travail ni dans tout ce que tu pourras entreprendre ; c'est pour cela que tu es enlisé dans ta névrose, au bord de la folie ; que tes cheveux tombent et que tes dents pourrissent. Tu n'éprouves pour toi-même qu'un mélange de pitié, de haine et d'amour, dans des proportions identiques ; et c'est pour cela que *personne ne t'aime.*

Sans compter : 1. Son désordre. Spectacle assez fréquent, Terry-le-sédentaire en train d'écraser une cigarette dans un cendrier immaculé. Où peut-il avoir mis toutes ses cendres ? Sur le sol, sur la chaise, sur ses genoux, dans ses cheveux, dans ses oreilles ? 2. Ce qu'on pourrait appeler le laisser-aller de son hygiène personnelle. Il ne prend un bain moussant que deux ou trois fois par semaine, mais toujours le vendredi, ce qui est désopilant. Je suis à peu près sûr qu'il sent. Il n'y a qu'à se fier à la puanteur saisissante qui se dégage de sa chambre. 3. Son alcoolisme grandissant. À la maison, j'aime bien avoir, entre autres bouteilles, du champagne, du Tío Pepe, des liqueurs légères et des vins de prix. Mais qu'est-ce qu'on trouve en quantité dans mon appartement ? *De la bière*, du gros-plant infect, du « pinard d'orge », du xérès anglais, des alcools au rabais – et Terence, son bourdon, ses bourdes, ses rots et ses gros mots. 4. Sa paresse insolente. Il est *le seul*, ici, à se préparer constamment de petits repas en plastique (je mange toujours au restaurant), mais est-ce qu'il lui arrive jamais de récurer ses casseroles encrassées et ses couverts tordus ? Il est *le seul*, ici, à porter des vêtements en décomposition et des chaussures crottées, le seul à avoir des pellicules, mais est-ce qu'il lui arrive jamais de passer l'aspirateur ? (Imaginez donc ma répulsion quand je surprends un de ses vêtements négligés souiller la galaxie immaculée de mon propre linge.) 5. Ses drogues infâmes. En amateur fervent de haschisch (de « shit », comme il dit bien sûr), il laisse en permanence échapper des odeurs pestilentielles et compromettantes de sa chambre, cet enfer envahi par des morceaux de résine, des torsades de papier à cigarettes, de petits cylindres de carton imprégnés de nicotine. (Les drogues que j'aime sont la cocaïne et le mandrax, deux produits beaucoup trop chers pour Terry.) 6. Sa présence, le simple fait de sa présence, incessante et continuelle.

Qu'est-ce qu'il attend donc pour s'en aller ? Va-t'en, Terry, va-t'en. Sors de ma chambre, sors de chez moi, de ma ville, de mon monde, de ma vie, et ne reviens plus jamais.

# V

## *Mai*

### 1. *Peut-être que ma vie, après tout, est pourvue d'un fond et que je ne tomberai jamais plus bas.*

TERRY

L'été a bel et bien commencé, ce qui veut dire que ça fait presque deux ans que je suis adulte. Pour la première fois, tout a l'air vaguement possible. Le matin, réveillé de bonne heure dans mon lit orienté au nord, je fume des cigarettes en contemplant les ombres qui se redistribuent sur les toits. Le soir, je m'assieds à mon bureau, je lis et je bois jusqu'à ce qu'il ne reste plus une goutte de lumière dans ma chambre. Il m'arrive alors de sortir faire un tour, juste avant de me coucher, pour aller observer les étrangers. Oui, je crois que je peux en supporter encore un peu à ce régime : pas beaucoup plus, peut-être, mais encore un peu. Aux heures de pointe, même les rues ont l'air d'avoir un but, en ce moment, et tous les gens s'associent de plein gré à cette ruse saisonnière du monde qui semble recommencer à neuf.

Samedi dernier, je suis allé aux puces de Portobello Road pour m'acheter une bouilloire électrique d'occasion que je vais installer dans ma chambre (Gregory rouspète quand je me sers de la cuisine de bonne heure. Sous prétexte qu'il a besoin de dormir. La belle affaire ! Il se croit seul dans ce cas ? Moi aussi, j'en ai besoin). Il y avait le hippie complètement déglingué que j'ai vu pas loin de chez nous. Il était à côté de moi devant l'étalage du brocanteur et trimballait deux valises sanglées par des cordes. Est-ce qu'ils rachetaient des outils ? il a demandé au romanichel qui se tenait derrière son fatras, une écharpe autour du cou. Non, pas des outils, jamais. *Jamais.* Une espèce de protestation déshydratée est sortie de la bouche du hippie ; ses lèvres gercées étaient tachées de morceaux de dégueulis et d'aliments qu'il n'avait pas digérés (et dire que *j'ose* me plaindre de mes gueules de bois...). Il a tourné les talons sous son imperméable humide et il s'est mêlé à la foule ; il avait mon âge, il venait de dévoiler tout un pan de sa vie. Je n'en suis pas là, j'ai pensé, ça ne m'arrivera jamais. Qui sait ? Peut-être que ma vie, *après tout*, est pourvue d'un fond et que je ne tomberai jamais plus bas. Pour l'instant, je ne cherche donc plus à savoir qui me protégera quand j'aurai perdu mon argent, mes cheveux et ma raison.

— Écoute ! Laisse-moi te dire ce que tu vas faire, m'a lancé Mr Stanley Veale, le secrétaire régional du syndicat, de sa voix terriblement grave et posée.

— Qu'est-ce que je vais faire ? j'ai demandé.

Veale a jeté un coup d'œil rapide à Mr Godfrey Bray, le sous-secrétaire régional, et il a repris :

— Accepter d'être notre représentant dans la boîte.

— Pourquoi ça ?

— Mais pour pas te faire virer, bordel ! À moins que ce soit ce que tu cherches.

Cet échange me rend nerveux. La preuve : je suis assis dans mon box, des chewing-gums pleins la bouche, un clope fourré dans chaque narine, un trombone fiché sur chaque ongle (et une règle enfoncée dans le cul).

— Et comme ça, je garde mon poste ?

— Absolument. Aucun risque de te faire lourder pendant les trois ans qui viennent, jusqu'à la prochaine élection. Et alors, tu seras sur les rangs pour te faire élire délégué, si tu déconnes pas d'ici là. Ça fait un bail pour nous, vu les licenciements qu'on a déjà obtenus.

— Vingt pour cent dans la région, Mr Bray a précisé.

— C'est vrai, n'est-ce pas, Mr Veale, que si la boîte se syndique, il y en a deux ou trois parmi nous qui vont se retrouver à la rue ?

— Sûr et certain. Au moins deux vendeurs sur les cinq que vous êtes. Absolument. Il en faut deux qui partent pour que les autres puissent toucher le tarif syndical. En appartenant déjà au syndicat, c'est pas possible de se faire virer. Et c'est justement pour ça que tu vas nous aider. Si tu commences à nous aider maintenant, tu risqueras que dalle quand la boîte adhérera au syndicat.

— Vous êtes sûr ? John Hain est au courant ?

Veale a ri.

— C'est qui, celui-là ?

— John Hain. Le contrôleur.

— Ah ouais ?

À ce moment-là, Mr Bray, qui avait l'air d'en tenir une sacrée couche, a sorti un carnet de sa poche toute déformée et il m'a demandé :

— Et niveau formation ?

— … Comment ça ? j'ai dit.

— Tu as reçu une formation ?

— Eh bien, je suis plus ou moins en formation ici…

— Ça, *on le sait*, merci. C'est écrit dans ton dossier. Regarde : « en formation ». Bon sang ! Une vraie lumière, celui-là. Pas la peine d'être… Edison pour s'en rendre compte.

— Pardon.

— T'as suivi un cours de formation sur les techniques de vente ? a continué Mr Bray.

— Non.

— Sténo ? Dactylo ? Quelque chose dans ce goût-là ?

— Non.

— Un stage d'apprentissage en province ?

— Non.

— Autre chose ?

— Non. (Mais j'ai les cheveux roux et mon père a tué ma frangine.)

— C'est pas folichon, tout ça, a dit Mr Bray. Stanley ?

— Bien sûr que c'est pas folichon, a dit Mr. Veale en fermant ses yeux brillants et humides. Mais on trouvera pas mieux ici. Je dis pas ça contre toi, Terry, mais y en a pas un sur le tas qui soit foutu d'être vendeur. Tu le sais bien. C'est à cause de types comme vous que les vrais vendeurs se retrouvent au chômage. Vous tous autant que vous êtes, vous seriez pas capables de vendre une mèche sans le crier sur les toits. Ça me rend malade, rien que de vous voir. Il suffit qu'un couillon arrive à décrocher le téléphone sans que ça lui démange l'oreille pour qu'il devienne… Je te le donne en mille… Tout juste ! Vendeur ! Voilà un métier pour lui. Ça, c'est sûr.

— Pourquoi moi ? j'ai demandé.

Mr Veale s'est levé. Il a regardé la ruelle par la fenêtre ; son visage d'albinos aux traits grossiers avait l'air boursouflé sous la lumière jaunâtre.

— Je viens faire un tour, je dois voir tout le monde. Je dois voir le contrôleur adjoint, Mr Lloyd-Jackson. Il se cale dans son fauteuil, tu vois, l'air de penser qu'il sait s'y prendre avec des types de mon acabit, qu'il a fait ça toute sa vie. Un côté sarcastique, comme s'il se foutait de notre gueule. Il croit qu'on se dit : « Ce monsieur Lloyd-Jackson, ça va pas être une mince affaire, c'est un coriace. » Mais on n'en est plus là. C'est plutôt ça qu'on se dit : « Oh, le joli petit connard que voilà. Hein ? C'est-y pas un joli petit connard, ça ? »

Il a levé la main à la hauteur de sa joue et il a agité vers moi son index tendu en le suivant du regard.

— Pan, pan ! il a ajouté. Réfléchis à ce que je viens de dire. Je t'appelle.

— Merci. Merci beaucoup, j'ai répondu. En fait, je suis d'accord avec vous. Pour ce que j'en ai à foutre de ces gens-là, j'ai dit avec un geste vague. Ce n'est pas eux qui vont me protéger. Vous voulez donner des droits à des gens qui n'ont aucun droit. Moi aussi. Je ferai tout mon possible pour nous.

Et je tiendrai parole. Je ne sais pas encore ce qu'il veut que je fasse. Mais quoi que ce soit, je le ferai.

Pour couronner le tout, j'ai arrêté de me branler : immense soulagement pour moi et pour ma bite. Attention ! Je ne suis pas en train de dire que je ne vais plus jamais me branler (il ne faut pas dire « Fontaine »… hein ?), mais j'ai accordé à ma libido le droit à cette espèce de tranquillité et d'indépendance qu'elle semble revendiquer en ce moment.

— D'accord, j'ai dit à ma bite, je m'incline. En tout cas pour l'instant (jusqu'à ce que j'aie vraiment besoin de toi). J'arrête de t'enquiquiner et de te réveiller au milieu de la nuit pour t'en faire voir de toutes les couleurs. J'arrête de râler, de rouscailler et de tempêter si tu n'obéis plus à mes ordres. Vis ta vie, je vis la mienne. Séparation à l'amiable. Sans rancune ni rancœur. (Sans cœur tout court, d'ailleurs.)

Mais cela prenait des proportions absurdes, tous ces reproches et ces coups de gueule. Je me souviens des concours de branlette que je faisais avec Gregory et d'autres gamins quand j'étais plus jeune. À vos marques ? Partez ! C'était comme une vidange à la sauvette, rien à voir avec le désir : un simple service que le corps était toujours prêt à rendre. Plus tard, bien entendu, après les premiers vrais rapports sexuels, la branlette jouait surtout un rôle de substitution, mais elle conservait sa fonction propre, son autonomie à part entière. (Je n'en démords pas : une branlette, c'est forcément un peu décevant si c'est d'une bonne baise qu'on a envie. Mais c'est imbattable si ce qu'on veut, c'est une *bonne branlette.*)

— Je t'assure, je criais à ma bite, j'ai pas envie de baiser, je te jure. Juste envie de *me branler.*

— Ça, c'est ce que tu dis, elle me répondait.

Et bien entendu, elle avait tout à fait raison. J'essayais de penser (comme toujours lorsque je me branlais) à ces dix ou onze étranges gonzesses qui m'avaient laissé coucher avec elles. Qui m'avaient laissé leur enfoncer ce bout de muscle, sans autre raison que parce qu'elles en avaient envie. Où est-ce qu'elles étaient passées aujourd'hui ? Qu'est-ce qu'elles étaient devenues ? Ça n'avait rien d'excitant : c'était juste extraordinaire et déchirant qu'elles m'aient laissé si loin en arrière. Je me souvenais de leur corps, je me rappelais à quoi ressemblaient le visage, les seins, la chatte de chacune. Mais j'étais incapable de me souvenir – et même incapable de me mentir pour imaginer – pourquoi elles avaient eu tellement envie de moi qu'elles m'avaient laissé faire ce que je leur avais fait. (Elles n'en ont plus envie. Je le sais. J'ai vérifié.) C'était aussi triste qu'une triste baise : ça aussi, c'est vrai. Logiquement, je me suis tourné vers la pornographie, je m'y suis donné à fond (en qualité de consultant, pour ainsi dire). Je dépensais presque la moitié de mon salaire dans des revues de femmes à poil. Je me couchais dans un grand océan scintillant de ces bestiaires illégaux. Qui étaient donc toutes ces filles ? Je ne les connais pas, elles ne m'aiment pas, nous ne nous verrons pas, ça ne marchera pas. Sans compter que je n'arrivais pas à bander, ce qui n'arrangeait pas mes affaires.

Est-ce que j'ai l'air un peu plus serein ? Peut-être que non, mais je me sens pourtant moins agité. Pour la première fois depuis des mois (pour la première fois depuis le jour où toutes les femmes du monde se sont réunies pour décréter qu'elles ne baiseraient jamais avec moi, et où tous les hommes se sont réunis dans un autre lieu pour voir s'ils pouvaient me clochardiser), j'ai l'impression d'avoir stoppé ma chute, d'avoir trouvé une prise sur le dernier barreau de l'échelle, de m'être agrippé aux dernières ronces avant le précipice de la merde noire.

*Je crois que Jan va coucher avec moi.* Oui, je sais que j'ai l'air de fanfaronner, je sais que je regretterai sans doute d'avoir jamais dit une chose pareille, mais *je crois que Jan va coucher avec moi.*

Jusqu'à la semaine dernière, les choses avançaient plus ou moins à un rythme normal (c'est-à-dire qu'elles avançaient peu, qu'elles n'avançaient presque pas), tandis que je multipliais comme toujours les marques d'attention et de générosité – sans habileté, sans résultat – et que Jan, de son côté, ne me dévoilait guère qu'une seule facette de son caractère spontané et enjoué. Indirectement, mais fréquemment, j'essayais de lui arracher l'aveu d'un traumatisme passé ou d'un malheur présent (d'un épisode qui avait quelques chances d'impressionner l'enfant de la Peur et du Dégoût), mais j'ai vite compris, à mon grand désespoir, que sa vie ne comportait pas le moindre symptôme de névrose : elle s'entendait bien avec ses parents, elle ne semblait pas avoir de soucis particuliers avec les garçons, elle se contentait pour l'instant de son boulot et voulait juste s'amuser un peu. Le hic, c'est que je n'avais pas vraiment reçu pour mission *d'amuser la galerie*. Je n'ai rien d'un amuseur public, aucun doute là-dessus. Qu'est-ce qu'il me reste comme qualités ? Qu'est-ce que je peux mettre en avant pour me faire valoir ? Je n'en sais fichtre rien, mais c'est ce genre de réflexion qui a dû tranquillement s'imposer à moi dans la soirée de mercredi dernier, au moment où s'est passée cette scène extraordinaire.

Inutile de préciser, vu qu'il était plus de dix-sept heures trente, que nous étions au pub, et imbibés tous les deux comme des éponges selon nos bonnes habitudes, vu qu'il était plus de dix-huit heures trente. Jan était en train de me raconter une histoire très drôle sur son frère cadet, Simon.

Visiblement, ça chauffait entre ses parents et lui : à peine lui avait-on ouvert son premier compte en banque qu'il était déjà à découvert de dix livres ; après un interrogatoire en règle de la part de son père, le pauvre Simon avait avoué qu'il avait claqué tout son argent de poche du semestre pour s'offrir la pute de son pensionnat, et qu'en plus il avait chopé la chaude-pisse. (Vachement sexy, comme conversation, je me disais.)

— Quel âge il a, ton frère ? je lui ai demandé quand j'ai eu terminé de rire.

— Quinze ans, elle m'a répondu à la fin de son propre fou rire.

— L'âge qu'aurait ma sœur, j'ai dit sans y penser (en plus, c'est même pas vrai, nom d'un chien).

— Qu'est-ce qui lui est arrivé, à ta sœur ?

— Mon père l'a tuée, j'ai dit.

*Zou.* Les deux ou trois fois où j'ai raconté ça dans ma vie, je me suis toujours mis à pleurer sans pouvoir m'en empêcher, pas plus que je ne peux m'empêcher de grimacer si je me fais mal ou de bloquer ma respiration si je m'asperge d'eau froide. Mais là, je n'ai pas pleuré. Peut-être que c'était calculé. (Je ne m'en veux pas.) Les larmes s'amoncelaient.

— Oui, il l'a tuée, j'ai repris.

— Non ! a dit Jan.

— Si, il a tué Rosie. Déjà, il la battait depuis qu'elle avait l'âge d'être battue. On l'entendait pleurer et, *vlan !* l'instant d'après, c'était lui qu'on entendait la battre. Et donc elle s'arrêtait bien sûr de pleurer. Les bébés, ils font tous ça quand on les bat. D'un seul coup, ils se calment, ça leur coupe le sifflet tout de suite. Mais *elle*, elle se remettait à pleurer de plus belle : le souffre-douleur idéal, ce qui lui donnait un tas de raisons pour ne pas y aller de main morte. Puis elle a grandi un peu, elle a quitté son berceau, elle est devenue quelqu'un, et j'ai pensé qu'il allait arrêter. Mais non ! Il n'a pas arrêté. Elle avait si bon caractère, elle était si facile à vivre qu'on ne voyait pas pourquoi il levait la main sur elle. Les gens étaient au courant. À partir de l'âge de quatre ans, elle a fait partie des personnes « en danger ». Mais personne n'a empêché mon père de continuer.

— Mon Dieu ! a dit Jan.

— Le dernier jour, je l'ai rencontrée alors qu'elle rentrait de l'école. Je savais que c'était le dernier jour, elle le savait aussi. Elle savait toujours tout. Je l'ai vue traverser la cour de récréation en courant, serrant contre elle son cartable comme si c'était une partie de son corps. Elle courait dans tous les sens. Nous n'en avons pas parlé, nous n'en parlions jamais (nous avions trop honte), mais nous savions tous les deux ce qui se préparait. Je lui ai juste dit que je rentrais à la maison en premier, elle devait passer ailleurs avant de revenir. Elle avait l'air joyeux, comme toujours. Elle s'est mordu la lèvre un instant, mais juste parce qu'elle voyait bien que ça me révoltait. Puis, serrant son cartable, elle a pris ses jambes à son cou. Pour la première fois, je me suis senti paniqué. Arrête de courir ! je lui ai crié. Pourquoi tu *cours* ? Elle a agité la main et elle a continué de courir. C'est ce soir-là qu'il l'a tuée. À quelle espèce ils appartiennent, ces gens-là ?

— *Putain !* a dit Jan.

... À ce moment-là, quelque chose s'est brisé et je me suis enfoncé dans mon fauteuil d'un mouvement mal assuré. Je l'ai dévisagée avec ce que je prenais pour de la consternation pure et simple.

— Pardon, j'ai dit. J'y vais.

Je suis sorti du pub en titubant et je me suis retrouvé dans la rue mouillée. Je pleurais déjà – mais pour qui ? Pour le minable que j'étais. (Je manque tellement de résistance... Le simple fait d'être en vie, par exemple, ça me tue. Je ne suis pas à la hauteur, c'est tout.)

Je me suis assis sur un banc de la place. Il pleuvait. Elle ne viendrait donc pas me rejoindre. Le vent soufflait sur des journaux qui étaient trop ivres pour se mouvoir dans l'humidité. Elle ne viendrait pas. Car ses cheveux... Et *les miens* alors ? La pluie a redoublé d'intensité, balayant le square en rafales.

— Je suis complètement foutu, j'ai dit.

Elle a posé une main sur ma joue et je me suis appuyé contre elle.

— Mais non, elle a dit. Mon Dieu ! Putain !

Depuis ce soir-là… Eh bien ! elle est d'une gentillesse formidable à mon égard, voilà tout. Mais je vois bien que la situation a changé. Au bureau, elle m'observe avec tant de prévenance et de préoccupation, avec un tel instinct de protection que je suffoque presque d'émotion, et que je dois me précipiter dans mon box pour m'y terrer, pour sentir l'épaisse rotondité de la terre fondre autour de moi. En ce moment, j'ai la sensibilité à fleur de peau, je patauge dans mes larmes en marchant. On continue à sortir au pub ensemble, à se croiser vingt fois par jour sans échanger de regards, mais la situation a complètement changé. (Merci, Rosie. Est-ce que je peux faire quelque chose pour toi ?) On va faire la fête en ville vendredi soir en huit. C'est son dernier jour dans la boîte (elle part. C'est ça, les intérimaires. Elles triment puis elles filent. L'intérim, c'est un intermède). Il leur arrive aussi de baiser, selon toute vraisemblance. Elle a accepté de venir à la maison après notre grande virée en ville. On pourrait croire, dans une certaine mesure, que tout est arrangé.

Sauf que Gregory a *la grippe* – une jolie petite grippe carabinée, en plus, ce qui me fait bien plaisir. Ou plutôt, bien rigoler. Un matin où j'étais monté en hâte chercher du lait, au début du mois, j'ai entendu, en passant sans le voir près de son lit, un long *gémissement* théâtral dans mon dos. Je me suis retourné (en me demandant quelle tête j'avais, ce qui est toujours la première chose que je me demande quand je le vois). Drôle de spectacle : il s'était à moitié relevé dans ses draps de satin caressants et il était étendu de tout son long par-dessus le bord du lit, agité de spasmes et frôlant de ses faibles doigts la moquette.

— Beurk, il a bredouillé ; ses longs cheveux brillants se balançaient dans le soleil du petit matin. Ouille ! Argh !

— Gregory !

Il a levé les yeux vers moi, comme un vieux personnage de cinéma plongé au cœur de la jungle impitoyable.

— Terence... Qu'est-ce qui m'arrive ?

Je l'ai aidé à se recoucher (cette peau qu'il a ! une peau soyeuse de bisexuel !) et j'ai obtempéré lorsqu'il m'a ordonné d'une voix rauque d'appeler un médecin. J'ai téléphoné au cabinet de Willie Miller, le bouffon non conventionné qui nous soigne tous les deux (je suis plutôt snob quand je suis malade) et qui a promis à Gregory de passer le voir dans la journée. Puis, soudain tenaillé par une faim de loup, mon frère adoptif m'a demandé de lui préparer son petit déjeuner avant de partir au bureau. Assez flatteur de sa part, j'ai pensé. (D'habitude, Greg prend un mélange typique de pédé, à base de yaourt, de pruneaux, de safran, de parfum, etc. ; mais comme il est trop fauché en ce moment, il doit se contenter d'une tartine et d'un œuf – mitonné à feu doux. Difficile de faire plus pédé pour la préparation d'un œuf : munissez-vous d'un torchon humide, déployez des trésors d'habileté et acceptez que l'ensemble de l'opération dure une bonne quinzaine de minutes.)

— Je suis navré, j'ai dit. Tu es sûr que ça ira ?

— Sûr ? Je n'en sais rien. Pas la moindre idée.

Je lui ai proposé de lui faire une tasse de café instantané, mais il a rejeté ma suggestion en agitant les bras en l'air.

— Je suis vraiment navré, j'ai dit, mais je *dois* y aller. (J'ai retenu mon souffle un instant.) Si tu as vraiment besoin de quoi que ce soit pendant la journée, appelle-moi et je reviendrai du bureau à l'heure du déjeuner. Il a froncé les sourcils, sans méchanceté. La pièce, peu à peu, prenait une teinte rouge.

— Des médicaments ou autre chose dont tu aurais besoin, j'ai ajouté.

— C'est très aimable à toi, a répondu Gregory.

J'adore qu'il soit malade. Il n'y a qu'à voir comment il me traite. Les atouts impressionnants de son physique, témoins de sa bonne santé et de sa belle harmonie plastique, passent au second plan tandis que ressort délicatement, comme un intrus dans l'air étrange, son côté mélancolique, sa propension aux pieux mensonges, sa faiblesse, ses tendances incestueuses, sa personnalité décadente, son manque total de sens pratique. Et *moi*, d'un seul coup, j'ai l'air raisonnable et robuste. Le vautour chancelant et déplumé que j'étais devient un moineau courageux et vaillant, avec ses courtes pattes efficaces, son buste costaud, son visage sérieux. Et non seulement je me trouve plutôt bien, mais je me trouve aussi plutôt sympa – sans compter, bien sûr, que je suis terriblement rassuré de savoir qu'il continue à m'aimer de temps en temps, que j'ai toujours une famille sur laquelle compter, qu'il reste encore des gens sur terre qui préféreraient que je ne finisse pas clochard.

En tout cas, je joue les grands seigneurs avec lui maintenant, en partie grâce à mon moral d'acier. Qu'est-ce qui nous pousse, en effet, à vouloir le rabaissement de ceux que nous aimons ? Ce jour-là, tout bien intentionné que j'étais, je n'ai pas appelé Gregory du bureau, mais en revanche, j'ai appelé Ursula pour lui dire de lui téléphoner. (Ursula avait l'air de bien aller, à propos, si ce n'est qu'elle déraillait la moitié du temps pendant la discussion. Il faut que je lui parle, ou bien que je parle d'elle à quelqu'un.) Étrange coïncidence, Jan n'était pas au bureau ce jour-là, et j'avais du mal à réfréner mon impatience de quitter les lieux pour rentrer à la maison. En plus, John Hain se cachait et le zélé Wark avait été transporté à la clinique dentaire (presque sur un brancard) pour confier à un spécialiste l'horreur profondément mystérieuse de sa bouche. Je n'ai donc pas eu de difficulté à filer avec brio à dix-sept heures.

Je venais de mettre un pied dans l'appartement, j'étais en train d'ôter mon manteau et de me repeigner lorsque j'ai entendu Gregory, à l'étage, pousser un cri à fendre le cœur.

— Terry ? C'est toi… ?

— Qui veux-tu que ce soit d'autre ? j'ai répondu.

— Monte, il a grogné.

Je m'attendais à le trouver dans une posture théâtrale, gisant sur son lit les membres écartés, ou serrant dans la main le dernier comprimé qui aurait pu lui redonner vie, mais il était comiquement allongé sur ce qu'il appelle sa *méridienne*, les bras croisés sur le jabot de son caftan de tantouze, et il faisait vraiment piteuse mine, comme on dit. C'était une soirée nickel, le ciel était vide, les avions s'en donnaient à cœur joie pour le sillonner en grand nombre.

— Salut, j'ai dit. Comment ça va ? Comment s'est passée ta journée ?

— Quelle journée ? il a demandé.

— Ça a été si dur que ça ?

— Absolument atroce. La matinée me semble aussi loin que mon enfance. Je suis si faible que je ne peux rien faire pour passer le temps. Résultat : le temps ne passe pas.

Plutôt ragaillardi par cette jérémiade qu'il avait l'air d'avoir joliment répétée, j'ai failli laisser tomber les bouteilles que je venais d'acheter lorsque Gregory a ajouté, avec une nuance d'interrogation dans la voix :

— Terry, reste avec moi ce soir et remonte-moi le moral. Je t'en prie. Tu ne peux pas t'imaginer à quel point je suis déprimé. Tiens, raconte-moi ta journée, par exemple. Comment s'est-elle passée ? Verse-toi un verre et assieds-toi comme il faut. Raconte-moi tout ce qui t'est arrivé entre le moment où tu es parti et le moment où tu es revenu. Vas-y ! Donc, tu es sorti de l'appartement. Et ensuite, qu'est-ce qu'il s'est passé ? Mon Dieu ! Je me sens déjà mieux. Raconte-moi…

Je lui ai raconté ma journée par le menu, sans déroger à ce principe que je me suis fixé d'atténuer un peu la grandeur et les perspectives d'avenir du réel (dans un but ironique, et pour ne pas trop le déprimer dans son propre travail, qui a l'air atroce même s'il laisse entendre qu'il pourrait à tout moment hériter de la totalité de l'affaire) : j'ai détaillé mes modestes tribulations, révélé cette partie de ma vie à un regard en biais qui ne s'y intéresse qu'à moitié, dévoilé dans toute leur banalité les épreuves de ma vie afin de divertir une heure ou deux un prince malade. Ensuite, on a joué au backgammon (j'ai gagné comme d'hab' – deux livres quarante – mais il ne me file jamais l'argent et je m'en fiche), on a mangé les kebabs que je suis allé acheter (avec mon argent), on a regardé la télévision et on a papoté.

— Quand tu seras de nouveau sur pied, Gregory, je lui ai demandé en débouchant mon deuxième litre de Château La Gnôle, est-ce que tu pourrais me rendre un service ? Est-ce que tu me laisserais disposer de l'appartement un soir ?

— Dans quel but ? il s'est enquis d'un ton assez pompeux, en sirotant son verre de Perrier.

Il était tard, nous nous étions réconciliés.

— En fait, je pensais y recevoir une jeune dame que je compte parmi mes amies.

— Tiens donc ! Et qui ça ? La petite Joan ?

— Pas Joan, espèce d'idiot. Jan.

— Oui, elle est plutôt bien, je te l'accorde. Tu ne l'as pas encore… ?

— T'as perdu la tête ou quoi ? Pardon, non, pas encore. Et où, d'abord ? Elle vit chez ses parents à perpète.

— Ah ! Je comprends. Mais elle t'a donné toutes les raisons de croire qu'elle se laisserait faire, une fois que vous seriez dans un lieu clos équipé d'un endroit où vous allonger ? C'est vrai que ça n'a pas l'air d'être le genre de fille qu'on doit inviter à l'opéra *trop souvent*.

— Qu'est-ce que ça veut dire ?

— Que ce n'est pas *elle* qui va te causer des soucis, il a repris. Elle joue à fourre-moi-ta-saucisse depuis l'âge de cinq ans. Ça se remarque toujours, ce genre de choses. Mon

Dieu, tu te rappelles le soir où tu l'as ramenée à la maison, quand je me reposais sur mon lit ? Jamais vu autant d'impudence. Même que *ça se sentait.* Je vais te dire, Terry, elle *mouillait* sa culotte.

L'espace d'un instant, c'est lui qui a eu l'air moche et fou. Si j'avais pu le tuer d'un claquement de doigts, à ce moment-là, je ne m'en serais pas privé.

— Bon Dieu, Gregory, j'ai dit. Mais où est-ce que tu vas chercher tout ça ?

— Arrête de minauder, grand couillon que tu es. Y a pas de lézard avec des nanas comme elle. Mais débrouille-toi quand même pour ne pas te faire souffler ton tour.

— Pas par toi, hein ? j'ai dit rapidement. Jure-le-moi.

— Arrête de faire le dégonflé.

— Jure-le-moi.

— Bon, d'accord. Parlons d'autre chose.

— D'Ursula.

Il s'est détourné.

— Je ne veux pas parler d'Ursula, a dit Gregory.

## 2. *Qu'est-ce qu'il va t'arriver d'autre maintenant que tu es un homme ?*

GREGORY

L'été a bel et bien commencé, cela m'ennuie de devoir le constater. Tous les matins, le soleil inonde ma chambre de sa banalité et me réveille par sa chaleur dans mon immense lit. Les longs après-midi désœuvrés déversent sur le monde entier une paresse de plage, tandis que le soleil termine sa lente rotation dans le ciel. Le soir, sur le fond des derniers rougeoiements ténus, les contours des immeubles mettent un temps infini à se redessiner, comme si la journée, à force de grimacer sottement, les avait privés de leur vitalité, de leurs secrets. Les villes n'ont d'intérêt qu'en hiver.

En plus, j'ai la grippe, ce qui est vachement injuste étant donné que j'ai fait ma cure de vitamines pendant tout l'hiver et que j'ai réussi à repousser les sales virus barbares qui n'ont pas arrêté de terrasser Terence et tous les gens que je connais. Une grippe foudroyante, avec ça, la plus ingénieuse et la plus tenace qui ait jamais élu domicile en moi. Il y a cinq jours, je me suis réveillé le corps ballonné d'eau lourde, comme si tous mes organes s'étaient liquéfiés pendant la nuit. Au début, calé dans mes coussins en satin, j'ai pensé sans trop y croire que c'était dû aux excès d'alcool et d'hallucinogènes de la veille (le mélange de muscadet et de mescaline ingurgité sans modération). De même pour le sentiment exacerbé de lassitude et de dégoût, dernier hôte à quitter mes souvenirs de la nuit précédente (Adrian et la rousse consommés sans modération). Mais quand j'ai essayé de me hisser hors du lit, une grande main sombre m'a empoigné par-derrière et m'a aplati de nouveau sur les oreillers. Impossible de bouger ! Le hasard a voulu que Terence soit en train de s'activer dans la cuisine (c'est sans aucun doute son passage qui m'a réveillé) ; je l'ai donc appelé en renfort et je lui ai ordonné de téléphoner tout de suite au médecin, de me préparer mon petit déjeuner, de se dépêcher d'aller chercher les journaux, de m'apporter la table de jeu, bref, de m'installer à mon aise. Il a fallu que je prévienne la galerie moi-même : la mère Styles a grognassé comme une malotrue en répétant que toute cette affaire était vraiment « regrettable ». La chienne. (En revanche, Willie, notre médecin londonien, s'est montré très gentil, très rassurant, et il m'a donné quantité de ces somnifères puissants que j'adore.) Depuis, je suis complètement HS ! Sans force ! Je porte une tasse à mes lèvres, et ce sont des montagnes qui se disloquent. Je tends la main vers ma robe de chambre, et c'est tout l'immeuble qui retient son souffle. Je vais aux toilettes, et c'est comme si un insomniaque s'aventurait dans des couloirs secrets et des salles septentrionales.

Je m'ennuie *à mourir*. J'ai lu tout ce qu'il y avait de lisible dans la maison, y compris quelques bouquins scabreux que j'ai trouvés sur les horribles étagères de Terence, et faire des réussites demande beaucoup trop d'efforts. Je fixe toute la journée le téléphone, mais il se contente de rayonner en me narguant, bras croisés. Skimmer est en voyage à l'étranger, Kane travaille d'arrache-pied dans sa banque d'affaires. J'ai appelé Adrian, qui a dit que c'était bien fait pour moi et qui s'est bêtement réjoui de ce qui m'arrivait. Susannah a répondu qu'elle ne voulait pas être contaminée, et je ne pouvais certes pas exposer le grand Torka à pareil danger. Hier après-midi, à un moment où j'étais dans un état vraiment piteux, j'ai appelé Mère, qui m'a naturellement proposé de prendre le prochain train pour Londres ; mais après une longue conversation sur l'imbécillité de son mari (son dernier dada en date : la spéléo), je me suis senti capable de m'en sortir sans elle. Une aubaine, une seule : avec l'étrange prescience qui la caractérise et l'harmonie presque surnaturelle qui nous unit depuis toujours, elle et moi, Ursula m'a téléphoné *le matin même où ma grippe s'est déclarée*. Depuis, il ne s'est pas passé un seul jour sans qu'elle vienne me préparer à manger, ranger ma chambre, rembourrer mes oreillers, et j'en passe. Elle est dans une forme épatante ; s'il lui arrive de lambiner autour de mon lit et si je me sens d'humeur un peu fringante, j'en profite pour la saisir par ses toutes petites hanches et par nous faire tomber à la renverse, au milieu des fous rires et des étreintes dignes du bon vieux temps. Mais le reste de ces longues journées de printemps, malheureusement, je me retrouve seul, seul face à mes fenêtres dans un monde pâle et insensible où les plafonds s'ouvrent sur des cieux profonds, seul avec les pulsations de mon cœur.

C'est donc peut-être dans cet esprit de fausse modestie en raison de la maladie et de l'isolement que j'ai commencé à laisser monter Terence dans ma chambre le soir.

Dix-huit heures. Finies, les siestes qui ont pu s'intercaler dans l'après-midi. Je regarde par la verrière, la tête dans les nuages. Toutes les quatre-vingt-dix secondes, une guirlande d'avions argentés s'élance en bringuebalant dans l'air calme. La pièce s'assombrit, je ne fais rien pour l'éclairer. Le monde se recroqueville et meurt. Ne survivent que de tristes souvenirs. Le silence croît et s'amplifie, comme s'il pouvait d'une minute à l'autre éclater d'un rire cruel.

Terence est de retour : il monte dans l'ascenseur qui soupire et s'approche d'un pas résolu sur le palier, sa clef dit bonjour à la serrure, un rayon lumineux grimpe l'escalier au moment où il appuie sur l'interrupteur de l'entrée et se débarrasse à grand bruit de son duffle-coat, de son pépin et de sa serviette.

— Greg, tu es réveillé ? demande-t-il.

— Je crois que oui, je réponds.

— Salut. Comment ça va ? Comment tu te sens ?

— Monte.

Plutôt touchant de sa part. C'est comme si, grâce à ma maladie, il lui était plus facile d'exprimer tout le souci qu'il se fait pour moi. Les autres sentiments qui encombrent notre relation, la jalousie, la vénération, le culte du héros, ont temporairement reculé au second plan.

— Comment s'est passée ta journée ? demande-t-il en haletant dans l'escalier, de sorte qu'il entre dans mon champ de vision comme un personnage de film au fur et à mesure que se déroule la pellicule : les cheveux roux en bataille, le visage (qui du moins a l'air assez franc et correct, si on oublie l'horrible paire d'yeux pétillants), les épaules carrées et la poitrine compacte, la grosse tache d'urine à l'entrejambe du jean, les jambes trop courtes (je suis toujours épaté qu'elles arrivent à toucher terre), les « chaussures ».

— Aucun intérêt, interminable… Et la tienne ?

— Aucun intérêt, interminable… Sauf qu'il s'est passé quelque chose d'assez drôle cet après-midi quand…

Le voilà parti ! Le voilà lancé dans le récit d'une anecdote mouvementée mettant en scène un des crétins, des peigne-cul ou des m'as-tu-vu qui travaillent avec lui dans son trou à rats. Terence les imite tous assez bien et il me distrait souvent par des histoires à peine croyables, pleines de ces rancœurs et de ces obstacles qui font le piment de sa petite vie bizarre (l'entreprise est en train d'adhérer à la Confédération des Voyous : c'est d'un sordide à se gondoler de rire). Il boit son vin imbuvable et me prépare mon Tío Pepe ou mon Abroja avec de la glace pilée, je lui demande de me faire une omelette – à moins que je ne l'envoie, aussi vite que ses jambes peuvent le porter, chercher à manger dans un bistro ou un restaurant oriental sur Queensway –, nous regardons la télévision sur mon imposant poste Grundig, je lui extorque un peu d'argent au backgammon (je joue vite, avec adresse et agressivité, tandis que lui reste bloqué comme un paranoïaque), il se ressert à boire, nous jouons aux échecs, nous discutons.

— À propos, je lui ai demandé l'autre soir, ça avance avec la petite Joan ?

— C'est pas *Joan*, c'est *June.*

— Bon, alors, disons avec June, j'ai bredouillé. Je préparais une attaque subtile sur sa gauche. Il avait fait un fianchetto et il se retrouvait, comme d'habitude, avec tous ses pions groupés autour de son roi sans pouvoir les déplacer.

— En fait, je n'ai pas vraiment eu d'occasion. J'allais justement t'en parler.

— Ah bon ? Je mettais ma deuxième tour en jeu et préparais une délicieuse combinaison avec le fou blanc.

— Je me demandais si, quand tu seras d'aplomb, tu me laisserais disposer de l'appartement un soir.

— Ça devrait pouvoir se faire.

Terence avait alors dégagé son roi et, comme d'habitude, il faisait pression sur la grande diagonale dans ma direction.

— Je suppose qu'elle est consentante. Ça m'a tout l'air d'être une fille facile.

— Gregory, m'a demandé Terence avec le plus grand sérieux, tu veux bien me jurer une chose ?

— Quoi donc ? J'ai interrompu une série d'échecs pour capturer sa reine par une fourchette avec mon cavalier.

— Que tu ne lui feras pas du plat.

— Arrête de faire le dégonflé. Arrête de faire l'andouille. Je ne baise pas les prolos. Parlons d'autre chose maintenant.

— D'accord. Parlons de…

— Raté, j'ai dit calmement. Grigoric suggère de prendre le pion.

À mon avis, bien entendu, c'était une idée tout à fait grotesque d'envoyer Ursula à Londres comme ça, et je pense que Mère n'aurait dû faire ni une ni deux pour s'opposer à son homme dès qu'il s'est mis à concevoir sa douce folie. Mais il est vrai que, d'une manière ou d'une autre, la vie à Rivers Court s'est en grande partie passée à rectifier ou à stopper net les caprices ordinaires de mon père, ou parfois, de guerre lasse, à « baisser les bras juste pour faire avancer les choses ». Avait-on besoin de vacances ? La famille se mettait-elle d'accord pour partir en Grèce ? On laissait sur sa table de chevet un ouvrage ou une brochure sur le pays et on retrouvait mon père, le lendemain matin, en train de vociférer des réservations en brandissant le téléphone. Se prenait-il d'une passion soudaine pour l'ébénisterie et l'artisanat ? Au lieu de le laisser démantibuler tout le mobilier français, on le faisait participer à la réfection de la charpente dans la future grange et se ridiculiser gaiement au milieu des menuisiers du village courbés en deux. Ainsi, lorsqu'il prétendit avoir besoin d'une secrétaire pour la bluette qu'il concoctait (je crois que le projet est déjà tombé à l'eau), il parut intelligent de lui suggérer, à l'époque, de prendre Ursula comme assistante, plutôt qu'une autre personne. Du moins y gagnerait-elle une espèce de qualification – ce qui, comme chacun sait, aide beaucoup dans la vie aujourd'hui ; et du moins cela réduisait-il à néant l'idée insupportable d'avoir dans les pattes, à longueur de journée, une chipie grassement payée à ne rien faire. Le vieux fut aussi facile à circonvenir que d'ordinaire, mais, en fait, Ursula était beaucoup moins enthousiaste que lui au moment de partir dans la capitale. C'était il y a six mois...

Pendant la phase semi-délirante de ma maladie, je rêvais d'elle presque tout le temps. Des rêves qui me faisaient du mal et de la peine, des rêves qui me laissaient le goût amer d'une perte irrémédiable, comme si quelque chose était allé de travers pendant mon sommeil, qui ne pourrait plus jamais être remis d'aplomb. Il m'arrivait parfois de me réveiller pendant qu'elle venait me rendre visite (elle a les clefs de l'appartement, la petite chérie), mais j'étais incapable de dire si elle était vraiment là et je bredouillais des paroles sans queue ni tête (dans le langage des rêves) jusqu'à ce qu'elle se précipite à mon chevet. Un matin, la semaine dernière, le spectacle de ma souffrance l'a déprimée au point qu'elle a fondu en larmes ; j'ai pris entre mes grands bras son corps frissonnant de douleur ; ses os se sont contractés d'épuisement, j'ai regardé les nouveaux songes se réunir artistement sur le plafond blanc.

Je ne supporte pas de songer à ses petites soirées sans défense, tout là-bas près du fleuve, à ce quartier solitaire et à ces hautes maisons construites en retrait, à l'onctueux vernis nocturne sous lequel s'infiltre la Tamise, à ce foyer en saillie avec ses tuyaux d'écoulement et ses fenêtres jaunâtres derrière lesquelles furètent les spectres de pâles factotums, de dactylos chiffonnées, de sténographes en apnée. Elle est trop petite pour ce genre d'endroit, pour les plateaux dûment étiquetés du réfrigérateur, les chambres à trois lits asymétriques (toujours quelque chose qui ne va pas, comme dans un hôpital), les dessous épars et le maquillage éboulé, et toute l'âpreté des chamailleries urbaines.

Quand elle venait me rejoindre la nuit (j'en rêve tous les jours), dans l'univers perdu de notre enfance à Rivers Court, c'était en donnant un petit coup discret sur la poignée de la porte : dans son étroit sillage, la lumière du palier jouait sur sa silhouette alerte et squelettique en chemise de nuit ; elle avait l'œil qui surveillait par-dessus son épaule, me révélant ses cheveux de poupée, et elle trottinait dans l'obscurité jusqu'à mon lit, sur la pointe des pieds, bondissait doucement comme un chaton pour atterrir à genoux à côté de mon oreiller, puis se glissait dans mon lit en frétillant nerveusement ; un seul geste suffisait pour substituer mes draps à sa chemise de nuit, pour rapprocher son haleine chaude et sa peau froide, de mon haleine froide et de ma peau chaude. Jusqu'à l'osmose.

— Ça y est ! Réussi, soufflait-elle.

— Petite renarde, je lui répondais sur le même ton.

Avant, pendant et (à intervalles plus irréguliers) après ma période de puberté, puis tout au long de sa période de puberté à elle, frère et sœur s'adonnèrent à ces plaisirs enfantins jusqu'à ce que le temps avance à reculons et qu'intervienne brusquement cet après-midi fatal.

Naturellement, la puberté fut pour moi une bénédiction palpitante qui eut tôt fait de livrer ses fruits. En une semaine, ma voix chuta sans encombre de la tessiture flûtée d'un soprano à ce timbre mélodieux de basse qu'elle a conservé depuis ; en une semaine, mes organes génitaux jaillirent de leur petite poche, se développèrent et libérèrent de belles proportions qui s'agrandissaient sans pudeur dans la baignoire et dans mon lit ; en une semaine, mes mouvements physiques troquèrent la grâce naturelle d'un enfant en bonne santé contre la vigueur sereine d'un adulte musclé. (Selon une opposition sommaire, Terence atteignit péniblement l'âge d'homme au terme de trois longues années de cauchemars, accompagnées comme il arrive souvent de maux d'orteils comprimés, d'éruptions de boutons, de gammes ascendantes et descendantes, de pollutions nocturnes.)

Pour tout dire, je n'ai jamais vraiment su combien il fallut de temps à Ursula pour remarquer la différence. Les nuits que nous passions ensemble à faire l'apprentissage de nos corps n'allaient certes pas toujours sans de stupéfiantes tumescences de ma part, et je connus les plaisirs de maints orgasmes préadolescents sous les auspices inquisiteurs d'Ursula ; mais il n'y avait encore rien eu de charnel dans nos ébats, rien du tout. Vous *savez bien* ce que je veux dire : nous nous câlinions à qui mieux mieux, nous inspections mutuellement notre intimité avec une espèce de répulsion hilare et, pour autant que je m'en souvienne, nous nous caressions beaucoup les cheveux. Mais assez curieusement, nous ne nous embrassions jamais. De toute ma vie, je n'ai jamais embrassé ma sœur : pas sur les lèvres, pas sur ses lèvres.

Gregory, me dit-elle une nuit, ça devient énorme et tout poilu là-bas en bas. Ça ne te plaît pas ? lui demandai-je. Je préférais quand c'était petit et tout doux, répondit-elle d'un ton plaisant. Qu'est-ce qu'il va t'arriver d'autre maintenant que tu es un homme ? Je ne me fis pas prier pour le lui montrer, à cette petite friponne. Regarde-moi *comme ça sort*, dit-elle ; génial ! Un mois plus tard, elle dégagea son minois trempé de sous les draps et appuya son menton sur ma poitrine en fronçant les sourcils. Je crois que c'est très nourrissant, lui murmurai-je en souriant. Elle fronça le nez, ce qui signalait chez elle de l'incertitude plutôt que du dégoût. Je vais sans doute m'y habituer, dit-elle avant d'ajouter : qu'est-ce que tu feras quand je serai comme maman ? Mais j'avais renvoyé ma douce au fond du lit et je restais allongé, les mains croisées derrière la tête, observant les oiseaux de Cendrillon qui encourageaient l'aube à glisser un œil de l'autre côté de la fenêtre élimée, sentant les larmes de ma sœur qui me salaient le ventre en manière de sacrement.

Pourquoi pleure-t-elle autant *maintenant* ? Qu'est-ce qui peut bien la faire pleurer si ce n'est cet univers perdu de notre enfance où rien de ce que nous faisions ne semblait avoir d'importance ?

Branle-bas désopilant à mon retour à la galerie. Que ces braves gens ordinaires arrivent à se débrouiller sans moi pendant une fraction de seconde m'est une source constante d'étonnement.

Ce doit être l'ennui, l'ennui pur et simple qui a fini par m'extirper de mon lit de malade, plutôt qu'une convalescence spectaculaire. Ajoutez à cela que l'insolente mère Styles s'agitait de la manière la plus impardonnable qui soit (venant brailler au téléphone, m'envoyant ses vœux de prompt rétablissement sur des cartes spirituelles marquées au sceau d'une vulgarité prévisible) et qu'il a même été question, je crois, de rogner sur mon salaire coquet si je ne reprenais pas le travail sur-le-champ ! En outre, Terence (l'opiniâtre Terence, plein de prévenance et de problèmes respiratoires) m'a affectueusement taquiné pour que je retrouve la forme, attendu qu'il voudrait avoir le champ libre (rires) pour séduire cette pétasse de June – en vertu de quoi j'ai provisoirement accepté de prolonger une soirée chez Torka vers la fin de la semaine prochaine. Mais ce n'est que justice, je vois bien ses raisons : il passe du sublime au grotesque, et ainsi de suite.

J'ai choisi de reprendre le travail un vendredi, afin de m'octroyer le week-end pour me remettre. Cela m'a fait un drôle d'effet de m'habiller de pied en cap si tôt le matin, un effet exceptionnel, comme si je me préparais pour un bal ou une partie de chasse légendaire, comme si je m'apprêtais à partir en vacances dès potron-minet. Sur le moment, j'en ai même été agréablement surpris, et l'excitation a monté au contact de mes vêtements de marque dont j'avais perdu l'habitude. Dehors, il avait l'air de faire chaud. Je me suis levé, stupéfait d'être à nouveau en vie.

— Bien le bonjour, monsieur, bien le bonjour ! m'ont susurré les deux lèche-cul de l'ascenseur et du hall d'entrée.

— Cela fait plaisir de vous revoir sur pied, monsieur, m'a dit le portier avec déférence, en tenant les portes ouvertes sur mon passage.

... Par exemple ! Mais c'est que le monde change à toute allure en ce moment. Combien de temps cela peut-il faire que je suis parti ? Où suis-je ? À Munich, Florence, Calcutta ? Au milieu des autobus qui s'ébrouent et des marquises qui grouillent devant les nouveaux hôtels, ce sont des races entières, des cultures dans leur totalité qui semblent se rassembler puis se disperser. En descendant Moscow Road comme un étranger, comme Rip van Winkle perdu dans la diaspora, je me faufile entre des péninsules turbulentes de Pakistanais, m'écarte devant de gigantesques cohortes de Scandinaves blonds et essoufflés, franchis des cargaisons léthargiques de baroudeurs italianisés, coupe à travers d'immenses continents de travailleurs émigrés en provenance du Moyen-Orient. Des poubelles renversées et des cageots de légumes chavirés vomissent leur contenu sur le trottoir ; des sacs d'ordures ménagères sont affaissés comme des clochards contre les devantures de magasins ; des pigeons enragés, trop gros pour voler, poussent des cris dans les détritus. Je tourne à l'angle de Queensway et m'engage dans l'avenue : je pourrais être n'importe où. Un hurluberlu, les cheveux en pétard, vend du jus d'orange frais qu'il conserve dans un réfrigérateur bariolé monté sur roues. De l'autre côté de la rue, la face placardée d'un nouvel immeuble annonce CAMBIO – WECHSEL – CHANGE – 24/24 (Je cherche en vain un panneau qui dirait ON PARLE ANGLAIS). Je suis le seul, dans la rue, à ne pas être muni d'un plan de la ville.

Après quoi, le métro fait presque figure d'un havre de paix : j'effectue tout le trajet cahoteux et fragile, compressé dans le compartiment bondé, en me demandant avec un détachement amusé si ces gens-là appartiennent à la même espèce que moi (vous êtes *si nombreux*, vous autres. Qu'adviendra-t-il de vous ? Comment allez-vous faire pour vous en sortir ?). L'enceinte mieux entretenue de Mayfair, avec ces barriques d'Américains, ces femmes de prix, ces vitrines veloutées, m'offre un semblant de réconfort tandis que j'achète ma tulipe et remonte sans me presser Albermarle Street jusqu'à Berkeley Square. Voici la galerie, la galerie Odette et Jason Styles, le lieu où j'exerce ma profession.

— Gregory ! Comment ça s'écrit, « Métamorphose » ?

Les pauvres bougres se demandent comment ils ont pu continuer sans moi. Je m'assieds à mon bureau et, en essayant de réprimer un fou rire incontrôlable, je me demande comment ils ont pu *commencer* sans moi.

— M, e accent aigu, t, a…, j'arrive à articuler.

Savez-vous ce qu'ils ont trouvé à faire pendant que la grippe me retenait à la maison ? Rien de mieux que d'aller commander, installer, accrocher les pires…

— Gregory ! Comment ça s'écrit, « Euthanasie » ?

— E, u, t…, je souffle.

… horreurs *d'un décorateur d'intérieur de Bond Street*. À mon arrivée, j'ai trouvé les murs saccagés par les tableaux abstraits de ce que j'appelle l'École des Forcément (« Je peins des œuvres abstraites, forcément, pour que personne, pas même moi, ne puisse dire que je suis incapable de peindre »), par d'affreuses croûtes kaléidoscopiques marron et ocre, agrémentées d'une espèce de…

— Gregory ! Comment ça s'écrit, « Extraterrestre » ?

— E, x, t…, je gémis.

… motif oriental des plus niais, le tout poussant le visiteur en pleine forme à aller se faire corriger la vue ou soigner les intestins, par une bouffée de nausée existentielle, un affront démentiel lancé aux…

— Gregory ! Comment ça s'écrit, « Embryonnaire » ?

— E, m, b…, je supplie.

… espoirs et aux rêves les plus secrets de nous tous. Les jambes encore flageolantes, je traverse la galerie en direction de la grotte pestilentielle des Styles, où j'aperçois le Créateur lui-même, l'Auteur en personne, penché d'un air inquiet sur le brouillon du catalogue ; la vieille guenon l'assiste de son mieux pendant que Jason tripatouille les tasses à café derrière eux. Apparemment, le petit fumiste se fait beaucoup de souci pour le catalogue, en partie parce qu'il n'arrive pas à imaginer de « titres » pour les formes rectangulaires de sa crétinerie qui tapisse uniformément les murs de la galerie.

— Y a qu'à chercher, dit-il. Pourquoi pas « Sensualité » pour celui-ci ? Ou pour celui-là ? Ou bien pour ce troisième ? Je m'éclipse et regagne mon bureau, au risque que Dame Styles ne m'appelle en beuglant si jamais…

— Gregory ! Comment ça s'écrit, « Schizophrénie » ?

— Pour celui-là, débrouillez-vous tout seuls, je dis d'un ton las.

L'exposition fait un bide, naturellement. Pendant la semaine qui suit l'inauguration, la galerie reste déserte, à l'exception d'un ou deux Japs dont la prunelle folle s'illumine un instant, comme si elle retrouvait dans ces toiles une sorte de choc tribal. Odette et Jason ont le moral à zéro. Cette fois-ci, ils perdent encore plus d'argent que d'habitude. Ils se terrent dans leur tanière toute la journée, j'entends leurs balbutiements morbides. Le décorateur passe moins souvent ; personne ne s'efforce de prendre une mine réjouie quand il arrive.

Mais la semaine n'est pas très chargée. Je n'ai rien à faire. Assis à mon bureau en verre, je vois bâiller les longs après-midi qui se traînent et, en rentrant chez moi, je me sens fatigué, accablé, au point de ne pas pouvoir ressortir. Mes rêves ne m'ont pas abandonné. Une fois, je me suis réveillé en sursaut pour m'apercevoir que j'étais dans la galerie : impression d'un vide suraigu, comme un autre genre de rêve. Je me contente donc de faire acte de présence, assis à mon bureau avec un goût fiévreux de rouille dans la bouche, sur le point de retomber malade, de dépérir et de décliner, jusqu'à ce que la semaine s'arrête.

les pets, les flocs et les grognements du chieur d'à côté, et vice-versa, et en haute fidélité s'il vous plaît ; mais en plus, une fois qu'on est prêt à partir, on peut tout à fait se tromper et remonter son pantalon à lui. C'est encore pire si on sait de qui il s'agit. Wark passe toujours un sale moment aux chiottes). Ma bite, soit dit en passant, a bon moral ; elle était gonflée par une érection savoureuse ce matin, même si c'était le genre à cause d'une vessie pleine et du besoin de la vidanger ; mais c'est d'autant plus étonnant qu'elle l'a à zéro ces derniers temps et que, pour être franc, nous ne sommes plus « en bons termes » depuis déjà quelques semaines, comme dirait G. En signe de loyauté, je lui ai lâché la grappe, dans tous les sens du mot, en espérant que la confiance que je lui accorde si clairement l'incitera à redoubler d'efforts la nuit N. Je ne lui impose plus mes quatre volontés : parfait, ma vieille, tu dis que tu peux t'en tirer toute seule ? Alors vas-y, fais tes preuves ! Je *crois* que ma bite s'est laissé piper, pour ainsi dire. (Mais chut ! Elle pourrait piger mon petit jeu. Jusqu'ici, sa réaction a pourtant été encourageante. Après tout, il en va de son honneur demain soir.) Ma chambre est dans un état superbe depuis que j'ai viré ma corbeille à papier. Je vois même que j'ai un lit double.

Je me suis fait une première séance de décrassage entre huit heures et demie et neuf heures, et j'en ai émergé tout frétillant, avec des picotements dans les joues comme lorsqu'on vient d'éternuer ; puis je suis sorti en catimini (silence à l'étage) pour me balader, peut-être pour manger, peut-être pour rencontrer une autre fille dont je tomberais amoureux en prévision du moment où les choses tourneraient au vinaigre avec Jan. Sur Queensway, les arcades éclairées au sodium bourdonnent des jappements d'étrangers profitant de leur séjour, ou installés pour de bon, à présent, dans les vieux immeubles insalubres qui attirent les incendies et dont les derniers étages, plongés dans la pénombre, surplombent la devanture des magasins comme une mezzanine écœurante (c'était une rue, il fut un temps, avec des maisons). Une femme de couleur, vêtue d'un tee-shirt à rayures vertes et arborant les plus gros seins qu'en toute franchise j'aie jamais vus sur personne, se promène à côté d'une copine aussi malingre qu'une enfant abandonnée, mais enceinte jusqu'aux dents. En face, un couple danse sans entrain au son d'une guitare qu'un musicien de rue gratte faiblement. En passant devant le magasin de revues porno le plus proche de chez moi (il est tenu par un grippe-sou de Grec qui ouvre pratiquement vingt-quatre heures sur vingt-quatre), je vois une femme très âgée plantée sur le trottoir entre les présentoirs : pendant un instant, elle est bizarrement encadrée par un montage de seins énormes et de fesses cambrées. Complètement débordé. Je ne sais pas pourquoi j'en fais tout un plat, c'est sûr.

Après mûre réflexion, j'élimine le hamburger, ainsi que pâté, pâtes, pizza pâtisserie ou toute variante de ces plats à emporter, et je me surprends à entrer au Renard intrépide, le pub à moitié lugubre qui vend à n'importe qui sa Bière spéciale. C'est une bière forte, fabriquée en Angleterre et très appréciée de mes contemporains quasi alcooliques que l'on voit partout à la fois ; avec son goût de savon, il lui suffit d'effleurer vos lèvres pour que vous vous retrouviez tout de suite complètement bourré et *tonto* (je parie que lorsque la vérité éclatera sur cette bière, lorsqu'on apprendra tout ce qu'on a réellement ingurgité, des catastrophes comme le drame de la thalidomide paraîtront assez dérisoires, à côté). Dès dix heures, ça se bagarre, ça se trémousse, ça chiale au Renard intrépide (quand ça ne fait pas les trois à la fois), puisque tel est le pathétique paradigme de l'ivresse que déclenche cette bière.

— Jamais de problèmes dans mon pub, le patron aux joues couleur ketchup confiait un jour à quelqu'un, à portée de mon oreille ; puis il a ajouté plus bas en se rengorgeant : sauf bien sûr avec-ma-Bière-spéciale…

Je me suis dit que j'allais prendre une de ces bières, histoire de me réchauffer. Ce que j'ai fait, et elle m'a bien rafraîchi le gosier.

Comme le patron m'en versait une deuxième dans la joie et la bonne humeur, j'ai pensé : réussir. Je vais réussir. Ma bite n'est peut-être pas dans une forme olympique en ce moment, mais merde à la fin ! C'est qu'on *s'aime*, Jan et moi. Il y a des sentiments entre nous, si vous voulez tout savoir. Excusez-nous, mais le cul à la va-vite, le cul à la va-comme-je-te-pousse, le cul à la mode des années soixante-dix, ça ne nous intéresse pas tant que ça. Pas nous, mon vieux, *oh non* ! Même si je déconne, même si ma bite se rétracte irrévocablement entre mes reins, la soirée sera de toute façon *une réussite*.

Comme le patron m'en versait une troisième avec sollicitude, j'ai pensé... pensé aux quantités faramineuses de tendresse logées dans le monde, à toutes les poches dépenaillées renfermant des trésors quotidiens de bonnes intentions et de désirs de plaire, à la noblesse et à la douleur de grandir sans plus jamais retrouver sa jeunesse. Pensé à l'effarante beauté des nuages, à la douceur des chatons, à de petites filles ouvrant de grands yeux.

Comme le patron m'en versait une quatrième en détournant la tête (et que la première larme de la soirée s'écrasait sur le comptoir à côté de mon verre), j'ai pensé : bon sang ! Mais pourquoi c'est si dur ? Pourquoi faut-il que ce soit si dur ? Le pauvre hippie déglingué n'a jamais eu la chance de choisir une autre vie. Ça peut vous tomber dessus quand vous êtes jeune, ça peut vous tomber dessus maintenant, ça peut vous tomber dessus à n'importe quel moment du futur. Qui c'est qui nous fout en l'air ? Qui c'est qui nous confisque notre culot ?

Comme le patron, après mûre réflexion, m'en ouvrait violemment une cinquième, j'ai pensé : tous des bouffeurs de merde, comme toi, mec, avec ta gueule qui sourit jamais. Vise-moi ces enculés, j'ai pensé en m'écartant du comptoir pour examiner avec dégoût les autres clients groupés en cercle ou alignés en rang d'oignons, en train de boire, de fumer, de papoter. Qu'est-ce que vous avez jamais ressenti, *vous autres* ? Qu'est-ce que vous foutez, *vous* ? À quoi elle ressemble, votre vie *à vous*, à quoi d'autre qu'à une série de vagues désirs. Vise-moi ce trou du cul décervelé qui bavasse là-bas avec les deux filles, oui, toi, toi, sac à foutre, mais putain qu'est-ce que… pour qui… quel… ?

Comme le patron, après un intermède en forme d'algarade tonitruante, acceptait enfin de m'en vendre une sixième, j'ai pensé : je vais dégueuler. Tout dégueuler, tout de suite. Écroulé sur mon hydrocarbure, je me suis attiré des quolibets venus des deux côtés du bar. Espèce de saligaud. Je n'ai pas pu finir mon verre. C'est ça, casse-toi, a dit quelqu'un, et bon débarras. Je suis sorti en trébuchant dans la nuit trépidante : Terry-le-clodo, une fois de plus.

Il devait être, oh ! onze heures et demie quand je suis rentré, tanguant sous mes rots. J'ai fermé la porte d'un coup sec et j'ai effectué un demi-tour menaçant en direction de l'escalier. Je vais aller le tabasser, je vais aller pleurer sur son épaule, je vais aller l'enculer (ce pédé), ça me ferait du bien. Oh ! comme tout ça me ferait du bien !

Tanguant sous mes rots, j'ai pris le couloir qui mène à ma chambre et j'ai descendu une bonne rasade de whisky, les lèvres collées au goulot. Puis je me suis déshabillé et je me suis couché en chien de fusil. Une pile de magazines de cul entassés devant moi – un rouleau de PQ à côté, mes deux oreillers formant un L éloquent (l'un pour me soutenir, l'autre pour me servir de pupitre) – je me suis débattu comme un beau diable avec ma bite, qui n'avait pas la moindre intention de durcir, qui s'ennuyait ferme, qui ne réagissait pas d'un iota. Va te faire foutre, j'ai pensé en voyant le plafond s'abattre sur moi, sur un Terry qui ne s'était pas lavé, qui se brossait les dents au whisky, et qui était bourré, accablé, détesté, complètement bousillé.

Exquis comme comportement, je pense que vous n'en disconviendrez pas. Sexy en diable, aussi. Et le prélude idéal à notre idylle du lendemain.

C'est donc ça, une gueule de bois, j'ai dit à voix haute en ouvrant un œil. Toutes les autres, ce n'en étaient pas. Mais là, c'en est une.

Je ne me suis pas réveillé (ou plutôt, je n'ai pas pu me lever) avant dix heures moins le quart. Pas le temps d'un café. J'ai dû courir avec la tête d'un autre sur les épaules, la tête d'un vieux monstre, jusqu'au pressing, où j'ai fait la queue pendant un quart d'heure dans une chaleur écœurante de cocotte-minute, avant de m'entendre dire qu'on avait égaré mon costume dans la fourgonnette. Direction : la laverie (où je suis la risée des employés depuis que j'ai apporté mes ordures à laver : les petits Pakistanais sourient en me voyant). Retour à la maison. À défaut de mes plus beaux habits, je saute dans une chemise fraîche mais froissée, dans un pantalon et des chaussettes propres, et hop ! la rue. Halte rapide pour un raclement de gorge spectaculaire dans le caniveau (des strates d'antiques poisons n'attendaient que ça dans mes poumons), puis plongeon dans les vapeurs du métro. Pendant vingt minutes surréelles à vous donner la nausée, il n'en est pas passé un seul. Lorsqu'il en est enfin arrivé un, il était naturellement plein à craquer ; j'ai dû m'infiltrer à travers la muraille de bras et de jambes et j'ai quasiment roulé un patin à un vieux Chinois jusqu'à la station de Chancery Lane (ne me demandez pas comment il a fait pour le supporter). En m'arrêtant chez Dino dans la panique pour prendre un café, je me suis aperçu que je n'avais qu'un billet de dix livres, ce qui, en plus de faire unanimement cracher son venin au personnel et à la clientèle ligués contre moi, m'a encore retardé de huit minutes. Il était *onze heures et demie* quand je suis entré dans le bureau, plus ou moins à quatre pattes, sans me faire remarquer, m'a-t-il semblé (sauf de Jan, qui a eu l'air de m'adresser un sourire) ; sur ma table trônait un mot du contrôleur, qui disait :

— Passez me voir, quand vous arriverez. (Qu'est-ce que j'ai détesté cette virgule.)

— Mon Dieu, je suis terriblement navré, j'ai dit. Ce sont des choses qui arrivent.

— Et qui pourraient arriver à n'importe qui, a dit John Hain. Allez présenter vos excuses à Wark, qui vous remplace au téléphone depuis ce matin. Et remettez-vous au travail.

J'ai présenté mes excuses à Wark, qui a levé vers moi un regard distrait et méprisant, comme si ma présence allait encore multiplier les tâches qu'il lui restait à accomplir. Puis je me suis remis au travail. *Deux* bordereaux de vente étaient posés à côté de mon téléphone. Tout content de lui, Wark avait oublié de m'indiquer les appels qu'il avait passés. Je n'ai pas osé le déranger de nouveau pour le lui demander, et j'ai commencé par le haut de la liste en prenant les numéros au fur et à mesure. Qu'est-ce que je faisais ? J'achetais ? Je vendais ? Ni l'un ni l'autre ? Les deux ? C'était comme si je disputais en même temps deux parties d'échecs, un bandeau sur les yeux, dans une capsule spatiale. J'avais l'impression d'être un animal, d'être un dieu, d'être le fantôme du tonnerre d'été.

J'ai attendu midi et quart pour commettre ma première faute grave. Je suis sorti du bureau en courant et je suis entré dans le pub qui se trouve dans la petite rue sous ma fenêtre. Allez savoir pourquoi, j'ai commandé une boisson à base de bière et de whisky, après m'être laissé dire que c'était tout indiqué pour les gueules de bois. Quinze secondes plus tard, j'étais pris de spasmes et je dégueulais dans la ruelle adjacente, le front appuyé contre un bout d'échafaudage rouillé. Les gens m'observaient dans la rue, intrigués, pour mieux juger de mon état. Dégueuler n'a pas eu l'effet escompté : je ne me suis pas senti mieux, je me suis senti plus mal. J'ai allumé une cigarette ; la première bouffée m'a fait tousser et cracher des morceaux si répugnants que je me suis remis à dégueuler, comme ça, sans aucun rapport, dans l'indifférence totale, en simple hommage à mes troubles physiques. J'ai acheté une pomme (non sans remarquer que je laissais quelques gouttes de sang sur sa chair en la croquant : du sang venu de mes poumons ? du sang en raison d'un abcès à la gencive ? – auquel cas, merci mille fois) et je suis retourné au travail. M'attendaient : 1° un autre bordereau de vente ; 2° un message confirmant une commande que je n'avais pas faite ; 3° un message annulant une vente que je n'avais pas faite. J'ai passé des coups de fil jusqu'à quatorze heures. Je me suis propulsé jusqu'à Holborn (pas capable d'affronter Dino) où j'ai acheté un pâté en croûte et une soupe à la tomate que j'ai rapportés au bureau ; mais ils avaient refroidi pendant le trajet et ils étaient devenus immangeables. Encore des coups de fil jusqu'à seize heures. J'ai pris mon gobelet à café vide, je suis allé dans les toilettes dégueulasses et je l'ai rempli d'eau chaude savonneuse ; il y avait une cabine libre – étouffante, odorante, mais libre ; à côté, une personne très mal en point (qui consacrait sans doute sa pause-thé juste à cette immonde activité) faussait compagnie à des substances dont le bruit évoquait celui d'une cagette de melons déversés dans un puits ; je me suis débarbouillé du mieux que j'ai pu ; j'avais une sale gueule, je le sentais ; j'ai pleuré un coup et je suis retourné fissa à mon bureau. J'ai passé des coups de fil jusqu'à dix-sept heures. Parlé à Veale, qui veut toujours me faire bosser pour lui. Encore des coups de fil jusqu'à dix-huit heures. J'ai appelé Damon en hurlant (les types de l'étage en dessous ont commencé à lui casser la gueule : c'est *tout* ce qu'il mérite) et je lui ai remis les trois bordereaux dûment remplis. Je me suis calé contre mon dossier et j'ai lâché une salve puante de gaz de premier choix.

— Eh bien, *salut !* a dit Jan qui se tenait dans l'embrasure de la porte.

Ah ! Mais c'est qu'à partir de ce sommet, croyez-moi, à partir de ce pic altier, les choses se sont sérieusement dégradées ; et au lieu que la mayonnaise continue à prendre, tout a commencé à foutre le camp.

Non que les chasseurs flanquant les portails du Royal m'aient conspué et refoulé (sous prétexte que j'étais déglingué « Désolé, monsieur, vous ne pouvez pas entrer. — Pourquoi ? — Vous êtes trop déglingué. » J'avais envisagé cette possibilité et prévu, au cas où elle se présenterait, quelques solutions de repli) : au contraire, il n'y avait personne pour nous barrer l'entrée. Nous sommes allés au Saloon, où nous avons vidé à grands traits de nombreux Sidecar et Old Fashioned, siroté à petites gorgées plusieurs Banana Daiquiri et Harvey Wallbanger, bu des rasades de Whisky Sour, des Bullshot et des vodkas-orange, des tequilas Sunrise, des vodkas Gibson et des whiskies glacés à la menthe. À ce point de la soirée, je délirais bien sûr dans les grandes largeurs, mais je continuais à parler et tout ce qu'il faut, à me comporter comme quelqu'un qui nourrissait l'espoir insensé de coucher le soir même. Jan était gaie, juvénile, et d'une beauté forcément éblouissante. Ensuite, nous sommes allés dîner, je m'en souviens vaguement, dans un restaurant italien situé sur Greek Street (qu'est-ce qu'il foutait là ?). J'ai fait plein d'efforts pour m'empiffrer, pour consolider mes défenses contre les gangs ennemis qui se livraient une guerre sans merci dans mon corps, mais je n'ai pu avaler qu'une tranche de melon et un peu de risotto entre deux rots. J'ai pourtant remarqué, avec une terreur grandissante, que Jan ne me lâchait pas d'une semelle quand j'ai réglé l'addition, qu'elle s'obstinait à m'accompagner quand je suis sorti pour chercher un taxi, qu'elle m'escortait sans concession quand j'ai introduit la clef dans la porte d'entrée, grimpé dans l'ascenseur et pénétré dans notre appartement.

— J'ai une idée, j'ai dit en la guidant à l'étage, prenons un verre.

— Là-haut ? a demandé Jan. Où est ton superbe colocataire ?

— Mon frère adoptif, j'ai dit.
— Il n'est pas là, hein ? a dit Jan.
— Non, j'ai dit, il est sorti.
— Non, pas du tout, a dit Gregory. Il est là.

— Allez, venez, il a dit. S'il vous plaît. Tenez-moi compagnie un moment et bavardons un peu.
— D'accord, j'ai répondu, pas peu fier. Bonne idée, prenons un verre tous les trois.
— L'horreur, aujourd'hui. J'ai dû m'éclipser de la galerie pour rentrer me coucher. J'ai essayé de t'appeler, Terry, mais tu n'étais pas là. C'est ma grippe qui me reprend.
— C'est pas bientôt fini, cette grippe ?
— Je sais. Je trouve ça vachement injuste.
— Pauvre petit chou, a dit Jan.
— Oui, vachement injuste.
— Je trouve aussi, j'ai dit.
— Je ne vais pas m'interposer, rassurez-vous. Vous pouvez m'abandonner ici, à l'article de la mort, et filer tous les deux pour votre partie fine.

Plutôt sexy de sa part, j'ai pensé en voyant sa moue de dédain. Si *lui*, il croit que je peux, peut-être bien que je peux, alors.

— Oyez ! il nous a demandé ensuite, qu'avez-vous fait ce soir, petits polissons que vous êtes ?
— Eh bien ! a répondu Jan, on a commencé par prendre des boissons chics. Plein de boissons chics. Puis on a dîné chic. Puis on est revenus ici.
— Et dans quel but, je vous prie ? a demandé le pétillant Gregory d'une voix qui m'a glacé les sangs.

Jan s'est tournée vers moi. En imitant sa voix à merveille, avec juste assez de méchanceté pour rendre pleinement justice à ses intonations pédantes de pédé, à ses inflexions tour à tour vulgaires et efféminées :

— … Pour une partie fine.

J'ai ri : d'un rire énorme, tout entier abandonné à la haine. J'ai ri comme en signe de victoire, enfin délivré de mes jalousies et de mes craintes.

— Je ne veux pas dire, Terence, a dit Gregory, mais tu ne crois pas qu'il serait temps que tu prennes soin de tes dents ? Elles sont toutes vertes, et tu peux te faire rembourser par la Sécurité sociale. Tu peux aussi te faire mettre des prothèses, tu sais. En réalité, Terry…

Jan a froncé les sourcils. C'est alors que le téléphone a sonné.

Je me suis retrouvé dans la rue. Il pleuvait. J'ai levé un bras. Je me suis demandé combien coûterait le taxi, vu que personne ne me rembourserait la course. Je me suis détesté de faire ce calcul, mais il y avait tellement de nouveaux éléments que je détestais encore plus : le superbe Gregory allongé dans son lit, sec et propre ; la belle Jan à ses côtés, soûle et prête ; Ursula tout abîmée, oscillant soudain entre la vie et la mort, emportée par une ambulance qui sifflait dans la ville luisante, tandis que des mains réconfortantes en uniforme essayaient d'améliorer son état, et que son frère se mettait en route.

> 2. *Vous savez l'effet que ça fait, bien sûr, d'être l'objet suprême des désirs de quelqu'un ?*
>
> GREGORY

*Oh* là là !

Je crois que j'ai mal agi. Je crois que je suis tombé en disgrâce. J'ai mal agi. Je suis tombé *en disgrâce. Oh* là là !

Il faut dire, cependant, que Terence réagit à toute cette affaire en prenant de grands airs pincés qui me sidèrent. Il fait la tête, une tête de six pieds de long. Quel idiot. À le voir, c'est tout juste si je ne suis pas parti avec sa femme, même si c'est elle, comme je le lui ai dit sans trop de détours, qui est responsable de tout, bien plus que moi. Mais il ne décolère pas : jamais encore je ne lui avais connu cette détermination intense, cette opiniâtreté de pauvre mec. Sale histoire.

En un sens, voyez-vous, je pourrais aussi me défendre en invoquant la simple force de l'habitude. Si tant est que nos aventures sexuelles aient jamais coïncidé par le passé, à aucun moment il ne fut question que Terence eût *son mot* à dire sur la répartition des filles, le désir et la préférence des hommes. De fait, son statut (qu'il assumait au reste spontanément) était celui d'un messager, d'un entremetteur zélé, plutôt que d'un élément sexuel à part entière, avec ses besoins, ses blessures et sa dignité propres. « Terence, va chercher ces deux filles là-bas... Il y a deux filles là-bas, Terry. Va les chercher... Va les chercher, les deux filles qui sont là-bas, Terry... » Ce genre de choses. Comme de juste, il écopait de la plus moche (et encore...), ou bien, dans les rares cas où les deux donzelles étaient aussi désirables l'une que l'autre (mais ces cas sont rares : les belles chassent avec les bêtes. Tenez ! Il n'y a qu'à nous voir, Terence et moi), il pouvait, *à l'extrême rigueur*, jeter son dévolu sur celle dont je ne voulais pas, et qui ruminait sa frustration dans son coin. Il acceptait ce compromis. De temps en temps, inévitablement, je sentais la vague aspiration hormonale l'animer d'une profonde pulsation (disons lorsque sa poulette revêche, pleine d'admiration résignée, voyait sortir de ma chambre ma beauté toute bronzée, encore étourdie d'être à ce point comblée), mais sa conduite, en fait, témoignait dans l'ensemble d'un manque total d'assurance. De toute façon, les rapports sexuels représentaient pour lui une transgression majeure, et il plaçait la transgression au cœur de la vie.

J'ourdissais même des plans compliqués pour calmer ses angoisses. Exemple : deux riches sœurs négligées débarquent au village un printemps. À peine suis-je rentré de pension pour les vacances que je fais figure de favori aux yeux de l'aînée, passant de longs après-midi avec elle à prendre le thé en l'absence de ses parents. Un jour, j'emmène le petit Terence avec moi, à moitié pour le divertir, à moitié pour éloigner la pénible cadette qui n'a guère apprécié que je lui préfère sa rivale (et qui a aussi, je le remarque au passage, de sombres poils aux jambes plaqués sous ses collants, comme une préparation attendant juste l'examen au microscope). Mais la coquine ne rend pas à Terence la monnaie de sa pièce : je dois donc intercéder, et promettre en secret à cette garce de lui prodiguer quelques faveurs à condition qu'elle veuille bien se montrer plus aimable avec mon ami. Tout à fait éreintant – d'autant plus que j'évite de justesse les ennuis.

Autre exemple : sous ma surveillance, Terence attire vers nous deux jeunes vendeuses plutôt jolies dans la gare routière de Cambridge. En moins de quelques minutes, elles sont là à caresser mes cheveux brillants de leurs quatre mains, pendant qu'il se racornit et se pousse sur le banc, un sourire niais et gêné sur son visage de malotru. Tandis qu'il va nous chercher des Coca, je promets à nos pimbêches, taquin comme je suis, que la première à être gentille avec mon frère adoptif sera aussi la première à gagner une heure en tête à tête avec moi. (Des promesses, toujours des promesses. En plus, j'étais fidèle à une camarade de classe, à l'époque.)

C'est ainsi que cela avait toujours fonctionné, par cette espèce de petit arrangement bancal. Comme l'usage voulait qu'il héritât de mes vêtements de marque dès l'instant où ils m'étaient devenus trop petits, de même, il héritait des rebuts féminins, des restes de nourriture, des surplus inutiles : il les exhumait avec un air coupable comme s'il les sortait d'un tiroir interdit du grenier.

Mais qu'est-ce que vous auriez fait à ma place, *vous* ?

Imaginez-moi un peu. C'est la fin d'une semaine harassante, j'ai été vachement malade par-dessus le marché, ça fait des lustres que je ne suis pas allé chez mon ami Torka, et voilà qu'une fille tout à fait potable se jette sur moi comme une furie et que…

Écoutez. Terence venait de faire une de ces blagues stupides dont il a le secret lorsque le téléphone a sonné. C'était minuit passé. Nous nous sommes tous les trois tournés vers l'appareil (accalmie des gloussements spasmodiques de T.) et nous l'avons fixé avec un brin de surprise. Je soutenais le regard de Joan, son regard violet qui brillait dans la lumière tamisée ; Terence a traversé la pièce en chancelant comme un ivrogne, il a décroché le combiné en tournant le dos à nos yeux occupés (« Allô ? Pardon ? »), occupés à se chercher en glissant déjà le long de beaux parallèles éclatants (« Oui. Qui ? »), de beaux parallèles éclatants qui regorgeaient déjà de liquides secrets (« Elle a *quoi* ? Quand ? »), des liquides secrets qui luisaient déjà, comme la rosée sur les plumes d'un canard, à la pointe de nos corps (« Où ? Oui, oui. Mais enfin, *bien sûr* »), de nos corps qui avaient déjà…

Terence a brusquement fait volte-face, mal assuré sur ses jambes. Il a bafouillé deux ou trois mots – Ursula, les hôpitaux, que sais-je ? – *Il faut* que j'y aille, a-t-il dit sans y croire, puis il a dévalé l'escalier. Mais est-ce que nous l'écoutions vraiment, June et moi ?

La porte a claqué.

J'ai levé l'index et je lui ai lentement fait signe de me rejoindre sur le lit. Elle a obéi et s'est dandinée jusqu'à moi en extase, hypnotisée, éblouie, vaincue. Elle s'est penchée comme le premier soir, ses lèvres entrouvertes dessinant un rictus moqueur de volupté ensommeillée. Fort bien.

— Assise.

Pour commencer (la main fourrageant dans les épaisses bouclettes sur sa nuque), je lui ai pris le visage et je l'ai attiré langoureusement vers le mien. Mais ensuite… Ah ! D'un geste vif et dédaigneux, j'ai repoussé sa tête et détourné habilement ses lèvres vers… qu'est-ce qu'on trouve par là ? Vers la superbe érection qui n'avait pas attendu si longtemps pour jaillir, palpipante de désir, d'entre les plis de mon caftan (un caftan grenat, à propos, boutonné jusqu'en bas sur le devant, et orné d'une collerette blanche plissée qui fait toujours son effet). Je ne sais lequel de nous deux a conçu la plus grande fascination au moment où sa bouche crénelée s'est approchée en tapinois de mon dôme violacé : d'une main raidie, je maintenais son visage en surplomb, à une distance irréductible, et je n'ai eu qu'à me soulever le plus naturellement du monde, sans nul besoin de tendre les fesses, pour parcourir le périmètre de ses lèvres. Comme celle d'un poisson rouge, la bouche de la pauvre Joan était flasque et avide avant même que je ne laisse libre cours à ses succions sirupeuses (tandis que ma main, bien entendu, contrôlait tout comme un stylet) et que je ne lui permette de se gorger à satiété. Ensuite, je lui ai pris le visage, je l'ai arraché à son occupation et attiré face à moi.

— Je te veux nue. Tout de suite, j'ai dit.

Je crois que la fille a eu un peu de mal à retrouver son équilibre. Pendant tout ce temps, j'avais la tête appuyée sur un coude pour jouir du spectacle. Elle portait un tee-shirt imprimé en velours ras et une salopette peinturlurée. Elle a enlevé d'un coup ses chaussures dorées. J'ai pointé un doigt vers elle.

— Les seins en dernier, j'ai précisé.

D'abord est venu le jean de Joan, entraînant sans grande élégance sa culotte rose assez hygiénique (j'aime toujours observer de près le renflement sous sa forme originale, avant de me trouver confronté à la réalité sylvestre). Mais elle était toujours très belle à voir, debout devant moi, les jambes écartées avec un rien de provocant, les doigts enroulés sous l'ourlet de son tee-shirt, à quelques centimètres de la touffe couleur henné que j'ai été déçu de découvrir si clairsemée. Les seins, à présent. Je m'excuse de le dire, mais ils ne m'ont pas causé la tendre douleur existentielle qu'il arrive parfois de ressentir devant une chemise lentement déboutonnée, une bretelle de robe brusquement libérée, un soutif récalcitrant qui exhale un soupir – ce sentiment de désespoir pétrifié où l'on supplie le monde de durer encore assez longtemps pour qu'on puisse toucher la peau nue. June s'y est prise de la manière suivante : elle a saisi l'ourlet à deux mains et elle a levé les bras par une série de figures, catapultant le tee-shirt dans le nœud formé par ses coudes et son cou, le visage tout entier recouvert, tandis que se révélaient avec une étrange soudaineté deux fortes éminences qui ballottaient et clapotaient, sûres d'elles, en haut de sa cage thoracique. (Il ne faut surtout pas oublier qu'elle était soûle.) Pourtant, lorsqu'elle s'est débarrassée de ce fichu machin et qu'elle a extirpé ses bras, elle a fermé les yeux et elle a ri. Un instant, elle m'a paru touchante, mignonne et tout à fait compétente.

Avec ce léger soupçon de brutalité que toutes les filles adorent, je l'ai plaquée sur le lit. Vous savez l'effet que ça fait, bien sûr, d'être l'objet suprême des désirs de quelqu'un ? Les baisers gourmands qui ne négligent aucune partie du corps, les mains qui tournoient et s'agitent, les frissons qui recèlent de profonds secrets, les halètements qui désirent et implorent ? Peut-être que non, remarquez. Allongé sur le dos, les bras croisés sous la tête, je lui ai d'abord laissé exprimer toute sa frénésie avant de reprendre catégoriquement les choses en main. Dont acte : je l'ai couchée à plat sur le dos, je me suis assis à califourchon sur sa taille et je *lui* ai calé les bras sous la tête. À la fois excité et amusé par sa dégaine, qui me rappelait celle d'une héroïne prostrée dans un film de série B, j'ai commencé à me frotter sur son ventre, puis je me suis fait plaisir en jouant avec mon trio tumescent – explorations, glissades et flexions – bien après que ses tétons palpitants s'étaient mis à demander grâce. Puis, en remontant de quelques centimètres, je suis venu m'asseoir confortablement sur la banquette de ses seins, j'ai incliné le torse en diagonale en m'appuyant des deux mains contre la tête du lit, et j'ai pénétré à mon rythme lent dans l'O vorace de sa bouche.

Un quart d'heure à ce régime, suivi d'une autre démonstration de mon talent d'athlète : j'ai pivoté de cent quatre-vingts degrés pour présenter mon visage entre ses cuisses relevées (j'avais déjà sondé cette zone, cela va de soi, en y trempant un doigt que j'avais discrètement reniflé : c'était tiède, doux, humide), pendant qu'elle continuait à me lubrifier le dard de sa salive et de ses larmes. Mais ne vous méprenez pas ! Je n'en étais pas arrivé là par hasard : après un certain imbroglio (à cause de son activité linguale qui me captivait suffisamment l'esprit), j'ai opéré un autre virage de spécialiste, replié mes jambes sous ma poitrine comme un gymnaste, tout en renversant le corps de la fille qui s'est retrouvée en un éclair sur le ventre, hanches en l'air. J'étais derrière elle, tendu au maximum. Elle s'est tendue aussi. Mais trop tard.

Après une lente pénétration des plus courtoises, quoiqu'un peu fastidieuse, je l'ai pilonnée sans pitié pendant, oh ! vingt-cinq minutes au bas mot, en lui tirant les cheveux dès qu'elle faisait la chochotte et se mettait à gigoter pour essayer de se dégager. À la base, à la base. Ça alors ! Le drap de dessous ressemblait à un tablier de boucher lorsque je l'ai retournée sur le dos, que je me suis engouffré d'un coup dans la chaleur de la cavité et que je me suis vidé le gouge au milieu de ses hurlements.

Il était plus de deux heures du matin lorsque je suis arrivé à flanquer dehors, en pleine nuit, la carcasse sanglotante. J'ai dû traverser la chambre vide de Terence pour atteindre le placard à linge, puis, brisé de fatigue, je me suis mis à changer la literie.

À vrai dire, je me sentais moi-même un brin penaud le lendemain matin.

Je somnolais sur mon lit qui avait essuyé la tempête, après une nuit bien méritée où j'avais dormi comme un soldat harassé de retour du front, et, en ouvrant un œil, j'ai aperçu la silhouette de Terence, tremblant d'indignation justifiée, qui se tenait au pied de mon lit comme un assassin furibard.

Seigneur ! je me suis dit, autant l'écouter jusqu'au bout. Pour une fois, c'était lui qui tenait toutes les cartes de la morale entre ses petites papattes potelées, ses doigts si rongés qu'ils ressemblaient à des mégots écrasés. De bonne grâce, j'ai décidé de laisser libre cours à sa colère.

— Ursula est à l'hôpital. À Saint Mark.

— Et alors ?

— Elle s'en est tirée, plus ou moins.

— Tant mieux. Quelle idiote.

— Elle s'est taillé les veines, putain… Elle veut que tu ailles la voir.

— Où ça ?

— À l'hôpital.

— J'ai les hôpitaux en horreur, elle le sait. Ça me déprime, j'ai dit à voix basse en examinant mes bagues.

— Bon sang, mais tu as compris ce qui se passait hier soir ?

Je n'ai pas répondu.

— Je te demande si tu as compris ce qui se passait hier soir ?

— Écoute, ça fait déjà quelques semaines que je suis malade comme un chien. Je ne peux pas…

Terence m'a tourné le dos, mal assuré sur ses jambes. D'une main, il s'est raccroché à la table. Mon Dieu (j'ai pensé), il va se mettre à chialer.

— Quand… à quelle heure elle est partie ?

— Qui ? June ? Oh, vers…

— Elle s'appelle *Joan*, pas June ! Tu l'as baisée comme une putain et t'es même pas foutu de te rappeler son putain de *nom* ?

— Bon, Joan, alors, j'ai bredouillé.

— … À quelle heure ?

— Vers deux heures, deux heures et demie, j'ai répondu sèchement, bien décidé à dégager.

— … Et alors, c'était comment ?

— Pas mal du tout, j'ai répondu de mon ton le plus viril. Tu devrais l'essayer un de ces quatre, toi aussi.

— Merci. Putain ! Merci mille fois !

Sur cette repartie cryptique, Terence a dévalé l'escalier à grand bruit.

C'était il y a quinze jours. Le doux massage du temps l'a-t-il guéri de son chagrin depuis ? Pas le moins du monde. Au contraire, j'ai l'impression que sa colère augmente chaque jour davantage. Aïe. Je crains de n'avoir pas saisi dans toute son ampleur (apparemment) l'investissement émotif qu'il avait placé sur les belles épaules de la frivole Joan. Et comme je suis habitué, sur un simple claquement de mes doigts musclés, à conquérir toutes les filles que je regarde, cela me demande un certain effort pour démêler en un clin d'œil les besoins et les désirs d'autrui. Sans compter que j'ai été malade comme un chien. (Je me sens en pleine forme à présent. Ces exercices physiques, c'est exactement ce qu'il me fallait.)

*Évidemment* que je me fais du souci pour Ursula. *Évidemment* qu'il est dommage qu'elle ait choisi un moment si inopportun pour commettre ce geste malvenu. Mais je ne pouvais pas coopérer davantage, après tout ; et entre nous soit dit, je sais bien, en l'occurrence, qu'elle préférait que je m'amuse. (On s'est déjà bien marrés en évoquant toute la soirée. D'ailleurs, elle m'a raconté que Terence était ivre et sacrément pénible à l'hôpital, et qu'il se faisait dévisager par toutes les infirmières.) Le bruit court qu'Ursula va bientôt emménager avec Terence et moi, dans mon appartement. C'est probable. Je lui ai même proposé mon dressing, ce recoin bien commode entre la chambre de Terence et la salle de bains, puisque je m'en sers de plus en plus rarement. Bien sûr, elle est déprimée. Bien sûr, elle est paumée. À dix-huit ou dix-neuf ans, elles sont intenables. Parce qu'à cet âge-là, ce n'est pas le besoin de réussir qui importe, mais de vivre sa jeunesse, de profiter de sa jeunesse.

Elle va vite se remettre. Nous ne manquons pas de ressources, dans la famille Riding, et bien des caprices de prince, bien des marottes de noble ont trouvé à s'exprimer librement dans l'indulgente immensité des salles, des jardins et des promenades du domaine de Rivers Court, sis dans le comté du Cambridgeshire. Le grand-père de mon père, Coventry Riding, avait insisté pour se faire transporter partout à compter de ses vingt et un ans, bien qu'il fût de constitution aussi robuste que nous tous dans la lignée ; mon grand-oncle Ivan jouait du violon et élevait une vilaine souris blanche. Ursula va vite se remettre, ici, avec son frère élancé qui collectionne les réussites dans son bel appartement. Et si elle me ressemble autant que je le crois, le contre-exemple de Terence Service devrait achever de la désenivrer en lui offrant un commentaire sain (et fort cocasse, permettez-moi d'ajouter) sur les dangers de l'égoïsme minable : toute cette attention portée à ses propres névroses, toute cette préoccupation austère pour l'ozone de ses émotions. Je la revois comme si c'était hier, dans l'autre univers, son ouvrage de broderie fine glissant de ses genoux couverts par sa robe et atterrissant au pied du canapé de velours tandis qu'elle se lève à moitié, comme pétrifiée de plaisir à la vue de son merveilleux Gregory qui, à peine rentré de l'école, ses pauvres valises ployant sous les trophées, les décorations et les panégyriques, se dégage des bonnes harassées et des valets empressés pour ouvrir grand les portes du salon : ma princesse traverse la pièce à toute allure (quelque dix-sept mètres) et j'attrape dans mes bras ce projectile de vive adoration, ces chaudes lèvres, ces chaudes larmes qui font s'épancher mon cœur partout à la fois.

# VII

## *Juillet*

*1. Visiblement, je me suis fourvoyé dans mes calculs sur la manière de rester en vie sur cette planète sans perdre la raison.*

TERRY

Merci. Merci pour tout, Jan. Merci pour tout, Greg, mon frère. Cette fois, ça y est. Oui, là, tu m'as foutu en l'air pour de bon. Toi aussi, Ursula, pauvre garce que tu es.

— Tu l'as baisée, espèce de salaud ?

Gregory continuait à feindre le sommeil comme s'il posait pour un peintre. J'ai donné un coup de pied dans le lit (ça m'a fait mal). Il a entrouvert un œil moqueur.

— Je te *demande* si tu l'as baisée, espèce de salaud.

Il s'est assis sur le lit. Il avait l'air serein à présent.

— Tu l'as *baisée*, espèce de salaud ?

— Pas tout à fait… Je, nous…

— Comment ça, pas tout à fait ? Tu l'as baisée, oui ou non ?

— Notre partie fine n'était pas des plus orthodoxes, à la petite Joan et à moi.

— Tu l'as baisée comme une putain et t'es même pas foutu de te rappeler son putain de *nom* ?

— … Pardon.

— Ursula, j'ai fini par bredouiller, s'est taillé les veines hier soir.

— Mon Dieu ! Non, c'est pas possible. Elle est où ?

— Tu n'as même pas compris ce qui se passait, hein ? Elle est… à…

Et en un instant, j'ai de nouveau pris sur moi toute la honte. J'étais dans le vrai, planté au milieu de sa chambre, mais tout petit, tout pauvre et bientôt chauve.

— Tu sais ce que tu as fait ? je lui ai dit. Tu m'as tranché la bite.

Je prends sur moi toute la honte. Pourquoi ? D'une certaine manière, tout ce qui se rapporte à cet incident (rappelez-vous : ma petite amie et mon frère adoptif copulent perfidement dans mon dos, dès que j'ai tourné les talons pour aller m'acquitter sans hésitation de mon devoir fraternel – et du sien) *me rabougrit.* Pourquoi ? Si jamais je viens à retomber sur Jan dans un pub ou dans la rue, lequel de nous deux faiblira, bafouillera, tournera les talons et poussera un soupir muet d'infamie ? Quand j'ai lancé ces mots minables à Gregory avant de dévaler l'escalier, lequel de nous deux s'est le plus empourpré de gêne et de remords ? Moi, moi. Pourquoi ? Je vais vous le dire, pourquoi. Parce que je n'ai pas d'orgueil et qu'ils n'ont strictement aucune honte.

Et Ursula, qu'est-ce qu'elle a ?

À dix-huit heures, après la fin des cours, Ursula Riding quitte sa pension et parcourt les quatre cents mètres qui la séparent de King's Road, un sac de linge sale à la main. Elle met la machine en marche au Lavomatic, sort se promener, puis entre dans un café où elle commande et boit un thé au citron. Elle retourne à la laverie, repart en direction de sa pension et s'arrête dans une pharmacie ouverte toute la nuit sur Royal Avenue, pour acheter un paquet de lames de rasoir Wilkinson. Elle passe tout de suite à table en rentrant, dîne avec les autres filles et discute avec des amies dans sa chambre jusqu'à l'extinction des feux, à vingt-deux heures trente. Ensuite, elle s'éclipse. Le gardien de nuit la trouve une heure plus tard, plongée dans une mare de sang froid.

Et quand je l'ai trouvée, moi, en arrivant une heure plus tard au service des urgences de l'hôpital Saint Mark, pavillon B4, tanguant sous mes rots – quand je l'ai trouvée après avoir dépassé un garçon qui avait une fourchette plantée dans le genou, une femme qui braillait de s'être cassé le dos dans un accident de la route, un gros clodo qui portait toutes ses affaires dans un énorme sac en plastique, une demi-bouteille de Guiness enfoncée dans la tête, plusieurs réfugiés apparemment indemnes qui venaient juste profiter du décor, un gardien poli qui ne m'a été d'aucun secours, une auxiliaire noire, une infirmière noire, un garçon de salle, un jeune médecin au crâne rasé, et de nombreux carrés blancs de lumière, de literie et de linoléum – elle était couchée dans un lit en hauteur, perdue dans une nébuleuse d'oreillers qui lui dissimulaient à moitié le visage, l'air de s'adresser des reproches apeurés en toute conscience. Première réaction de ma part : la frapper, la frapper fort, lui donner une raison de se tailler les veines, lui montrer ce que ça fait vraiment, la faire pleurer. Et moi aussi, j'avais envie de pleurer, parce que je n'étais pas Gregory et que c'était lui qu'elle réclamait, que tout le monde réclamait – et qui foutait quoi à ce moment-là, pendant que j'étais soûl et Ursula cinglée ?

— Oh ! Carotte, je m'excuse, elle a dit. Tu ne le répéteras pas à maman ou à papa.

— Putain, Ursula, mais qu'est-ce que t'as foutu ?

— Les veines, elle a répondu en me montrant ses bandages.

— Putain, mais *pourquoi* ? Qu'est-ce qui a bien pu se détraquer dans ta tête ? Regarde-moi un peu ce bazar. Ça ne te ressemble pas, mais alors, *pas du tout.*

— Carotte, tu es soûl.

— Tu parles si je suis bourré ! Je voudrais bien t'y voir. Et ne m'appelle pas *Carotte.*

Je suis resté une heure, comme convenu avec le médecin au crâne rasé. Au bout du compte, elle s'en était tirée.

— Il va falloir changer ta façon d'être, j'ai dit en me baissant pour lui faire une bise rapide et lui souhaiter bonne nuit. Va falloir faire quelque chose.

— Pourquoi ? Y a qu'à laisser courir.

— Pas question, j'ai répondu. Tu as vu dans quel état tu es ?

Je m'aperçois en même temps que je vais devoir changer ma façon d'être, moi aussi. Visiblement, je me suis fourvoyé dans mes calculs sur la manière de rester en vie sur cette planète sans perdre la raison. Il y a des tas de gens qui sont beaucoup plus moches et malheureux que moi sans avoir l'air de s'en faire, sans se détester ou s'apitoyer sur leur propre sort – bref, sans tout ce sentimentalisme qui me transforme en un préservatif tremblotant de névrose et d'incompétence. Je n'ai jamais été *gentil*, mais à partir de maintenant, mon vieux ! je ne vais pas me gêner pour donner dans la méchanceté. Je vais vous montrer.

Je suis debout à côté de la grande fenêtre incurvée sur le palier de notre appartement, celle qui déteste le temps quand il est à l'orage. Greg dort. Jan est partie (je ne la verrai plus). Dehors, il pleut et la vitre ruisselle de larmes, de larmes pour la petite Rosie amochée, mais il faut laisser courir, oui, laisser courir, et oublier tout ça.

— Allô ! Est-ce que je pourrais parler à Mr Veale, s'il vous plaît ?

— Lui-même, a dit Veale de sa voix grave et posée.

— Ah ! Bonjour, Mr Veale. Terence Service à l'appareil, de…

— Bonjour, Terry. Qu'est-ce que tu peux faire pour moi ?

J'ai hésité (il est rusé, ce connard).

— Tout ce que vous me demanderez de faire, j'ai dit en riant.

— Hein ? J'entends rien. Parle plus fort.

— *Pardon, c'est la ligne.*

— Je sais que c'est la ligne, petit génie. C'est bien pour ça que je te demande de parler plus fort. Pas besoin de s'appeler Marconi pour voir que c'est la ligne qui déconne.

— *Je disais que je ferais tout ce que vous me demanderez de faire.* Ça va mieux comme ça ?

— Cent fois mieux.

Il m'a indiqué quelques trucs à faire. Rien de très important, même si je n'avais pas trop envie que ça se sache.

— Bien ! Je pourrais m'y mettre tout de suite, j'ai dit. En commençant par Wark. Il est tout…

— Je t'ai dit de t'y mettre tout de suite ? Oui ou non ?

— Non.

— Alors, ne t'y mets pas tout de suite. Tu t'y mettras quand je te le dirai, comme je te le dirai.

— Qu'est-ce que je fais maintenant ?

— Tu attends.

— D'accord.

— À la prochaine, fiston.

J'ai raccroché et j'ai appelé Damon en hurlant son nom.

— Va me chercher un café, je lui ai ordonné (je m'exerce sur Damon à devenir méchant.

— Dur pour lui, il n'en mérite pas tant. Dans l'état où il est, on dirait qu'il peut tomber raide d'un jour à l'autre). Je lui ai donné douze pence.

— C'est quoi, ça ? je lui ai demandé.

— Sans piper mot, Damon a sorti de la poche de son manteau un petit livre à la couverture bariolée.

— Alors, comme ça, t'as appris à lire, hein ?

— J'ai jeté un coup d'œil à l'illustration : deux filles enlacées en petite culotte, un rictus aguicheur aux lèvres.

— Des gouines. Ça t'intéresse, les gouines ?

Damon, blafard, a secoué la tête.

— Ça t'intéresse pas. Tu n'aimes pas les gouines.

Damon, blafard, a hoché la tête.

— Pourquoi pas ?

— Ça me dégoûte, il a répondu.

— Mais alors, qu'est-ce que tu fous à bouquiner des trucs là-dessus ?

Damon a haussé les épaules.

Ce qu'il avait l'air malade…

— Tu sais que t'as pas l'air bien costaud, mon p'tit Damon.

— Ouais, je sais.

— Va me chercher mon café. Allez, file !

Sans elle, le bureau a l'air vide. Ils répètent tous qu'elle leur manque – tous sauf moi. Si seulement ils arrêtaient de seriner le même refrain. Je dois faire semblant d'avoir de bons souvenirs. Et d'ailleurs, j'en ai : de *très* bons souvenirs. Mais ça aussi, il faut que ça change.

En rentrant du métro à l'appartement, ce soir-là (avec ma serviette et mon parapluie : vous en prendriez un, vous aussi, si vous aviez mes cheveux), j'ai revu le hippie tout déglingué. Il était affaissé vers la porte de service du Renard intrépide, à l'endroit où ils entassent les poubelles, comme un tas d'ordures supplémentaire au milieu des gros sacs noirs luisants et des cartons éventrés. J'ai traversé la rue et je me suis posté à proximité. Il portait un pardessus sanglé par tout un assortiment de ceintures. Visiblement, il s'habillait en prévision de la fraîcheur nocturne et transpirait toute la journée sans rien pouvoir y faire. Il avait des touffes épaisses de cheveux qui retombaient çà et là sur son crâne. Il marmonnait dans sa barbe, ses mains tapotaient le goudron pour passer le temps. Je me suis approché.

— Cigarette ?

— J'fais pas la manche chez les cons.

— Qui parle de faire la manche ? je lui ai demandé, impressionné. Je me propose de t'en offrir une.

— J'aime pas la charité des cons.

— Qu'est-ce que t'en sais, si je suis un con ? On vient juste de faire connaissance.

— Connard.

— … Comment t'as fait ton compte pour en arriver là ? Comment t'as fait ton compte pour te déglinguer si vite ?

— C'est que je déteste toute cette merde.

— Arrête un peu ! Quelle merde ?

— Des merdes comme toi, des cons comme toi.

— Moi ? Je suis presque aussi déglingué. Presque un clodo, moi aussi.

— Ça risque pas.

— Et je suis quoi, alors ?

— Une merde, c'est tout. (Il a ri.) La plus grosse de toutes.

— Écoute. Tu veux un coup à boire ? Un peu de white-spirit, d'after-shave ou de ce que tu prends d'habitude ? Je sais pas, moi… Je te file du fric si tu veux.

— Va te faire foutre, il a dit.

— Bien. Toi aussi, va te faire foutre.

Peut-être qu'il a raison. Peut-être que je suis une merde, une grosse merde. Mais je dois dire que c'est plutôt flatteur.

Ursula a emménagé à la fin de la semaine dernière.

Je l'ai aidée. On a sorti toutes ses affaires de la pension et on les a apportées ici en taxi. C'était un sabbat frais et lumineux, lavé par la pluie de la nuit, une de ces journées où de nouveaux courants paraissent s'esquisser timidement dans l'air. On est passés devant des jardins où des couples solitaires jouaient au tennis à l'ombre des arbres, où des hommes qui se détachaient dans le soleil, en tenue plus blanche encore, envisageaient un match de cricket. Même Queensway donnait l'impression de se maîtriser lorsque le taxi a descendu l'avenue en ronflant ; et les avions semblaient détendus, tout à leur aise dans le ciel immaculé. Ursula a payé, ses poignets encore bandés provoquant l'admiration du jeune chauffeur.

Elle a essayé de me donner un coup de main pour monter ses affaires, s'emparant de minuscules paquets légers comme des plumes, trébuchant et chancelant sous ces fardeaux, mais c'est à l'athlétique Terence qu'il est revenu de faire tout seul trois voyages en ascenseur. Le dressing, qui se traverse en moins de temps qu'il n'en faut pour cligner de l'œil, n'est guère qu'un sas entre ma chambre et la salle de bains, à peine une pièce digne de ce nom, mais il semblait à peu près faire l'affaire pour Ursula, avec son petit lit miniature, le rebord étroit de sa fenêtre et ses deux mètres carrés de moquette.

— J'ai toujours aimé cette pièce, elle a dit en défaisant l'une de ses valises mal rangées.

Assis à mon bureau dans la pièce d'à côté, je l'observais laconiquement, presque sans me demander si j'aurais souvent l'occasion de la voir nue, ni quelles parties de son corps j'aurais l'occasion de voir nues.

— Où est Gregory ? elle a demandé sans trop insister.

— Parti chez cet enculé de Torka.

— Ah… Pourquoi il y va autant ?

— Parce qu'il est pédé.

Elle m'a invité à déjeuner au bar à vin des Irrécupérables, situé dans une rue qui donne sur Westbourne Grove. Une salle obscure, basse de plafond et tout en longueur, remplie des desperados du dimanche. Avant, j'y allais assez souvent, et ce n'est pas sans plaisir que j'ai remarqué un air de surprise et de ressentiment mêlés (voire : presque un air de trahison) sur le visage des automobilistes en lavallière et des bobonnes fessues qui se retrouvaient quelques instants pour ce déjeuner hebdomadaire. Je tenais Ursula par le bras, je faisais étalage de ma galanterie, et je me suis senti assez chic et merdique pendant tout le repas où se sont enchaînés quiche molle, salade desséchée, viande en charpie et vieux fromage. J'ai insisté pour payer le vin – deux bouteilles en tout, deux verres pour Ursula.

Puis, sous le soleil qui nous lorgnait d'un sale œil, nous avons marché jusqu'à Queensway et cherché quelque chose de simple à rapporter pour le dîner. Nous avons réussi à acheter deux pâtés en croûte sous plastique, mais je sentais

Ursula s'agiter et s'affoler de plus en plus dans la chaleur, la crasse et les négros ; nous sommes donc rentrés à l'appartement et nous avons passé le reste de l'après-midi dans la chambre de Gregory (on en a le droit, d'après moi, avec quelqu'un de son sang. Pendant un moment, j'ai essayé de le rendre parano, mais je ne crois pas que ça ait marché. De toute façon, il fallait beaucoup trop de culot. Et maintenant, c'est lui qui me rend parano), à feuilleter les journaux et à regarder sa télé. Sur le coup de dix-neuf heures, Gregory est rentré. Je ne lui avais encore jamais vu un air si épuisé, si dépité (très réjouissant pour moi, d'ailleurs) et la présence d'Ursula ne lui a arraché aucune réaction particulière. D'un seul coup, il cessait de m'intimider. Quand il a vaguement bafouillé qu'il souhaitait se reposer, rien n'a paru plus naturel ni plus facile au monde qu'Ursula et moi descendions dans nos chambres respectives. Là, soit dit sans émotion, nous avons écouté des disques et parlé jusqu'au moment de nous coucher (nous en avons même oublié nos pâtés en croûte). Je suis passé dans la salle de bains en premier ; quand j'en suis sorti, elle était assise en tailleur sur son lit, à quelques centimètres de la porte, et portait une chemise de nuit gris clair dont les plis brillaient doucement à la lumière du plafonnier. Elle s'est redressée, je me suis penché, elle m'a embrassé sur la joue.

— Pourquoi t'as fait ça, à propos ? Simple curiosité.

— C'étaient ces voix.

— Quelles voix ?

— Oh ! Celles que j'entends dans ma tête.

— Comment ? Elles t'ont poussée à l'acte ?

— Non, elles ne *disent* jamais rien. Mais elles ne voulaient pas partir.

— Tu les entends toujours ?

— Parfois.

— Mais ne recommence jamais, bon Dieu. Si elles se remettent à te harceler, viens me le dire.

— Qu'est-ce que tu feras ?

— Mais je leur dirai de la boucler, putain.

— Elles ne t'écouteront pas.

— Bien sûr que si !

— Bonne nuit, Carotte. Oups ! Je n'ai plus le droit de t'appeler Carotte, hein ?

— Non, plus maintenant. Bonne nuit. Plus maintenant.

L'emménagement d'Ursula, c'est tout bénef, en fin de compte. Ce qui me fait surtout plaisir, c'est bien sûr qu'elle est déglinguée, vraiment très déglinguée, beaucoup plus déglinguée que moi, par exemple, peut-être même (qui sait ?) complètement déglinguée pour le reste de sa vie, résolument déglinguée sans espoir de rémission ; j'aurai beau me déglinguer encore plus, elle aura toujours une longueur d'avance sur moi, et je suis presque certain de ne jamais arriver au stade qu'elle a déjà atteint dans la déglingue. Premier bon point. En plus, Ursula a une manière d'être déglinguée qui est aux antipodes de la mienne. Tout ce qu'on peut voir de moi est déglingué : ma figure, mon corps, mes cheveux, ma bite, ma famille – tout est déglingué. En revanche, rien de ce qu'on peut voir chez Ursula n'est le moins du monde déglingué : son allure, ses facultés, son passé, ses privilèges – tout est, au contraire, remarquablement non déglingué. Mais il reste cependant qu'Ursula, Ursula Riding, ma sœur adoptive, est *déglinguée. Dé-glin-guée.* Deuxième bon point.

Pourquoi ces bons points ? Rappelez-vous le jour où, à l'école, on vous a pris sur le fait, en flagrant délit, surpris en train de faire une bêtise, n'importe laquelle : en train de voler l'argent de la cantine dans les vestes que vos camarades avaient suspendues avant le cours de travaux manuels ; en train de mollarder la poignée de la salle de classe pour que, dans l'idéal, le maître entre en levant la main d'un air dégoûté ; en train de griffonner des obscénités immondes dans le cahier du Gros Lard (*21 avril* : me suis branlé ce soir ; *22 avril* : encore baisé ma sœur aujourd'hui ; *23 avril* : encore volé un billet de cinq livres à maman)… Ce jour où vous vous êtes fait *démasquer*, rappelez-vous l'envie dont vous brûliez, votre seule envie, qui n'avait rien à voir avec votre libération ni même avec votre innocence, alors que vous étiez debout au premier rang, abandonné de tous et pitoyable, et que, derrière vous, les autres élèves alignés prenaient autant de plaisir à cette perturbation que vous n'en eussiez pris vous-même, semblant approuver à l'unanimité, d'un hochement de la tête, toutes les horreurs des jours d'école et de la mort… Cette envie que vous aviez, cette simple envie d'avoir un copain coupable, un double parfait, un complice pour vos méfaits, un homologue pour votre honte… Rappelez-vous ce jour-là, cette envie-là.

On a passé un accord, Ursula et moi : chaque fois qu'elle commence à paniquer sans raison, ou qu'elle dit quelque chose qui n'a rien à voir avec ce qu'une autre personne vient de dire, ou qu'elle propose quelque chose d'impossible, d'insensé ou de globalement merdique, chaque fois qu'elle s'enferme dans la salle de bains et marmonne des alibis invraisemblables derrière la porte, ou qu'elle éclate en larmes sans motif qui paraisse valable à mes *propres* yeux, alors l'un de nous deux prononce le mot *tonto*. Soit moi pour la mettre en garde (*Tonto*), soit elle avec humilité (*Tonto*), ou bien tous les deux à l'unisson (*Tonto !*). C'est comme un sésame qui permettrait d'annuler en un tournemain l'écart entre sa manière de voir les choses et la réalité. Pour moi, cet écart est une ornière que le premier venu peut enjamber sans difficulté. Je vois la réalité telle qu'elle est, et elle est atroce. Je vis avec ce sentiment. Elle, elle ne voit pas la réalité telle qu'elle est, et elle reste quand même atroce. Mais… « *Tonto* », je murmure pour la mettre en garde ; et, d'un seul coup, la réalité cesse d'être atroce.

Est-ce que je peux l'aider ? Est-ce que j'en ai envie ? En fait, je me fous de l'aider, non ? Mais alors, comment est-ce que je peux l'aider si je m'en fous ? (Je n'y peux rien si je m'en fous, mais ça, c'est une autre histoire.) Je reconnais ouvertement que je tire autant de plaisir que d'agacement, en règle générale, en la voyant se replier sur elle-même dans la confusion et l'impuissance totales (oui, fais n'importe quoi. Continue, ma cocotte !). *Ma sœur à moi* n'était ni riche ni jolie, mais elle a fait preuve d'une conduite parfaitement normale jusqu'à sa mort – et même *dans* la mort, réagissant avec un bon sens exemplaire lorsqu'elle a vécu l'expérience sans doute très *tonto* de se faire assassiner : elle n'en a pas pour autant sombré dans la démence, *elle*. Alors qu'il suffit de trois fois rien pour faire basculer Ursula. C'est à la portée de n'importe quel couillon. Les cimetières couverts de lierre sont remplis de responsables possibles. Je crois qu'elle est *cinglée*.

J'ai vu ses seins de cinglée l'autre soir. Cinglés mais bien faits, comme elle et pas comme moi. Mais à quoi bon ? Je coule, moi aussi. Rappelez-vous. Et pardonnez. Pardonnez.

## 2. *Le monde se retourne contre nous. Je n'ai rien à voir dans cette histoire.*

GREGORY

Trop chaud, ce mois de juillet. Trop pestilentiel, trop assommant pour mériter de longs commentaires de ma part.

Le monde s'échauffe. Ce mois-ci, j'ai déjà vu *trois* croulants tomber raides morts, s'aplatir face contre terre dans la rue pour ne jamais se relever. Avant, c'était l'hiver qu'ils redoutaient ; maintenant, c'est l'été qui les repère. Le monde est en ébullition. On ose à peine ouvrir un journal ces temps-ci : l'actualité est un tissu de cataclysmes et de catastrophes. Les nerfs sont à fleur de peau, les voyous vont gagner, les gens pensent tous qu'il faut redoubler de méchanceté pour survivre. Le monde se retourne contre nous. Je n'ai rien à voir dans cette histoire.

## Extraits d'un carnet d'artiste…

*Mardi 7*

Ennui galopant à la galerie. Scène de tension intolérable et de moiteur haletante avec Mrs Styles, la Femme aux bras potelés et parsemés de taches de rousseur, à la lèvre supérieure copieusement ombrée, au crâne odieusement dégarni. Le sémillant Jason est passé après le déjeuner, mais comme il se sentait mal en point (une revanche subtile de ma petite grippe, je veux bien le croire), il est rentré chez lui, la mine verte et le ventre ballonné, son nouveau feutre grotesque vissé sur la tête. J'étais affalé sur le canapé de leur fournaise dans toute ma nubilité, les manches retroussées après un pénible emballage de tableaux, et la matrone me servait du thé et des biscuits au chocolat de grande marque. Je portais mon nouveau jean trompeur, celui qui ressemble à un pantalon du dernier chic en velours côtelé bien repassé (le pli est cousu. Oui, je sais, mais là, cela ne manque pas d'allure, *croyez-moi*). La galerie était totalement déserte, c'était la fin de l'exposition du décorateur d'intérieur et de ses œuvres invendables sur linoléum, la journée s'égouttait jusqu'à la lie. Sans crier gare, en faisant bruyamment valser ses gros gigots recouverts de bas, la mégère défraîchie quitte son fauteuil et revient trente secondes plus tard pour m'annoncer qu'elle vient de fermer boutique. « Du calme [grosse dinde], je lui lance, je n'ai pas encore fini mon thé et mes biscuits.

— Ne vous inquiétez pas, répond-elle en tendant la main pour s'emparer de ma tasse, vous reprendrez autant de thé que vous… » Mais en aboyant son repentir, elle en a déjà renversé le contenu bouillant sur mon jean tout neuf ! (Oh ! Je vois clair maintenant, je vois clair dans ton jeu, espèce de vieille sorcière.) D'un ton tranchant et impérieux, elle m'a ordonné de me débarrasser de mon pantalon fichu, et comme je craignais beaucoup pour ce tissu fragile, je ne me suis pas fait prier davantage… Enchaînement sur la scène où l'on retrouve Gregory, allongé en caleçon sur le canapé, pétrifié d'horreur tandis que Mrs Odette Styles, trente-six ans, s'agenouille devant lui, caresse en murmurant la base de ses jambes écartées et contemple ses parties viriles en s'imaginant sans doute qu'elle va pouvoir l'hypnotiser de sa main ! Mais je n'ai eu qu'à l'écarter d'une petite tape, à me tortiller habilement pour croiser bras et jambes, et à parler à tort et à travers comme si de rien n'était. Froissée, la poulette a pris ses grands airs et elle est rentrée chez elle sans me saluer ni, surtout, sans rien faire pour mon jean qui m'avait coûté vingt-cinq livres. J'ai passé quinze minutes assommantes à le laver au savon et à la brosse à ongles dans les toilettes du sous-sol. Dans le métro du retour, je me faisais l'effet d'un aliéné ou d'un ivrogne incontinent. J'ai fait une halte au garage des Voleurs. Un voyou au teint basané, qui était en train de se nettoyer les ongles avec une clef de mécanicien, a levé les yeux pour me dire qu'il lui faudrait six jours et soixante livres pour pouvoir guérir mon fragile bolide. J'ai invité cette brute épaisse chez Torka, pour lui jouer un sale tour.

*Dimanche 19*

Ennui galopant chez Torka. J'y ai passé toute la nuit dernière, ce qui est toujours une erreur. Il donne dans les crapules en ce moment, et ce n'est pas *du tout* ma tasse de tequila. Adrian a fini par se faire mettre à la porte (bien fait pour lui, je suis d'accord), mais pour être affreusement remplacé par une petite frappe cuboïde, une espèce de centrale électrique à lui tout seul, un dénommé Keith ! Avec son pantalon de fillette à pattes d'éléphant enveloppant ses moignons de jambes, son tee-shirt mauve peint à même la peau sur son absence de pectoraux, son teint de bouseux, ses cheveux bouffants de bouseux, ses petits yeux haineux et sa fine bouche bordée de fourrure, je trouve *Keith* à peu près aussi attirant que Terence Service (et beaucoup moins facile à manœuvrer). Mais peut-être que c'est un as pour cogner sur Torka, ou qu'il a d'autres cordes à son arc. Quant à sa bande qui plane et rôde dans tout l'appartement : un rustre hypocrite, Norman, le filou de l'équipe, né sous une étoile chaude et d'un tempérament encore plus chaud ; le doux Derek, Écossais presque édenté qui se targue d'avoir le membre le plus puissant sur la place de Londres (c'est vrai qu'il est *énorme*, malgré d'affreuses cicatrices) ; une soupe au lait toujours nue, Yvette, qui a la cuisse légère, les yeux éteints de toutes les blondes décérébrées et une langue (je l'admets) fabuleuse ; ce butor d'Hugo (prononcer *you-go*), qui arpente le plancher avec ses semelles compensées de quarante centimètres en racontant d'incroyables cauchemars d'humiliation sexuelle et de châtiments corporels ; une nymphette en herbe de quinze ans au moins, la petite Tessa, à qui l'on peut faire, paraît-il, absolument tout ce qu'on veut (on pourrait la tuer si on voulait, elle n'y verrait pas d'inconvénient) ; Jerry, un contemplatif vaguement hippie, doux comme un agneau et Bélier dans l'horoscope, poète en prose et rêveur dans l'âme… Juste histoire de vous donner un échantillon… Bref, un samedi soir, après les câlineries des vins idoines et les cajoleries des stimulants adéquats, je peux moi aussi prendre un *certain* plaisir dans les relents sincèrement nauséabonds de ces vulgaires troglodytes (bien que je redoute sans cesse d'attraper une maladie), apprécier les dangers de leur misérable corps, leurs opinions assez touchantes en matière d'hygiène personnelle, leur incompétence dans le domaine de la lascivité, et, surtout, leur immense talent pour se préserver eux-mêmes. Mais le lendemain matin… Ah ! Que sont les jours d'antan devenus, quand les corps à moitié dénudés et encore ensommeillés, stupéfiés mais toujours superbes, convergeaient vers la douce chaleur de la cuisine en pin où les attendaient tartines grillées, tranches de bacon croustillant et un grand chaudron de vrai café ? Les trois baignoires en marbre tonnaient en se remplissant à ras bord, Torka me préparait affectueusement les

Bullshot et les Bloody Ivan dont je raffole, nous feuilletions les meilleurs journaux du dimanche en nous gaussant des bouffons qui se font passer pour des critiques, nous parlions de Proust, de Cavafy et d'Antonio Machado, puis nous filions chez Thor en voiture pour un déjeuner qui n'en finissait pas. Qu'en est-il maintenant ? J'ai été réveillé ce matin par une odeur de chou (qu'est-ce que c'est que ça ? un brunch à la choucroute ?), une odeur d'humidité analogue aux remugles de pauvreté et de ratage qui se dégagent parfois des appartements sous-marins de Terence, une odeur de tristes vêtements et de corps rejetés. Je m'aperçois que j'ai dormi dans la plus petite des chambres, celle qui était naguère réservée au giton le plus flétri et le plus souillé ; je m'aperçois aussi, horreur ! que je dors avec Jerry le rêveur, *tête-bêche*, et que ses gros pieds rêveurs frémissent doucement sur l'oreiller à côté de ma tête (de quels *cauchemars* mutilés ont-ils pu être témoins ?). J'entre en trébuchant dans une salle de bains où je surprends Hugo en tricot de peau, le dos couvert de boutons, en train de se raser avec le rasoir électrique de Torka et de s'admirer dans le grand miroir pivotant. « Salut », me fait-il. Le hit-parade s'époumone dans la cuisine, et dans le salon, la blonde Yvette, à peine vêtue d'un tabloïde, est assise dans le canapé à côté de Derek-le-Dentier, qui continue à dormir en caleçon. Apparaît ensuite Keith et sa grise mine, vêtu du caftan des invités que je portais jadis, et suivi de son dévoué Torka, le dos voûté et le visage contusionné. Heureusement pour moi, Susannah vient à passer ; je l'enlève aussitôt pour aller déjeuner au restaurant des Indigents, dans un pessimisme bouleversant. Il est temps que ça change. Soit Keith et sa suite débarrassent le plancher, soit Gregory cesse de venir.

*Vendredi 24*

Ennui galopant aussi, vous imaginez un peu, dans mon appartement, avec la nouvelle tournure que semblent prendre les choses depuis qu'Ursula est arrivée, d'autant plus que Terence continue à écumer (c'est-à-dire à ruminer sa défaite avec un air de martyr condamné) à propos de cette pétasse ridicule dont il s'était entiché, June. Mon appartement est celui d'un héritier de bonne famille : il est conçu pour un célibataire, il est conçu pour moi. Le vaste salon, orné de moulures noueuses, tapissé de bibliothèques où se serrent les meilleurs ouvrages, percé de fenêtres éblouissantes de blancheur, formait au bon vieux temps une immense scène où rêvassaient et musardaient les jeunes Riding, où ils musardaient et rêvassaient… À présent, ce nid de haute culture semble s'être aligné sur le reste du quartier, sous-continent grouillant de voix étrangères, de vêtements étrangers, de besoins étrangers. Ursula *ne peut pas* s'empêcher de laisser traîner ses affaires, et Terence, qui frôle déjà la clochardisation de toute façon, se rend bien compte que si un Riding peut manquer d'ordre, ce n'est rien en comparaison d'un Service. Des scènes sordides que Rabelais n'eût pas désavouées sont désormais monnaie courante au rez-de-chaussée, et il faut avoir l'esprit bien dégagé et l'estomac bien accroché pour se frayer un passage dans ce bric-à-brac disparate de chiffonnier jusqu'à la salle de bains, qui n'a pas échappé aux saccages. Mais ne vous y trompez pas : Ursula est assez joliment installée dans le petit dressing, et, en temps normal, je n'attacherais pas la moindre importance au chahut vaporeux de ses robes abandonnées et de son linge à laver, à ses montagnes de bijoux et à ses nécropoles d'articles de maquillage. Mais il règne comme un parfum de paillardise, un manque de dignité dans son désordre patricien (c'est surtout qu'elle a besoin d'une femme de ménage), au milieu de l'incurie et de la crasse de Terence : les collants sales de ma sœur fourrés dans la corbeille à papier, entre les bouteilles de bière et les revues porno de mon frère adoptif ; la brosse à dents usée et purulente de Terence, son peigne plein de sa toison rousse à côté des tubes de rouge à lèvres et des barrettes d'Ursula. En plus, ils ont de toute évidence formé une espèce de petite communauté, tous les deux en bas : ils réunissent leurs fonds pour rapporter des snacks de Queensway ou se préparent des boissons chaudes avec la bouilloire électrique que j'ai forcé Terence à acheter. J'ai parfois l'impression (quand je rentre tard le soir et que je viens pendre mon manteau dans le grand placard dont je continue à me servir dans la chambre d'Ursula) que c'est *moi*, l'intrus : ils sont là, en train de bavarder assis sur le lit, ou en train d'écouter des disques sur le gramophone ridicule de Terence, ou encore de vaquer à leurs occupations, chacun satisfait de la présence de l'autre : du coup, c'est *moi* qui n'ai pas l'air à ma place, comme si j'étais trop magnifique, trop convoité, trop en avance par rapport à eux. (Il y a de quoi ajouter à ma confusion, si l'on songe que depuis la puberté, la vie des jeunes Riding n'a eu pour objectif que d'échapper à leur frère adoptif, ce pleurnichard rapporté dont les chaussettes tire-bouchonnées ne voulaient jamais tenir seules.) Pourquoi ne sort-elle pas davantage ? Comment remplit-elle ses journées ? Où est sa vie ? J'ai fait la tournée du circuit, j'ai honoré de ma personne les réceptions, les sorties et les cocktails interminables où se pressent les jeunes gens et les jeunes filles de son âge. Elle devrait être à Ascot, à Wimbledon, à Henley, elle devrait prendre le thé avec ses amis comme tout le monde (mais où *donc* sont les amis des autres ? Dommage que les filles ne fassent plus leurs débuts dans le monde, à part les filles de youpins). Je ne pense pas que ce soit une bonne idée (vous n'en disconviendrez pas) de laisser ma sœur croupir dans le monde de Terence, ce monde de restaurants minables et de morosité domestique, d'imprévus et de ratages successifs. Je vais 1° fournir un effort pour la sortir davantage ; 2° la faire monter en douce dans ma chambre la nuit – pour mon plaisir et pour la sauver symboliquement du rez-de-chaussée ; 3° interdire à Terence de l'inviter dans sa chambre. (T., à propos, a quasiment retrouvé sa docilité pantelante de naguère. Je crois qu'il accepte dorénavant le statut qui a toujours été clairement le sien. Vous n'êtes pas de cet avis ?)

*Jeudi 30*

Ennui constant, encore et toujours. Hier soir, dîner inévitable (et pratiquement immangeable) chez les Styles, dans leur appartement répugnant. Je ne sais pas, mais peut-être que je vais plaquer ce boulot pour faire autre chose, laisser tomber la galerie, ignorer leurs promesses et leurs supplications (ils m'ont déjà proposé plus d'argent. Mais je n'ai pas besoin d'argent, *moi*). Tout un éventail de nouvelles carrières se déploie sous mes yeux, comme autant de cartes d'un prestidigitateur... La diplomatie : assez chouette, une maison à l'étranger, une horde de domestiques (simple comme bonjour pour quelqu'un comme moi, vu mes relations, mon aisance en société et mon don des langues). L'édition ? Plutôt divertissant malgré un salaire de misère, mais avec la possibilité de travailler avec des collègues à peu près supportables (et la délicieuse perspective de promouvoir, disons, une série d'artistes dans une collection de beaux livres, à condition bien sûr qu'on me laisse carte blanche). La politique... J'ai déjà le charisme – et comment !... Salaire coquet, secrétaires à la pelle, primes à foison (mais aussi les crétins, tous les crétins). Les affaires ! Non, pas les affaires, décidément *non*. L'écriture n'est pas sans attraits, et j'ai déjà torché quelques poèmes en prose qui m'ont valu une petite *victoire* retentissante... Je ne sais pas. Et si je voyageais ? La courtepointe bigarrée de l'Europe, le triangle rouillé de l'Inde, le tapis vert de la Russie et de l'Oural, la crevette laquée du Japon. Voir le monde tant qu'il tient encore. Aujourd'hui, je suis rentré 18h40, imprégné jusqu'à la moelle de la crasse de la ville, de la crasse de mon ennui ; en sortant des griffes du métro pour m'aventurer dans l'enfer de Queensway – ses jappements, ses canettes de bière, ses jeunes qui mangent des saloperies dans la rue –, je songeais à ma sœur, à mon bain, à mon thé, à mon livre, à la douce soirée qui me tendait les bras (agrémentée peut-être d'un petit extra après l'extinction des feux, avec l'aimable autorisation d'Ursula). J'ai ôté mes gants et je suis entré directement dans la chambre de Terence. Personne. Silence de mort dans l'appartement. Je suis passé dans la lumière enfumée du dressing. À travers les brumes de ma déception, j'ai relevé les signes d'un départ fébrile et précipité. La robe de la journée dessinait une flaque sur le sol, j'en ai eu la gorge serrée. Et j'ai eu un coup au cœur en voyant les chaussures abandonnées côte à côte, talons joints, qui indiquaient 18h20.

# VIII

## *Août*

1. *Mais dis-moi un peu comment c'était quand vous étiez tout nus.*

TERRY

Le mois d'août est le mois de nos anniversaires : le sien tombe le 18, le mien le 19. (C'est ce détail, entre autres choses, qui avait tant frappé l'esprit songeur et fantasque de mon père adoptif : il adore les coïncidences, les coups de chance, les hasards de la providence, tout ce qui relève de l'arbitraire.) On craignait apparemment que cette contiguïté ne me plonge dans un grand malheur, mais c'était en réalité l'un des rares facteurs qui ne me gênaient pas, ou du moins qui ne me gênaient pas en soi ; cela ne me faisait rien qu'il s'amuse plus que moi (à l'époque. De quel droit aurais-je osé le contrarier ?). Ils ne ménageaient pourtant pas leurs efforts pour renchérir et surenchérir dans la sollicitude – ce que je détestais, naturellement. Il est plus que probable que j'aurais carrément préféré ne pas avoir d'anniversaires, tant les garçons de mon espèce détestent plus que tout, je crois, les marques d'attention. J'appréciais par exemple les fêtes de Gregory infiniment plus que les miennes. Nul besoin de se mettre en quatre pour en assurer la qualité, et on n'y sentait guère ce parfum de tension qui caractérisait les réunions et les rassemblements autour de moi. Mon frère adoptif, naturellement, formait à lui seul un spectacle épatant. Il est donc d'autant plus difficile, aujourd'hui, de décrire tout l'éclat dont il rayonnait en grandissant, vu le personnage incertain et vulnérable qu'il est devenu depuis.

Surtout récemment. Surtout depuis qu'Ursula a emménagé chez nous. Elle le rabougrit d'une manière considérable que j'ai encore du mal à saisir. Savez-vous ce que c'est ? Ou bien continue-t-il à vous raconter des mensonges ?

Pourquoi ne la sort-il pas davantage, pourquoi ne lui accorde-t-il pas davantage de son temps, pourquoi ne se l'approprie-t-il pas, puisqu'elle est sa sœur après tout ? Au début, pusillanime comme je suis, j'en avais déduit que c'était par une sorte de mépris instinctif qu'il nous laissait ensemble, Ursula et moi, comme pour nous faire comprendre que nous faisions la paire, tous les deux, les déglingués sans valeur, les ratés de l'étage inférieur qui n'avaient pas le droit d'empiéter sur la citadelle étincelante de sa propre vie. Mais cette explication ne tient pas vraiment. Il n'a plus l'air de s'amuser beaucoup.

Ce que je veux savoir pour de bon, c'est s'il l'a baisée. Car cela ne doit pas être sans conséquences. Je sais qu'elle allait beaucoup dans sa chambre la nuit (je pensais que c'était simplement parce qu'elle était plus copine avec lui qu'avec moi, mais, un jour, je l'ai surprise dans la salle de bains alors qu'elle en revenait, et l'espace d'une seconde, elle a eu l'air de sursauter et de rougir de honte, dans sa chemise de nuit toute froissée et retroussée, avec cette légère odeur salée que je ne lui connaissais pas) ; je sais qu'ils ont eu des aventures sexuelles (comme lors de cet incident qui leur a valu une bonne raclée, lorsqu'ils se sont retrouvés naufragés dans le plus simple appareil sur une île minuscule au milieu de l'étang en D) ; je sais aussi qu'ils sautaient sur la moindre occasion pour se livrer à des attouchements (par un après-midi ensoleillé de printemps où j'étais entré dans la pénombre de la grange, j'ai entendu la bande-son éculée de l'amour dans le foin et, en me dirigeant à pas feutrés vers le bruit des joyeux ébats et des gloussements de mauvaise conscience, j'ai vu Ursula allongée à l'envers sur une énorme selle posée par terre, la robe relevée, la partie inférieure du corps dissimulée par les épaules et le dos de Gregory, lequel était en pleine activité et semblait bien la caresser partout, m'étais-je dit en prenant la fuite en silence) ; mais s'il l'a jamais *baisée*, voilà ce que je veux savoir pour de bon. Parce que si c'est le cas, la situation sera plus claire, n'est-ce pas ? Plus claire non seulement pour eux, mais aussi pour moi.

— Dis donc, Ursula, je lui ai demandé l'autre soir, la fois où vous avez échoué tout nus au milieu de l'étang en D, Gregory et toi, qu'est-ce qui s'est vraiment passé ?

— Oh ! elle a répondu sans lever les yeux de l'ouvrage qu'elle tricotait mécaniquement, ses cheveux fins et sensibles presque emmêlés au coton et à ses propres doigts fébriles sur ses genoux, c'était idiot, en fait.

— Je veux bien te croire, mais qu'est-ce qui s'est vraiment passé ?

— Eh bien, on est partis sur un radeau que Gregory avait fabriqué et on ne s'est pas rendu compte qu'il dérivait. C'est ce vieux grincheux de Mr Firble qui a dû nous ramener à la rame.

— Mais dis-moi un peu comment c'était quand vous étiez tout nus.

— Oui, on s'était déshabillés.

— J'en doute pas. Mais pour quoi faire ?

Ses mains se sont arrêtées de tricoter, elle a jeté un coup d'œil en biais vers sa chambre.

— On s'était mis tout nus, comme ça.

— Oui. Jusque-là, je te suis. Je comprends ça. Mais… euh… *pourquoi* tout nus ?

— Parce qu'il faisait *trop chaud.* J'arrive pas à tricoter, j'abandonne, on ne m'y reprendra plus.

— *Tonto*, Ursula. Ursula… *tonto,* j'ai murmuré pour la mettre en garde. Elle a fini par lever les yeux et elle a fait ce qui s'appelle une grimace, lèvres pincées et yeux exorbités.

— Pardon, elle a dit.

— Je parie, j'ai répondu alors qu'elle baissait de nouveau les yeux, je parie que c'était plutôt gênant de se faire ramener tout nus à la rame par ce couillon de Firble.

— Oui, a répondu Ursula, sacrément gênant.

Espèce de garce… Peut-être donc que toute cette affaire est beaucoup plus simple. Peut-être que c'est *vraiment* simple. Si j'ai raison, je vois bien comment me venger à présent.

Est-ce qu'elle a baisé avec quelqu'un depuis, je me demande sans conviction, si tant est qu'elle ait jamais baisé avec lui pour commencer ? Est-ce qu'elle a jamais baisé ? Je n'ai pas baisé depuis ma dernière baise. Je n'ai jamais baisé non plus, ou du moins c'est l'impression que ça me fait maintenant. Ça finit par sortir de la vie, à force. Je n'en parle même plus autant qu'avant, n'est-ce pas (même si je continue à jurer comme un charretier) ? Mais c'est normal. Vous pensiez que ça allait empirer, pas vrai ? Eh bien, non, Dieu merci ! C'est juste une perte indistincte, abstraite, comme un chien perché sur une lune éloignée, qui aboie à la Terre.

Je gagne tellement d'argent en ce moment que je sais à peine comment dépenser toute cette fortune. Je gagne tellement d'argent que j'envisage d'aller voir une pute – une pute qui s'y connaît. On dit que celles qui s'y connaissent prennent cher mais qu'elles sont fortes pour faire bander les mecs. Plus on les paie, plus elles sont fortes pour faire bander. Il faudrait qu'elle soit très forte, la mienne. Peut-être qu'il n'en existe pas d'aussi fortes. Peut-être que même en gagnant tout l'argent du monde, je n'arriverais jamais à m'en offrir une qui soit assez forte pour me faire bander.

Qui pourrait me faire bander ? Une femme qui m'aimerait : inutile de chercher plus loin. Peut-être qu'il y a quelque part une pute si forte pour faire bander les mecs qu'elle finit par les aimer s'ils la paient suffisamment. Je ferais bien d'économiser pour celle-là.

Si je gagne tellement d'argent en ce moment, c'est que Veale a tout combiné (pourquoi me file-t-il tout cet argent ? Peut-être qu'il m'aime bien. Peut-être qu'il pourrait me faire bander, lui aussi, s'il le voulait). Veale a déjà tout combiné pour que je bénéficie d'une réduction d'impôts et d'allocations supplémentaires au titre de représentant syndical (c'est-à-dire en travaillant pour lui. J'ai fait ce qu'il m'a dit de faire quand il m'a dit de le faire. Ça m'a pris une petite minute, et maintenant je reçois tout cet argent. Je dois en faire davantage plus tard, et je toucherai encore plus d'argent).

La restructuration proprement dite n'a pas encore démarré. Au bureau, tout le monde se ronge les sangs, et à juste titre. Ils pensent tous qu'ils vont se faire virer, et ce sera le cas pour la majorité d'entre eux. Il y a six mois, on s'imaginait qu'on serait juste un ou deux à prendre la porte, mais maintenant, il semble qu'on sera juste un ou deux à rester en place. Toute la journée, j'écoute la bouillie des prémonitions de Wark, j'observe le désespoir résigné de Herbert, je remarque la paranoïa de Burns qui s'interdit de manger son poisson au travail (Lloyd-Jackson a déjà démissionné : en voilà un qui était culotté !). Il n'y a que le contrôleur qui reste calme, même si Veale dit qu'il devrait s'inquiéter de sa situation. Je suis nerveux, même si Veale dit que je n'ai aucun souci à me faire. Je suis aussi nerveux que mes collègues.

Tout cet argent que je touche. Là où je me sens surtout nerveux, c'est le vendredi matin à dix heures et demie, quand je vais le chercher. Nervosité extrême lorsque je rejoins les employés voûtés, les chauffeurs de camion orduriers, les secrétaires bigarrées qui piétinent dans la file d'attente devant le guichet des paiements, à l'étage en dessous, puis lorsque j'annonce mon horrible nom (« Service, T. : Tiens ! Revoilà notre brave service à thé », « Deux sucres et un nuage de lait, s'il vous plaît », « Son bec ne me revient pas, et à vous ? », etc., *ad lib.*) et que la grosse dondon ou le petit maigrichon cherchent mon enveloppe classée parmi les autres, qu'ils ne se contentent pas de la trouver mais qu'en plus ils me la remettent, à ma grande stupéfaction hebdomadaire, et enfin lorsque je croise en sens inverse les salariés tour à tour exubérants ou catatoniques, un gros portefeuille marron contenant soixante-treize livres à la main ! Même avant que toutes ces primes ne commencent à tomber, j'avais calculé que je serais en mesure d'acheter mes trois paquets de clopes quotidiens, mon litre et demi de vin espagnol quotidien, ce qui me semblait amplement suffisant pour vivre et ne pas perdre la boule. Or, voici maintenant tous ces à-côtés qui s'ajoutent : j'ai un tiroir dans ma chambre, mon tiroir de clodo, engorgé de billets de cinq livres que je n'arrive pas à dépenser ; je n'arrête pas de tomber sur d'autres billets oubliés ici et là dans des poches de vêtements ; je trie les pièces jaunes et je les stocke avec dédain sur le rebord de ma fenêtre, où elles s'entassent ; j'ai pris un taxi l'autre jour, juste parce que ça me chantait ; bigre, je pourrais même acheter de nouveaux vêtements. (J'aurais du mal à me retrouver fauché maintenant, bien que ça me fiche toujours la trouille. Je crois d'ailleurs que ça ne changera jamais.)

J'ai pris l'habitude de laisser traîner mes feuilles de paie dans toute ma chambre. Ces liasses couvertes de hiéroglyphes, il y en a sur le bureau et sur le lit, sur les étagères et sur la table. Je pense qu'il a déjà dû en voir une à l'heure où j'écris, parce que l'autre samedi, il m'a demandé sur un ton plutôt affolé si je pouvais lui prêter quinze livres ; je me suis exécuté, bon prince et désinvolte, et je suis parti alors qu'il contemplait les trois malheureux billets comme s'ils venaient de se matérialiser dans sa main. Tout naturellement, je sors beaucoup Ursula maintenant, de la manière la plus ostentatoire possible, et j'étale pareillement les nombreuses pochettes d'allumettes que je rapporte des restaurants où nous allons et les talons de tous nos billets de cinéma qui m'ont coûté si cher. J'aime bien sortir Ursula parce que les gens tombent dans le panneau et s'imaginent que j'ai une petite amie. Gregory aussi, il commence à tomber dans le panneau. Moi aussi, je commence à tomber dans le panneau. Elle aussi, elle commence à tomber dans le panneau.

Écoutez.

Hier, il s'est produit un sinistre miracle. *Soudain* (je suis rentré à 18h30. Ursula et moi avons passé ensemble une de ces soirées tranquilles dont nous avons le secret : moi en train de picoler, de bouquiner et de perdre mes cheveux dans ma chambre, elle en train de tricoter, de marmonner et de perdre la raison dans la sienne, la porte toujours ouverte entre nous), *j'ai su ce que je devais faire.* Ursula s'était servie de la salle de bains et elle était assise sur son lit, l'air comblé, dès 21h45. Environ une heure plus tard, Gregory est vaguement descendu pour aller à son tour à la salle de bains, s'arrêtant pour échanger quelques rares mots avec sa sœur avant de remonter vaguement dans ses appartements. Je m'y suis enfermé peu après pour y faire discrètement ma toilette et mes besoins. En revenant, je me suis approché du lit d'Ursula, comme d'habitude, et je me suis penché pour l'embrasser chastement et lui souhaiter bonne nuit.

— Viens dans ma chambre, je lui ai dit ensuite.

— Euh… ?

— Je te dis de venir dans ma chambre. Viens dans ma chambre, j'ai répété.

J'ai éteint ma lampe de chevet et j'ai attendu, allongé sur mon lit, mon corps nu fourmillant d'incrédulité. L'obscurité colorée venait cogner contre mes paupières, mon pouls résonnait dans toute la chambre, mon nez respirait le vide parfumé, mes tympans se retournaient pour guetter la réponse des couvertures rejetées et le grincement des gonds attenants. Mais aucun bruit n'a eu le temps de s'imposer dans le tonnerre silencieux que déjà elle était à côté de moi, dans la douce chaleur de sa peau soyeuse et de sa chemise en coton léger. *Bon Dieu !* Je n'ai pas bougé, mais elle n'a pas tardé à passer ses bras autour de moi pour m'enlacer avec l'assurance profondément asexuée d'une enfant ; nous sommes restés allongés un moment comme si nous dormions, sans trop oser respirer, son menton niché dans mon aisselle, ses rotules étrangement froides blotties contre mes cuisses. (C'est tout, je me suis demandé, ou il y a une suite ?) J'ai fait un geste presque imperceptible, comme pour l'embrasser, en pivotant sur mon axe d'à peine un quart de centimètre, mais je l'ai sentie se raidir. De même lorsque j'ai levé une main et que je l'ai posée fraternellement sur son avant-bras. Un instant, j'ai été pris d'un doute visqueux au centre de mon être (comme la seconde de panique pendant laquelle on se réadapte à la réalité après un cauchemar, comme un souvenir terne et trivial qui refait surface tous les jours), mais mon petit secret s'est reformé et j'ai su de nouveau, tout à coup, ce que je devais faire. J'ai laissé échapper le secret.

— Vas-y, j'ai dit.

— Euh… ?

— Je te dis d'y aller, j'ai répété.

— Oh. Sa longue main fine est tout de suite apparue sur ma poitrine. Puis elle a glissé rapidement le long de mon torse. Ursula a poussé un petit grognement spontané, elle a posé la tête sur un coude et elle est descendue de quelques centimètres dans le lit pour s'assurer une meilleure prise. Je l'ai entendue bâiller de plaisir et j'ai entrouvert mes paupières tremblantes pour observer son visage incliné en biais vers le bas, sa bouche figée dans une expression concentrée mais neutre.

Il faut dire qu'elle m'aime bien. Au départ, je m'attendais plus ou moins à ce que ma partenaire, raisonnable comme elle l'est, lâche un petit *tss tss* de collégienne, mais au bout de quelques caresses patientes, j'ai découvert que je pouvais m'abandonner à ses frêles doigts. Et même si ces gestes étaient purement mécaniques (en particulier les fioritures et les appoggiatures qu'elle effectuait avec ses ongles et ses articulations), elle n'avait pas du tout l'air dégoûté ; elle semblait plutôt s'appliquer, consciencieusement, affectueusement. Je me suis laissé faire jusqu'à ce que je sente mes muscles se contracter ; en réaction, Ursula s'est rapprochée pour accélérer le mouvement de son bras. Dans un certain désordre, j'ai fait mine d'écarter sa main (pas la peine, pas la peine de continuer), mais sa main était déterminée à achever la besogne, et je me suis vidé en poussant un *zou* de remords hilarant.

— Voilà ! a dit Ursula sur le ton sans appel d'une infirmière. Puis elle a ajouté dans un murmure : Je crois que je ferais mieux de regagner ma chambre maintenant.

Je me suis maladroitement retourné pour l'embrasser, mais sa bouche était introuvable.

— Pas de bisous. Jamais sur les lèvres.

— Oh, chérie, chérie.

— Tu ne me quitteras jamais, promis, elle a affirmé.

— Non, jamais, jamais.

— Tu ne diras rien à Gregory, promis.

— Non, rien, rien.

— Bonne nuit, Carotte. Oups, pardon. Je n'ai pas le droit de t'appeler comme ça, hein ?

— Si, tu as le droit, tu peux maintenant.

Joyeux anniversaire, Terry. Un rien suffit à remonter le moral.

Ce matin-là, j'ai apporté son thé à Ursula au lit (« Joyeux anniversaire, Terry »), j'ai embrassé son front lisse, je lui ai donné un mot qui disait que je l'aimais et que je la protégerais toujours (à propos de l'inceste : cela ne sert à rien de prendre les choses à la légère. Impossible de s'échapper, impossible de se planquer. Tout bonnement impossible), et, en passant par une petite ruelle que j'avais récemment découverte, j'ai marché jusqu'au métro le nez au vent et la bouche en cœur comme un adolescent. Je me suis arrêté deux bonnes minutes pour regarder un avion qui volait très haut dans le ciel, dessinant une longue ligne blanche dans son sillage, comme un crucifix étincelant dans l'azur profond, au-dessus de la fine couche de nuages salés. Même le fracas et les trépidations du métro me répétaient à l'envi une notion nouvelle pour moi : avoir un but dans la vie (il y a des raisons pour lesquelles les gens vont au travail). À peine avais-je mis un pied au bureau que je l'ai appelée, tant j'avais hâte d'avoir confirmation que ma vie avait changé. Comment ça va, *toi* ? Tu vas bien ? Ça va, ça va. Et *toi*, comment ça va ? Tu es sûre que ça va ? Ce n'était pas suffisant. Je l'ai rappelée dix minutes plus tard. Tu as lu mon mot ? C'est vrai, ce que j'ai écrit. Je t'assure. Ne t'inquiète plus jamais de rien. Même manège dans l'après-midi, je n'ai pas pu m'en empêcher. C'est encore moi. Pardon. Est-ce que je peux t'inviter à dîner ce soir ? Je t'aime. Pourquoi ? Je t'ai toujours aimée. Ne me demande pas pourquoi. Je t'aime.

Pourquoi ? Parce qu'elle m'a rendu ma bite, voilà pourquoi. Je me sentais si transformé, si radicalement métamorphosé, que je m'attendais sans cesse à ce que ce timbré de Wark, ou un autre de mes collègues, m'aborde pour me demander : « Dis donc, toi ! Qu'est-ce qui t'arrive ? Quelqu'un t'a rendu ta bite ou quoi ? » Pour sûr, oui, quelqu'un me l'a rendue. À différents égards, je vous l'accorde, c'est loin d'être idéal. Ursula est plus ou moins ma sœur, pour commencer, et elle a souvent l'air de ne pas très bien comprendre ce qui se passe. Voilà qui introduit un élément d'arbitraire : j'ai l'impression d'être le fourbe d'une pièce de la Renaissance, celui qui se fait passer pour le mari absent dans l'obscurité d'une chambre à coucher, ou bien le marin qui a la chance d'être le premier à tirer son coup dans le viol collectif. S'ils savaient ce que je sais (je me dis en mon for intérieur), ils ne seraient pas *tout à fait* aussi enthousiastes. Mais bon Dieu, Gregory n'a pas fait mieux (n'est-ce pas ?), et lui, c'est son frère *de sang*. En plus, ce n'est qu'un début. Et puis, qui suis-je pour y trouver à redire ?

J'ai voulu rentrer fissa ce soir-là, mais même dans les retards et les faux-fuyants qui rythment les après-midi, il flottait une douce nuance d'érotisme. J'ai apprécié l'homme qui m'a vendu mon journal du soir, j'ai rendu son bonjour au buraliste avec courtoisie et distinction. À l'entrée du métro, les lumières jaunes des distributeurs, qui affichent tarifs et destinations sur des touches en relief, rendaient crépusculaire l'intérieur de la station ; en empruntant l'escalier mécanique pour descendre dans le caveau gris, j'ai eu l'impression qu'une grande créature vigilante m'accueillait dans les entrailles de son domaine privé. Mon train a filé sous la ville, surgissant en trombe des tunnels pour mieux s'y engouffrer, s'y engouffrant doucement pour en resurgir de plus belle.

Toutes sortes de surprises m'attendaient à la maison. Quand je suis entré dans l'appartement, petits bonds par-ci, aboiements par-là, avec deux cadeaux pour Ursula dans la gueule et la queue qui cognait sur la moquette, sur qui a-t-il fallu que je tombe sinon sur cet enfoiré de *Gregory* (c'est qui, *celui-là*, putain ?), assis avec Ursula dans sa chambre. Mais du calme, toutou, bas les pattes... La bonne blague, la belle revanche sur le passé ! Cela ne manquait pas de sel de la voir, *elle*, me faire des gestes en douce, *à moi*, pour me rasséréner. Tout de suite, j'ai proposé de bon cœur de les inviter à dîner tous les deux dans le grand restaurant français de Dawn Street (j'ai également reçu une prime d'anniversaire au travail : vingt-cinq livres. Joyeux anniversaire, Terry). Chacun est parti se changer et j'en ai profité pour offrir tendrement ses cadeaux à Ursula (un pull en cachemire et du parfum) ; elle les a acceptés d'un air à la fois ravi et sérieux, et elle m'a déposé un baiser rapide sur le front. Pendant le dîner, je me suis senti rassuré et même gâté : j'étais prince d'un jour. Gregory dévorait en silence (très inspiré, sans doute, par la perspective chaleureuse de ne pas payer ce qu'il mangeait et buvait), Ursula demeurait calme et attentive, tandis que j'animais le repas.

— J'imagine que c'est notre fête d'anniversaire commune, j'ai dit à un moment.

— Oui, a acquiescé Gregory. Je suppose que tu as raison.

Nous sommes rentrés à pied, tous les trois de front, Ursula entre ses deux frères. À mon soulagement le plus sincère, Gregory a proposé, la mine sombre, qu'on aille tout de suite se coucher ; Ursula et moi avons donc emprunté le couloir l'un après l'autre (bonne nuit, bonne nuit, bonne nuit) et sans mot dire, sans sourire, nous nous sommes mis à faire quelques rangements et nos ablutions, comme deux personnes qui ont vécu ensemble toute leur vie. Je suis sorti de la salle de bains en robe de chambre, j'ai frôlé son lit sans presque me retourner pour lui lancer un regard. J'ai attendu, allongé sur mon lit, à la faible lueur d'une dernière cigarette. Elle est arrivée (trottinant dans l'obscurité sur la pointe des pieds, bondissant doucement comme un chaton pour atterrir à genoux à côté de mon oreiller, puis se glissant dans mon lit en frétillant nerveusement). Moi aussi, j'y suis arrivé.

*2. Il y a beaucoup d'autres secrets que je dois vous avouer.*

GREGORY

Le mois d'août est le mois de nos deux anniversaires – coïncidence renversante, providence apocalyptique qui piqua tant et plus la curiosité de mon père. Connaissez-vous d'ailleurs la dernière invention de ce vieux couillon ? D'après Mère, il s'est mis en tête de redessiner à grands frais un champ inutile dans un coin isolé de notre propriété, d'y installer des clôtures et des lacs artificiels – la totale. Mère et moi formulons des projets, que nous aurions dû appliquer depuis longtemps, pour le faire *enfermer*, oui, *enfermer*, avant qu'il ne nous entraîne tous dans la ruine.

La proximité de nos anniversaires, cela va de soi, terrassait toujours Terence d'une grande souffrance, et elle me jetait moi-même dans un embarras des plus délicats. Pour respecter notre rang, je ne pouvais guère inviter moins de trente ou quarante amis à mes fêtes, et comme mes amis étaient en majorité conduits au domaine par leurs parents, que les parents de mes amis étaient en majorité des amis de mes parents, la maison était plus ou moins ouverte aux quatre vents et la totalité du domaine bénie par un air de carnaval, une atmosphère de vacances : tap-tap des marteaux pendant qu'on érigeait les tentes sur les pelouses, zigzags des domestiques qui s'évitaient de justesse à chaque croisement de sentiers, punch décarburé que l'on servait aux braves paysans parqués près de la porte de service, leur casquette pliée dans la main comme un journal, alignement de grosses berlines silencieuses de part et d'autre de l'allée centrale, pareilles à des rhinocéros venus se désaltérer dans le lit d'un fleuve, vacarme dissonant de la fanfare louée pour la circonstance, tuit-tuit fruité des mirlitons, sifflets, serpentins, et toute cette profusion fleurie de l'été au zénith… Pauvre petit Terence ! Je crois me souvenir que je suggérai moi-même, un beau jour, l'idée catastrophique de fêter ensemble nos anniversaires. Mais représentez-vous, s'il vous plaît, le contraste entre les deux piles de cadeaux dans le salon : d'un côté, le modeste monticule de T., la demi-douzaine de marques d'attention familiales, et de l'autre, mon butin fabuleux, mes trésors de pirate. Imaginez, si vous pouvez, le rictus crispé présidant aux présentations : « Voici le petit Terence (l'enfant que nous avons adopté), dont l'anniversaire tombe également aujourd'hui, enfin, pas tout à fait aujourd'hui, mais c'est juste que… » Envisagez donc, si vous y tenez, le spectacle bifide opposant l'enfant chéri, métaphoriquement juché sur les épaules de la foule, noyé sous une tempête de confettis et d'amour, et l'intrus écœurant, racorni, cramoisi, qui était toujours en train de se cacher, toujours. Par la suite, nous en revînmes aux dispositions normales qui faisaient précéder mon *mardi gras* mythique d'un petit goûter en famille, où les domestiques jouaient un rôle de premier plan après avoir été soudoyés pour la circonstance. (Terence allait à la communale, où il avait dû se lier d'amitié avec un certain nombre de ses camarades, mais nous ne pouvions tout de même pas inviter au manoir les rejetons, disons, des balayeurs, des éboueurs, des égoutiers et autres tripatouilleurs de merde des environs. Vous n'êtes pas de cet avis ?) Ursula et moi supportions héroïquement l'inévitable dépression que pareille inégalité tend à renforcer, mais à la vérité, nous étions beaucoup trop obsédés l'un par l'autre pour pouvoir endosser les malheurs de Terence. C'est que ces années-là, voyez-vous, nous appartenaient en totalité, à Ursula et moi (Ursula dont je connaissais le corps, à mesure qu'elle grandissait, aussi bien que la forme de mes propres dents), et il nous semblait possible d'ajourner indéfiniment le train-train et les tribulations de Terence, sa vie sordide et sans avenir, pleine d'humiliation et de haine, pâle image de la frénésie cupide, stupide, pouilleuse qui nous assaille soudain aujourd'hui.

Je me demande ce qui va se passer cette année (pour mon dernier anniversaire, je suis allé sur mes terres, mais j'ai un emploi du temps trop serré en ce moment)… Je suppose que j'inviterai quelques dizaines d'amis à dîner en grande pompe au Privates, le nouveau restaurant qui s'est ouvert à Chelsea. Il y aura aussi la folle soirée que Torka ne va pas manquer d'organiser en mon honneur. Et puis l'avalanche habituelle de cadeaux et de télégrammes, le gros chèque de Mère… Aucune idée de ce que Terence fera pour son anniversaire à lui. Rien, c'est ce qu'il y a de plus probable, même s'il espère ne pas devenir clochard avant *le lendemain*. (Évidemment, vous n'allez pas me croire si je vous dis que Terence urine dans le lavabo de la salle de bains. Pourtant, les faits sont là. À plusieurs reprises, ces derniers temps, j'ai remarqué sur la faïence une traînée jaune à hauteur de reins. Ce n'est encore qu'une hypothèse, mais une hypothèse qui va se confirmer, j'en suis certain.)

*Allez*, répondez-moi vite : que pensez-vous de moi ? Que pensez-vous de moi, de Gregory, Gregory Riding, de l'être que je suis ? Je vous écoute : hautain, vaniteux, précieux, méprisant, arrogant, superficiel, corrompu, prétentieux, pédé – et insensible, par-dessus tout insensible (regardez comme il se trahit). En réalité, je me connais parfaitement. Bande d'abrutis, vous croyez que je ne sais pas tout ça, *tout ça* ? Bande d'abrutis, je le sais, je le sais par cœur, *bande d'abrutis*.

Écoutez.

Hier, il s'est produit un malheur irréparable.

Je me suis levé à neuf heures. Il faisait soleil. J'ai bu une tasse de thé et mangé une tartine grillée. J'ai marché jusqu'à la station de métro sur Queensway. Comme l'ascenseur avait encore pris un jour de congé, je suis descendu par l'interminable escalier en acier, les cheveux ébouriffés par des courants d'air sales qui soufflaient des entrailles de la terre. La rame métallique a tout de suite bondi de son trou, comme jaillirait une bête immonde. Je suis entré dans la voiture à moitié pleine et je suis resté debout à ma façon, dans l'encoignure d'une porte. Tout était comme d'habitude : les poignées de sécurité qui valdinguaient à la moindre embardée, les lumières au sodium qui baissaient puis regagnaient en puissance, le chuintement strident du courant, les cochonneries sur le sol, la chaleur, les passagers assis face à face, l'air niais. C'est alors que cela s'est produit. *Zou* : la déferlante du métro s'est élancée de la station de Lancaster Gate, les parois du tunnel ont viré au noir, les lumières ont clignoté et (comme l'air se met à vibrer après une déflagration proche, comme un sale souvenir *s'excuse* d'interrompre le cours de la pensée, comme pétille un cocktail de produits chimiques), j'ai eu soudain l'impression d'être fou depuis des années, aussi fou qu'un vieux mouton fou dans un champ ruisselant sous des cieux détrempés. Non, arrêtez, épargnez-moi. Je suis sorti à la station suivante. Je suis remonté à la surface dans les couleurs de la vie et je me suis arrêté sous la folle statue animée de Marble Arch pour me gratter la tête, au milieu de la circulation incessante, sous les nuages qui couraient dans le ciel.

Qu'est-ce qui m'est arrivé en bas ? Quelque chose. Impossible de le nier, les signes physiques ne mentaient pas : sueur froide, souffle court (mon cœur faisant tout pour sortir de ma poitrine), tremblement intérieur trop profond pour se manifester par des frissons ou des hurlements. J'ai tout de suite perçu, comme un cycliste novice ou un cavalier désarçonné pour la première fois, que je devais y redescendre sans attendre, là-bas, dans les profondeurs, dans les souterrains, et j'ai donc rebroussé chemin, racheté un billet, repris l'escalier roulant, raide comme un pantin sous les coups de marteaux qui redoublaient d'intensité, dans l'air sombre qui tourbillonnait, au rythme de mon corps qui s'accélérait (sueurs, tremblements, palpitations). J'ai dû mobiliser tous les neutrinos de ma résolution pour ne pas faire demi-tour et remonter à toute allure sur le grand tambour roulant en acier, comme un hamster fou. Mais continuer, m'enfoncer plus avant là-dedans ? Non, non, pas question. Sitôt arrivé en bas, je me suis dépêché de prendre l'autre escalier roulant, celui qui *monte* après celui qui *descend*, et je me suis précipité à la lumière à grandes enjambées.

J'ai fait une autre tentative le soir. Même topo. Une procession cauchemardesque d'autobus lents, malodorants, bondés, cahotants, m'a reconduit à la maison un peu avant

19h30. Ursula et Terence passaient ensemble une de ces soirées insipides dont ils ont le secret à leur étage, et de toute façon, je ne me sentais pas capable de les affronter. Je me suis allongé sur mon lit jusque vers vingt-trois heures, puis je me suis enhardi dans la salle de bains. Terence avait l'air d'un reptile qui prépare un sale coup, il portait une nouvelle chemise ridicule, et il était assis à son bureau, penché sur une toise de whisky. En ce moment, on ne sait jamais comment s'aborder. Bonne nuit. Salut. À demain. Ursula tricotait dans son lit, je me suis arrêté pour échanger quelques rares mots : elle allait bien, merci, et n'avait pas de mal à remplir ses journées. Seul au milieu de la plomberie et de la miroiterie de la salle de bains, je me suis encore surpris à caresser l'idée d'inviter Ursula à me rejoindre plus tard dans mon lit. Mais non… Ce serait tout aussi effrayant, d'une autre manière. Je suis remonté, j'ai pris un cachet puissant, puis un second, et je les ai laissés se bagarrer tout seuls dans ma tête comme deux tribus aveugles. Quelque part, à portée d'oreille, dans l'un des vieux immeubles abandonnés de la rue, un étranger en démence s'égosillait comme un hystérique dans la nuit. Qu'est-ce qu'il hurlait donc sans s'arrêter ?… *Fermez les portes – les portes – les portes…* À un moment donné, je me suis levé dans mon sommeil et je me suis approché de la fenêtre ouverte pour regarder. Les portes de l'ambulance noire qui était venue le chercher étaient certes ouvertes ; mais même lorsqu'on les a refermées après l'avoir embarqué, il a continué à brailler sa ritournelle : *Fermez les portes – les portes…* De quelles portes pouvait-il bien parler ? me suis-je demandé en retournant me coucher. Aussi bien, c'était déjà le matin quand j'ai fini par m'endormir sur mon oreiller gris et mouillé, dans l'aube grise et souillée derrière les rideaux tirés.

J'ai fait une autre tentative ce matin. Même topo. Dès que les cruelles portes de l'ascenseur se sont refermées, j'ai su qu'il n'y avait pas la moindre possibilité, pas un poil d'espoir que j'y parvienne. Sans me départir de toute ma solennité, je suis remonté par le grand escalier en acier. J'ai pris un taxi ce matin. Mais je ne peux pas me le permettre. Il va falloir que je m'adapte à cette nouvelle vie.

À qui puis-je en parler ? De la galerie, j'ai téléphoné à Torka, mais c'est ce malappris de Keith qui m'a répondu et il a été d'une incroyable grossièreté quand je lui ai demandé de laisser un message à Torka pour qu'il me rappelle. D'une cabine, j'ai téléphoné à Mère à l'heure du déjeuner, mais elle était soucieuse, distraite et trop loin. Skimmer et Kane ? Ce sont des crétins, à vrai dire, de purs voyous de la haute (vous ne les avez jamais rencontrés, n'est-ce pas ?) ; ils ne comprendraient pas ce genre de chose. Seigneur ! Il y a des moments où, lorsqu'on se retourne pour vérifier la corde à laquelle tient la vie, on se rend compte à quel point elle est ténue. Je dois composer avec ce nouvel élément qui fait désormais partie de mon existence, et qui s'appelle la panique. Jusqu'à hier, ce n'était qu'un mot pour moi. Qu'est-ce que j'ai à faire de la panique ? Pourquoi ne va-t-elle pas s'en prendre à quelqu'un d'autre ?

Après une conversation embrouillée avec Ursula, je suis rentré à la maison par voie de surface, traversant la ville qui faisait la queue lors de la grande redistribution flegmatique du soir. Ursula (et Terence, je vous prie) attendaient dans ma chambre, comme s'ils s'en remettaient piteusement à moi, tous les deux, pour transformer leur journée et pimenter le semblant d'affinités dont ils avaient épuisé les ressources à l'étage inférieur. J'avais déjà projeté d'inviter Ursula à dîner, mais je me sentais à présent trop vidé pour empêcher Terence de se joindre à nous. Lorsque j'ai opté pour le restaurant français de Dawn Street et qu'Ursula est partie se préparer, je n'ai pas fait beaucoup d'effort pour lui interdire de nous suivre. Nous y sommes allés sans grand enthousiasme. La salle était bondée et beaucoup trop sombre (c'est à peine s'il ne fallait pas des ouvreuses pour guider les convives jusqu'à leurs tables). Une fois mon apéritif servi et mon choix arrêté sur ce que j'allais manger, j'ai distraitement abandonné à Terence le soin de passer la commande, ce qu'il a fait en bafouillant, avec une déférence des plus maladroites à l'égard des serveurs (et en estropiant joliment le nom des vins français). Je les ai laissés jacasser ensemble pendant tout le repas, puis, après deux grandes bénédictines, j'ai forcé Terence à payer pour compenser l'honneur que je lui faisais de le sortir. Mais je n'en ai tiré aucun plaisir véritable, même en voyant disparaître l'addition sous ses billets de cinq livres. Nous sommes rentrés à pied, tous les trois de front (T. à l'extérieur, un pied dans le caniveau, slalomant entre les arbres) ; quelqu'un a proposé qu'on prenne le café tous les trois, mais j'ai eu tôt fait de repousser cette suggestion. Ils ont déguerpi à l'étage en dessous et sont allés se coucher, retrouver les cycles calmes de leur vie calme, tandis que moi, à l'aide de quelques cachets et d'un peu d'alcool, je cherchais la lettre A au hasard de l'alphabet du sommeil.

Qu'est-ce qu'il m'est arrivé en bas ?

Depuis, tout a changé. Il n'en a pas fallu davantage. Une couche entière du vernis qui protégeait ma vie s'est détachée. Plus rien n'a le même aspect qu'avant. Désormais, les objets familiers se contorsionnent hypocritement de tout leur être (je crois qu'ils complotent dans mon dos). Quand je croise sans les voir les troglodytes, les voyous, les bêtes sauvages de la rue (des gens qui existaient si peu jusqu'à ce jour fatal), je me sens malgré moi aspiré dans leur meute et je perçois l'enfer qu'ils sont, *eux aussi*. Je ne tiens plus rien pour acquis : les actes ou les pensées les plus infimes se décomposent en une myriade d'événements imprévus. Je me suis révélé tel que je suis. Et je suis comme vous, à présent. D'où est-ce que ça me vient ?

Il y a beaucoup d'autres secrets que je dois vous avouer. Mais un peu de patience. C'est mon anniversaire. Chaque chose en son temps. (Je sais. Ça me vient de lui.)

# IX

## *Septembre*

*1. C'est un des moyens de les avoir à sa merci.*

TERRY

Mes nuits sentent désormais la lèpre et la fatalité. Les choses ont progressé à un rythme sûr et infaillible, elles se sont lentement enchaînées avec la logique d'un roman historique, d'une combinaison d'échecs ou d'un jeu de société. Je connais déjà la fin (aggravation soudaine de la situation pour nous deux, aucune amélioration possible), mais je ne peux pas me dérober. Et je ne le veux pas. Je vais continuer jusqu'à ce que le dénouement se produise de lui-même. Apparemment, je n'ai pas le choix.

Je suis sorti quelque temps avec une aveugle, vous savez. Oui, tout à fait, avec une fille complètement aveugle de naissance : elle portait même des lunettes noires et se déplaçait avec une canne blanche qui brillait dans les rues, la nuit, comme un trait flottant à la craie ou un filet de fumée, ce qui ne lui était strictement d'aucun secours puisque personne n'y voyait goutte non plus. Une multitude d'attraits, donc, pour l'étudiant roux et soucieux emmitouflé dans un duffle-coat, qui trimballait ses livres dans des sacs en plastique et se laissait pousser la barbe pour se donner un air marginal (*ça*, je l'ai vite abandonné). Elle était petite, juive, svelte ; elle avait des cheveux noirs d'ébène, un grand nez tragique, un teint couleur sable mouillé, des lèvres charnues presque aussi brunes que sa peau ; et personne, à son corps défendant, ne pouvait s'empêcher de la trouver jolie. Songez aussi comme elle serrait le cœur, cette silhouette courageuse mais hésitante, lorsqu'on la voyait déambuler entre les cours avec ses amis, décontractée, joyeuse, puis qu'on l'apercevait seule en ville, métamorphosée en une somnambule mal assurée, marchant d'un pas qu'elle voulait résolu, changeant d'expression avec une rapidité affolante si jamais elle s'aventurait en terrain inconnu. Pensez en outre que : 1° c'était une fille ; 2° elle ne pouvait pas voir à quoi je ressemblais. Vous commencerez alors à apprécier pleinement la puissance de ses charmes.

Elle ne m'opposa quasiment aucun obstacle. Je n'eus qu'à l'aider à traverser la rue, un jour, à lui demander où elle allait et à lui annoncer mon intention de l'accompagner. Les aveugles n'y peuvent rien, voyez-vous : c'est leur seul intérêt. Je fus aussi gentil que possible avec elle pendant très longtemps. Au bout d'un moment, elle commença presque à coucher avec moi (oui, elle fait partie des filles à qui j'ai écrit lorsqu'aucune ne pouvait envisager de coucher avec moi. Elle doit être mariée à présent, ou morte, ou bien *tonto* et enfermée dans une institution. Je ne sais plus très bien si elle m'a jamais répondu). Je me doutais que les choses tourneraient mal dès que j'abuserais de sa cécité. De fait, un soir où nous étions dans sa chambre, après qu'elle eut repoussé la main couverte de taches de rousseur qui remontait le long de sa cuisse, et qu'elle l'eut reposée sur mes genoux d'un geste prude, j'agitai sous son nez deux gros doigts écartés. D'un seul coup, la voie fut libre. Je me penchais par-dessus le canapé où elle était assise pour scruter sans appétit le col ouvert de son chemisier ; j'allais mettre un disque et revenais à quatre pattes, les yeux rivés sous sa jupe (elles ne savent pas s'asseoir comme il faut, les aveugles) ; je n'arrêtais pas de lui faire des grimaces ; mais surtout, je prenais plaisir à contredire mes paroles par mes mimiques, associant par exemple des marques quotidiennes de politesse à des regards de braise ardente, ou accompagnant au contraire des mots de tendre affection par des rictus de haine moqueuse, etc. Enfin, un soir où nous étions allongés nus dans son lit (jusque-là, elle ne trouvait rien à redire, mais elle ne voulait pas entendre parler de pénétration), je produisis, non sans effort, le bruitage d'une crise de larmes et quelques pitoyables gémissements entre lesquels je hoquetais qu'elle ne devait pas vraiment m'aimer, que je mourrais si je ne la possédais pas, et d'autres mensonges de cet acabit. Elle finit par céder, en versant plus de larmes que je n'en avais versées cette nuit-là. Nous ne nous sommes pas revus. Le fait est, vous comprenez, qu'elle *savait* que je faisais semblant, mais qu'elle ne pouvait pas le dire. Parce que ça aurait été beaucoup trop terrible, vous ne croyez pas ?

C'est un des moyens de les avoir à sa merci.

Frisson extrême.

— Qu'est-ce que vous avez fait d'autre ? je demande en remuant les hanches pour stopper la main d'Ursula qui parcourt mon corps.

— Euh… ?

Elle vient de se glisser dans mon lit pour la dix-huitième nuit consécutive, mais elle semble plutôt désabusée par la routine, désormais : elle a tendance à s'atteler à la tâche avec une promptitude que je ne suis pas loin de prendre pour un affront (même si ma bite n'en a rien à foutre. Elle m'obéit au doigt et à l'œil en ce moment).

— Lui et toi. Qu'est-ce que vous avez fait d'autre ? Froidement, je lui passe un bras autour des épaules, en haussant le timbre de ma voix pour donner un tour plus aimable à mes questions.

— En fait, oui, elle répond songeuse, le nez dans mon aisselle (j'ignore comment elle fait pour me supporter pendant ces intermèdes répugnants), c'est vrai qu'on a fait d'autres choses.

— … Ah oui ? Quoi par exemple ?

Elle gigote doucement.

— Je peux pas les *dire*.

— Alors montre-moi, vas-y, je m'entends répondre sur le ton monocorde et indifférent que je prends pour ce genre de requête. Vas-y.

En poussant un autre grognement résigné, comme un travailleur de force sans avenir à qui l'on demanderait de passer d'une corvée insignifiante à une autre corvée tout aussi insignifiante, ma sœur adoptive a dégringolé au fond du lit. Aucun contact entre sa peau et la mienne jusqu'à ce que je sente nettement sur moi la pression ferme de ses lèvres.

— Ça allait ? je lui ai demandé avec une incrédulité mi-atterrée mi-intimidée lorsqu'elle a émergé de sous les draps.

— Je crois que je m'y ferai, a répondu Ursula, plissant le nez avec dégoût.

Pas génial, hein ?

Après chacun de ces petits numéros nocturnes (après le « Voilà ! » d'autosatisfaction que lançait Ursula sur le ton d'une pucelle vraiment expérimentée), l'envie m'a toujours démangé de lui rendre spontanément la pareille, en guise de vive reconnaissance. La première nuit, je me suis enfoncé dans le lit comme un idiot, et ce n'est qu'après une lutte humiliante (Ursula s'enfonçant à moitié avec moi) que j'ai refait surface en clignant des yeux. De toute évidence, ce n'était pas la marche à suivre. Les quelques nuits suivantes, j'ai tendu la main vers la fille couchée à côté de moi, avec une espèce de prudence extatique, comme s'il s'était agi du bébé d'un ami ou d'une pile atomique sur le point d'exploser, mais pour ne frôler du bout des doigts qu'un corps mort, mort comme une souche gelée par une nuit de tempête. Un soir, elle s'est dégagée avec une violence grossière, et j'ai contenu ma rage en silence dans l'obscurité. À ce moment-là, je retournais à la case départ. Je n'ai pas fait d'autre tentative depuis. Mais je vais bientôt en refaire une. J'ai réfléchi à la meilleure tactique à adopter.

Gregory sait-il ce qui se passe entre nous ? (Il vous en a parlé ?) À mon avis, non. À mon avis, il a d'autres soucis en tête. Sa vanité naturelle le protège, c'est sûr, mais il a maintenant d'autres soucis, et je suis à peu près certain de savoir lesquels. On dirait qu'il a peur (regardez-le donc ! *Lui, peur*). On dirait que l'air même va s'en prendre à lui dans un accès de fureur... Quand nous étions jeunes, c'était toujours moi qui avais peur, toujours moi qui me faisais amocher et rejeter à l'école, cogner et rosser par les gens de la ville, gifler et houspiller par les gardiens de parc, toujours moi qui étais en larmes à cause d'un affront dérisoire, toujours moi qui avais peur. Gregory ne pleurait presque jamais quand il était petit, ou bien seulement devant le malheur d'autrui (oui, c'est vrai). À présent, il esquisse le sourire mûr et craintif d'un homme qui renifle un trop-plein d'émotions. Il a vraiment peur.

Je ne crois pas que je doive m'inquiéter pour lui, tout compte fait. Autre chose s'en charge à ma place. Je trouve que la situation est joliment prise en main.

— Bien le bonjour. Entre, Terry !

— ... Par où ?

J'étais dans l'allée majestueuse de la résidence de Mr Stanley Veale à Fulham, une maison victorienne à deux étages couleur brun-rouge, à laquelle s'ajoutaient diverses constructions étincelantes qui s'adossaient ou se blottissaient contre sa carcasse massive. Veale me parlait depuis la fenêtre à guillotine d'une de ces coquetteries auxquelles il n'avait pensé qu'après coup, une pièce ovale sans doute réservée au petit déjeuner, pleine de chaises roses et de petits coussins bigarrés. Son grand visage blafard ne trahissait aucune expression.

— Par l'auvent des autos.

Ah… C'est que vous avez plusieurs voitures, hein, ai-je pensé après avoir déjà remarqué la grosse Ford Granada, la fourgonnette et la mini, chacune stationnée dans son ornière de gravier.

— Toutes les voitures y entrent ? j'ai demandé.

— Non, a répondu Veale avec le plus grand sérieux. Je gare la Granada dans la rue. C'est juste un auvent pour l'auto de ville. Tu n'as qu'à faire le tour de la maison.

Veale poussait le chic jusqu'à parler d'autos et d'autos de ville. Les occlusives sonnaient mieux ainsi. Sans doute cela expliquait-il aussi son goût pour le snobisme du *b*. À un simple *Bonjour*, il préférait *Bien le bonjour*, comme pour bien souligner toute l'amitié qu'il me portait.

J'ai contourné la maison (le visage de Veale se retirant soigneusement à l'intérieur), je me suis faufilé entre les piliers qui soutenaient l'auvent de la voiture et je suis entré dans un patio où un grand assortiment de manteaux, de capes et d'imperméables de cyclistes étaient suspendus au mur, comme un peloton de prisonniers flétris dans un camp du nord. Sur le sol carrelé s'entassaient des pieds mutilés, sous forme de bottes en caoutchouc abandonnées. Une paroi vitrée a coulissé et Veale m'a précédé dans un large couloir qui s'ouvrait tout de suite sur un salon à deux niveaux : tapis blancs et moelleux comme une couche de neige fraîche sur de la mousse, canapés placés en vis-à-vis aussi longs que des rangées de fauteuils de cinéma, une cheminée de la taille d'une entrée de service à Versailles, un bar en forme de haricot devant des murs tapissés de bouteilles.

— Scotch ? a demandé Veale. Ça vaudrait mieux. C'est tout ce que j'ai pour l'instant. Sauf si tu préfères une goutte de ce sirop de merde, a-t-il ajouté en désignant avec mépris les bouteilles de Parfait Amour et de crème de menthe au chocolat rangées autour de lui. C'est le sirop de ma femme. Elle en prend *avant le déjeuner*. Tu vas voir ça.

— Incroyable, cette maison, j'ai dit.

Veale a pris un coupe-papier doré et il l'a enfoncé dans l'une des quatre caisses estampillées WHISKY derrière le bar.

— Dites donc ! j'ai repris. Vous achetez en gros ?

— On peut dire ça comme ça, m'a répondu Veale avec courtoisie. La vodka n'est pas encore rentrée. Voilà ! Quatre caisses de whisky, quatre de vodka, quatre de gin, quatre de rhum, quatre de campari, quatre de vermouth, quatre de cognac. Total : cent quatre-vingts livres comptant.

— Hein ? Comment ça ? On vous fait un prix ?

— Non, on m'arnaque, tu vois ? Enfin ! pas la peine de s'appeler… Keynes pour piger. Bien sûr qu'on me fait un prix.

— Pardon.

— Je me rappelle plus la dernière fois que j'ai payé plein pot. Y a plus que les couillons pour payer le prix fort maintenant. En liquide. Le tout réglé d'avance.

— Vraiment ? Je me suis perché sur un tabouret et il m'a servi le plus grand whisky jamais vu, jamais évoqué ou jamais décrit dans un roman.

— Ouais. Évidemment, c'est plus ce que c'était.

— Vous achetiez d'autres trucs ?

— Vin, xérès, porto, la totale. Tu vois la Granada dans l'allée ? Je l'ai eu pour la moitié de son prix neuf.

— Comment ?

Il a reniflé.

— À ton avis ?

Un vacarme derrière la porte du fond a précédé l'entrée de deux petits garçons (dont l'un, sans mentir, faisait deux fois la taille de l'autre). Avec une solennité affable, Veale leur a demandé ce qui leur ferait plaisir.

— Un jus d'orange, papa, s'il te plaît, a dit le plus petit avec un pur accent des faubourgs.

— Un Pepsi, papa, s'il te plaît, a dit le plus grand sur un ton beaucoup plus distingué.

Veale a servi ses fils.

— Merci, papa.

— Merci, papa.

— Là ! Voilà quelque chose que je paie *plein pot*, a dit Veale après leur départ. Mille cinq cents livres pour envoyer ce morpion à l'école.

— Hein ? C'est que vous l'avez mis dans une école privée, alors ?

— Non, rien qu'en déplacements. C'est les tickets de bus pour aller au collège qui me coûtent les yeux de la tête. Je me demande des fois pourquoi je me fais chier avec toi, Terry. C'est vrai, quoi, pas la peine de s'appeler… Al Einstein pour piger ça.

— Pardon, je suis soûl.

— Moi aussi, mon pote. Soûl du vendredi soir au lundi matin. Toujours pareil.

— Mais cette histoire d'école privée… Ce serait pas un peu (j'ai toussé) contre vos principes ?

— Non. Pas du tout. C'est absolument pas contre mes principes. Qu'est-ce que tu crois qui nous intéresse, hein ? Les snack-bars, les transistors, les vacances sur la Costa Brava ? Ces conneries de beaufs ?

Il a marqué un temps.

— Bon, écoute. Tu as vu le responsable de la section ?

— Ouais.

— Parfait. Moi aussi. Il est bien disposé, mais il dit que tu dois suivre ce cours.

— Zut ! C'est bien ce que je craignais. Quel cours ?

— Quatre soirs par semaine pendant un mois. Pas de lézard. À la fac publique. Juste au cas où.

— Ça va coûter combien ?

— On s'en chargera, t'inquiète pas. (Tiens. Il a de nouveau rempli mon verre à ras bord.) Quoi de neuf au bureau ?

— Rien. Ils n'iraient pas se syndiquer même s'ils en avaient les moyens. C'est pas leur genre.

Veale m'a lancé un regard neutre.

— Les cons.

Notre discussion s'est achevée peu après l'entrée affriolante de la femme de Veale, une pétasse assez fantastique qui s'appelait Meg (ou Miggie ? Mags ?) – bref, un nom aussi ridicule. Elle portait un pantalon blanc du tonnerre. La partie qui ne lui entrait pas à moitié dans les fesses était aussi transparente que du plastique et elle laissait voir sa culotte à petits carreaux bleus. Elle avait une poitrine très volumineuse et elle s'est énormément intéressée à moi sous le regard gris et songeur de Veale. (Je pense qu'il *doit* penser que je suis classe.) J'ai peut-être bu, oh ! je ne sais pas : disons, les trois quarts d'une bouteille.

— Restez donc déjeuner avec nous, la prochaine fois, a dit Mags.

— Salut, a dit Veale.

J'ai marché sous le soleil, tout heureux, jusqu'à la station de métro de Fulham Broadway. Je me disais : Je veux tout ça et tout ça. Je veux tout *ça* et tout *ça*. Je veux *tout* ça et *tout* ça. Je ne veux pas ce qu'il a. Mais je veux ce qu'il veut.

— Tiens ! Bonjour, monseigneur. Bonjour, mon prince, disais-je quarante minutes plus tard (toutes ces nouvelles connaissances...).

Le hippie déglingué rôtissait dans le petit parking situé derrière le Renard intrépide. Il était atrocement étendu sur le goudron brûlant, bras et jambes écartés comme si des Indiens se préparaient à le torturer. Il avait perdu la plupart de ses dents et sa peau ressemblait à du vieux cordage élimé.

— Comment va ? je lui ai demandé.

— Je cause pas à des merdes comme toi, m'a répondu la loque.

— J'adore ça, me faire traiter de merde. Qu'est-ce que tu sais de moi, gros malin ?

— Je cause pas aux merdes.

— C'est toi, le fou sur la colline comme chantaient les Beatles, hein ? T'apprends aux merdes à se dépatouiller.

— Va te faire foutre, tas de merde.

— Ouais. Bon ! Tout a l'air de bien marcher ici. Ça va comme sur des roulettes, on dirait. Belle maison, bel hiver en prévision, de longs mois d'insouciance en perspective.

— T'inquiète pas pour moi, petite merde. Je me débrouille.

— Oh ! Ça, c'est sûr, ça fait pas un pli. Non, vraiment, ça se voit. Bien mieux que les andouilles comme nous... Nous, on use nos fonds de culotte toute la journée dans un joli bureau, puis on rentre à la maison et on se blottit au chaud toute la nuit. Tu ramènes tes gonzesses ici ?

— Ouais.

— Stéréo, whisky et tout le tralala. Hum ! Je parie qu'elles craquent pour un type comme toi. Bourreau des cœurs, va ! D'abord, t'as l'air d'avoir quatre-vingts piges, il te reste plus une dent, et on sait bien que ça les fait craquer, ce genre de choses. Sans compter que tu chies dans ton froc, ce qui te rend encore plus attirant. Et...

— Retourne bosser, petite merde.

— Regarde-toi un peu, sale hippie. Tu pourrais finir en taule vu ce que tu pues. Mais regarde-toi donc un peu, sale clodo.

— Arrête de me causer, tas de merde. Trouve-toi une autre merde pour causer. Pourquoi tu m'causes ?

— Parce que j'adore ça, j'ai répondu. Je... *J'adore* ça.

Pour un observateur distrait, du moins, la nuit du 30 septembre aurait ressemblé à n'importe quelle autre soirée que je passe avec Ursula. Tout semblait en ordre, tout semblait dans l'ordre des choses : mon retour rapide du travail, Ursula qui tricotait et méditait pendant que je picolais après m'être changé, le passage indifférent de Gregory dans nos chambres (il va se décrasser quand il a été en contact avec d'autres personnes), le repas au bar à vin des Irrécupérables, la promenade sur Queensway avant de rentrer à la maison, sans se tenir la main (les devantures des magasins sont criardes, mais derrière il fait noir ; il y a un ou deux clochards qui traînent, un ou deux ivrognes qui s'ébrouent – rien de très reluisant pour Ursula), puis la pénombre rassurante de notre suite : le petit radiateur qui crachote en cadence dans son coin, les épais rideaux tirés, la porte grande ouverte entre nous jusqu'à l'heure du coucher. Je passe après elle dans la salle de bains (je m'inspecte dans la glace. Je pisse dans le lavabo depuis quelque temps, à propos : ça fait moins de bruit comme ça, et en plus on ne risque pas d'oublier de se laver la bite).

— Viens vite, je lui ai dit en sortant, comme d'habitude.

Ah ! Mais c'est que les choses sont différentes, ce soir, et je crois qu'elle le sait (ou du moins, je l'espère). Car j'ai changé d'attitude – un changement subtil mais radical. Fini, le frère adoptif indécis, reconnaissant, sarcastique, l'habitant intimidé d'une ville en pleine évolution, le jeune homme qui tient à peine le coup. Ce soir, il est calme. Ses paroles sont rares et espacées. Il écoute l'interminable monologue sans queue ni tête d'Ursula qui lui commente sa journée (ce discours qui ne peut se conclure que par : ensuite, je suis venue ici, et maintenant, je t'en parle), avec l'air d'un père soucieux. Il est autoritaire, peut-être même un peu froid, dans le restaurant sombre où il passe la commande sans consulter la jeune fille qu'il a invitée ; il règle l'addition et se lève pour sortir, le regard ailleurs. Quand il l'escorte dans l'artère éblouissante de Queensway, son allure et sa foulée évoquent la sérénité épique du tueur d'enfants (avec le privilège que s'arrogent les adultes, rien de mal ne peut t'arriver si tu restes avec moi, les bonbons offerts, l'haleine empestant le whisky, viens avec moi, ma petite), titillé et excité par l'impudence de ses besoins, par les applaudissements nourris qui crépitent dans son cerveau.

Elle est à côté de lui en chemise de nuit.
Enlève-la, lui dit-il.
J'ai froid.
Enlève-la.

J'ai *froid*, Carotte.

Ne m'appelle pas Carotte.

T'as dit que j'avais le droit.

Je mentais. Non, pas le droit. Enlève-la.

Oh…

Voilà qui est mieux. Non. Non, pas encore. Attends… Ne *bouge plus*.

… Non, pas ça.

Pourquoi pas ?

S'il te plaît.

Pourquoi pas ?

Je veux pas.

Pourquoi ?

S'il te plaît, je veux pas.

Arrête de faire l'enfant, Ursula. Arrête de minauder. Pourquoi tu refuses que je te fasse ce que tu me fais ? Hein ? Alors ?

Je veux pas, c'est tout.

Arrête de répondre comme une enfant, Ursula. Arrête de réagir comme une enfant.

Je retourne me coucher.

Alors là, certainement pas ! Écoute-moi un peu, Ursula. Comment veux-tu être aimée et protégée si tu réagis comme ça ? Dis-moi, Ursula, s'il te plaît… Je voudrais vraiment savoir. Il y a des gens qui veulent bien s'occuper de toi (et j'en fais partie), mais si tu continues à réagir comme ça, on va tous t'abandonner. On va t'abandonner parce que tu minaudes, parce que tu es *tonto*… Là, voilà… C'est bien, c'est tout ce que tu dois faire, tu comprends ? Allonge-toi sur le dos, essuie tes larmes, je veux juste que tu… Ah ! Ah ! Ah ! *Tonto*, Ursula, *tonto*… Oui, voilà, comme ça, très bien.

Il s'est installé entre ses cuisses et jubile comme une gargouille hilare. Il explore, renifle, contemple : il se régale. Mais voici qu'Ursula, soudain, se raidit et s'écarte, croisant à moitié les jambes (le cognant violemment au menton avec son genou osseux, au passage), comme si elle avait entendu quelqu'un s'approcher. Il est sur le point de lui lancer un reproche vertement distingué quand il perçoit lui aussi le bruit. Crac ! Dans un sursaut d'épouvante incontrôlée, il bondit prestement du lit. La lumière s'allume comme un flash, le petit morveux atterrit au milieu de la pièce à croupetons, juste au moment où s'ouvre la porte.

## 2. *Quand j'étais petit, j'aimais l'homme que je deviendrais.*

GREGORY

Qui l'eût cru ?

Hier matin, en flânant jusqu'à l'arrêt de bus, je suis passé par hasard devant la station de métro. J'étais dans une forme éblouissante : ma cape s'évasait dans mon dos comme celle de Superman, je portais de nouvelles bottines en peau de serpent qui craquaient sous mes pas, mes cheveux étaient impeccablement relevés depuis que je me les suis fait couper chez un coiffeur de renom. Sur un coup de tête, je me suis arrêté et j'ai interrogé du regard la grotte noire et jaune, ses kiosques à journaux et ses distributeurs de tickets. Une autostoppeuse scandinave de belle carrure, handicapée par un énorme sac à dos vert qui faisait la taille d'un matelas double roulé en boule (il devait loger un fourneau de cuisine et une tente à trois étages), m'a dévisagé avec effronterie, bouillante de désir. Un couple d'Américains entre deux âges (c'étaient *forcément* des Américains : comment expliquer, sinon, leurs pantalons à carreaux assortis dans le plus pur style de Mr Pickwick ?) virevoltait, bras dessus bras dessous, à la recherche d'un panneau indicateur… Pourquoi pas, finalement ? je me suis dit. Je suis entré sans faire ni une ni deux, j'ai acheté un ticket et un exemplaire du *Times*, j'ai pris l'ascenseur à moitié plein (un macaque ayant contrôlé mon ticket au passage) et je suis arrivé sur le quai sans incident, juste au moment où s'engouffrait le boulet argenté dans un vacarme d'explosion. Je suis monté ; j'ai lu un éditorial plutôt astucieux sur la faillite économique, tandis que le métro fonçait sous la ville. Je suis descendu à Green Park, j'ai émergé dans un flot de lumière ensoleillée, et après avoir plaisanté un moment avec le fleuriste aux savoureuses rouflaquettes (il m'a fait cadeau de ma rose Camberwell), je suis retourné voir la fosse de mes angoisses : j'en étais sorti victorieux. Parfait, ai-je pensé, voilà au moins une affaire de réglée.

Vous reconnaissez le style ? (J'imagine que je ferais bien d'en changer aussi, dorénavant.)

Si vous avez cru à cette histoire, vous croirez n'importe quoi. C'était un mensonge. L'entrée du métro me fait pisser de trouille. Je traverse la rue pour l'éviter, comme on éviterait un ami ennuyeux, un chien enragé, un ivrogne qui s'ébroue. Je n'y retournerai plus jamais. Plus jamais.

C'était un mensonge. Je raconte des mensonges. Je suis un menteur. Depuis toujours. Pardon. Tenez, je vous livre mes secrets.

Mon travail, par exemple, est et a toujours été (pour user d'une litote) *à chier*. Une routine qui suinte l'ennui et l'humiliation, sans perspectives ni compensations. Je dois faire le thé maintenant (depuis toujours, en fait) et laver les toilettes à genoux. Je passe deux heures par jour à astiquer des cadres dans la réserve. Je dois livrer des tableaux dans tout Londres (je n'ai rien dit aux Styles de mes angoisses dans le métro. Ça prend des heures : les bus bondés sont en retard et ils ne vont jamais jusqu'à ma destination. Ils me houspillent, je n'ai rien à répondre). Je balaie. Ils ne me laissent pas faire la moindre vente. Ils me traitent comme un cancre. Ils n'ont même plus *envie* de moi maintenant. Je gagne exactement la moitié du salaire moyen national, moins que tous les gens que je connais ou dont j'ai jamais entendu parler. Et ils disent qu'ils vont bientôt diminuer ce salaire de misère, parce qu'ils coulent, eux aussi.

J'ai tout le temps des soucis d'argent ; j'ai l'impression d'être le L curviligne du symbole de la livre, ou un billet de banque suspendu à un léger étendard flottant au vent. Je n'ose plus ouvrir mon courrier. J'ai vendu tout ce que j'avais à vendre. Ma voiture verte de grand prix (absente depuis quelque temps, comme vous l'aurez remarqué) a disparu depuis belle lurette. J'espérais en tirer une petite centaine de livres, mais l'idiot du village qui travaille au garage des Voleurs m'a dit que j'aurais bien de la chance s'ils la reprenaient à la casse (la brute épaisse avait raison, bien évidemment : elle ne valait rien, cette voiture, elle pouvait à peine faire cent mètres). Je ne me suis pas acheté un seul vêtement depuis le mois de mars ; je brode à l'infini sur l'abondance de ma garde-robe, mais en réalité elle est toute râpée à présent (et la plupart de mes habits sont trop extravagants pour aller au travail). Quand je fais des achats superflus, je me donne l'impression d'être un clandestin, un délinquant, un faussaire. Bon sang ! Il suffit que je donne de l'argent en échange de *n'importe quelle* marchandise pour me sentir envahi par une crainte démesurée. Démesurée ? Je ne peux pas vivre avec mon salaire. Personne n'y arriverait. Je ne peux pas aller au travail et en revenir tous les jours, manger, et ne pas perdre la tête. Je ne peux pas *rester en vie* avec ce que je gagne. Mon découvert augmente, il s'affiche en colonnes de chiffres sur mes relevés et dans le courrier de la banque, il entraîne agios et intérêts. Je ne peux plus lire un livre ou même regarder la télévision sans que se joue en parallèle, au fond de mon esprit, cet autre drame qui brouille le texte sur la page et l'image à l'écran. Je ne peux rien faire sans que l'argent vienne lorgner par-dessus mon épaule. Je pense tout le temps à l'argent. L'argent m'a dépossédé de tout ce que j'avais.

Et il n'y en a plus chez nous. Certes, nous sommes de la haute et je déteste sincèrement les voyous (tout comme ils me détestent, je m'en aperçois maintenant. Bientôt, ils vont se liguer contre moi. Ils attendent. J'attends. Je vis dans la crainte perpétuelle de la violence. Un jeune homme m'a abordé à brûle-pourpoint dans le square, la semaine dernière, et je me suis détourné en levant les bras pour me protéger. Il a eu l'air intrigué autant qu'inquiet, il voulait juste me demander où était le métro. À la moindre bagarre, au moindre incident dans la rue – et ce n'est pas ce qui manque ces jours-ci : le monde est en ébullition, les gens redoublent *tous* de méchanceté, ils boivent tous comme des trous, ils sombrent tous dans le désespoir –, je sue à grosses gouttes et je prends mes jambes à mon cou. Je ne sors plus la nuit si je peux l'éviter. Il y a des gens, dehors, qui me guettent pour me fracasser les dents, des gens qui me guettent, dehors, pour me faire du mal), mais nous n'avons jamais eu beaucoup d'argent et mon père a tout dépensé, ce putain d'enfoiré (mon langage sera ma prochaine faculté à se barrer). Il en a eu assez pour lui. Je n'en aurai pas assez pour moi. Merci. Je regrette maintenant de n'avoir pas poursuivi mes études et ce genre de choses. Je n'ai rien fait. Je croyais que les gens comme il faut n'en avaient pas besoin. Mais ce n'est plus le cas.

Vous devez également penser que ma vie sexuelle est aussi brillante et pleine que celle de Terence est morne et vide. Vous devez penser que je suis un tombeur, un champion du sport en chambre. C'était vrai à une époque, je le reconnais (tout ce que j'ai dit de mon extraordinaire beauté, par exemple, est authentique, juré-craché, parole d'évangile, à prendre à la lettre. Je suis vraiment splendide). Il fut un temps où je passais de loin pour le jeune homme le plus mignon de Londres : des pédés faisaient des kilomètres pour venir m'entr'apercevoir chez Torka et vérifier si ce que disait tout le monde était vrai (et ça l'était, vrai de vrai) ; n'importe quelle fille, absolument n'importe laquelle m'appartenait sur un signe de tête, un sourire ou un geste à peine perceptible de mes doigts d'artiste. À la fois gracieux et musclé, souple et ferme tout ensemble, tantôt soumis et obéissant, tantôt menaçant et sévère, j'étais ce qu'on appelle un miracle, merveilleusement doué pour le sexe et les ébats amoureux. Mais tout cela aussi a fini par se retourner contre moi, par se retourner et me détrôner, par se retourner, me détrôner, me détraquer. On me traite comme une merde chez Torka en ce moment.

Pourquoi ? Est-ce que c'est du même ressort ? (Soudain, je ressens le besoin de toujours poser ces questions. Pourquoi ? Dites-le-moi, quelqu'un. Pourquoi personne ne veut me le *dire* ?) Je sais qu'il y a d'autres aspects de ma vie qui n'attendent que de sombrer à leur tour, corps et biens ; ils n'ont pas d'autre raison d'être que de crever comme des chiens au moment où cela me fera le plus mal. Mon premier geste, le matin, est d'entrer dans la cuisine ; tout y a l'air profondément familier et néanmoins profondément agaçant, comme si j'avais passé la nuit à rêver tristement de fourchettes et de cuillers. Déjà, les mensonges du passé s'accumulent pour pointer un doigt accusateur.

Et Terry. Qu'est-ce qui lui prend à présent ? Non, ne répondez pas. Ne me dites pas qu'il a trouvé le chemin de la réussite. Non, ne me dites pas ça.

Même s'il a pu m'arriver, pour m'amuser, de brosser un portrait de mon frère adoptif sous un jour qui ne le mettait pas à son avantage, sa bêtise, sa stupidité et sa banalité doivent à coup sûr apparaître dans toute leur évidence, avec ou sans exagération de ma part. Encore une fois, la véracité a été mon maître mot, jusque dans les descriptions les plus brèves de sa personne. Il est vraiment comme ça ! Il se déplume à vue d'œil ; ses dents polychromes (sur lesquelles des soins au rabais ont laissé leurs nuances chamarrées, qui se révèlent comme de l'encre sympathique à mesure que vivent les plombages et que meurent les os) rapetissent peu à peu dans le sombre carnage métallique de ses mâchoires ; sa bouche tordue s'apitoie sur elle-même ; ses yeux paludéens font peur. Je n'invente rien. Le mot VOYOU barre son front mesquin. Lâche et agressif à la fois, aussi pleutre et sentimental qu'il est fruste et acerbe, dépourvu de toute tradition génétique, signataire de nul pacte avec l'entregent, Terence n'est que le représentant des valeurs qui l'ont traumatisé en premier lieu.

Mais les voyous sont en train de gagner. Et Terence, naturellement, se débrouille bien. Il se débrouille *bien.* Naturellement. Il a démontré qu'il exécutera toutes les tâches nécessaires pour réussir. Il a démontré qu'il est prêt à y consacrer sa vie. Il se débrouille bien.

Dorénavant, je vais essayer de dire la vérité. La situation est devenue bien trop critique pour que je continue à mentir, et je dois me protéger autant que je peux. Je vais essayer. Mais allez-vous m'écouter ? Non, j'imagine que vous ferez maintenant confiance à la voix de Terence, à l'austère fidélité qu'il professe à l'égard du réel, plutôt qu'à ma propre voix qui aimait jouer à la surface des choses.

Et Ursula.

— Ursula, ai-je dit dans le couloir (cela faisait trop longtemps que je la fuyais), pourquoi ne viens-tu pas me rejoindre dans ma chambre la nuit ?

Elle s'est tournée vers moi sans croiser mon regard. Elle avait la tête baissée, je voyais la raie tordue qui partageait ses cheveux ; elle sentait l'odeur de jadis, l'odeur du monde extérieur.

— Impossible, elle a répondu.

— Possible, j'ai dit. *Possible.* Tu ne le réveilleras pas. *Pas lui.*

— Je ne crois pas que ce soit une très bonne idée, voilà tout.

— Hein ? Qu'est-ce que tu veux dire ? Tu crois que c'est juste une *assez* bonne idée ?

— Ce n'est pas ça qui va me remettre en forme.

— Mais qu'est-ce que tu veux dire, bordel ?

— Gregory, s'il te plaît (elle se met à dodeliner de la tête, toute troublée, d'une manière qui me causait des élans de tendresse et qui ne suscite plus, désormais, que des bouffées de haine), je ne me sens *plus jamais* dans mon assiette ; plus jamais je ne me *sens en forme*. Et presque tout me rend encore plus malade. Je ne crois pas…

— Pourquoi ? Pourquoi, pourquoi, pourquoi ?

— Tu sais *très bien* pourquoi, m'a-t-elle soudain lancé avec indignation, l'indignation d'une personne touchée au vif qui veut provoquer l'autre. Je t'en prie, laisse-moi *tranquille*.

— Regarde-moi ! Arrête de faire *l'imbécile*, Ursula, arrête ! Tu te rappelles comme ça me met en colère quand tu commences à faire *l'imbécile*…

Tu te rappelles (ai-je envie de dire), tu te rappelles, ma princesse, le jour où c'est arrivé ? Écoute. Tu faisais ta rentrée à l'école des grandes. Mère et Père t'avaient accompagnée (pour passer le temps dans les magasins, chez des tantes, et te ramener à la maison). Tu portais une robe foncée avec de fines bretelles, un chemisier blanc en dessous, et un superbe béret. Moi, je me tenais dans l'allée avec la brave Mrs Daltrey, et je te fis signe de la main au moment où la voiture franchissait à toute allure les grilles de la propriété. Tu me répondis par le même signe, sans aucune appréhension. Tu avais presque quatorze ans (Dieu me pardonne). Je passai toute la matinée, assis dans ma cabane en haut d'un arbre, à sculpter distraitement une petite branche avec mon canif, ou bien à m'entraîner au tennis contre le mur rugueux du garage, à songer à ma propre école (l'accueil des élèves, les rangées de lits, le capitaine de l'équipe de natation que j'avais trouvé les larmes aux yeux, en train de caresser ma chaussure de rugby, un jour où j'étais revenu à l'improviste au dortoir). Et je pensai aussi à ta journée, aux rectangles de pierre bordeaux, à la présentation de la petite nouvelle, à l'hystérique qui vous toisait de sa hauteur, raide comme un piquet devant la classe (dira-t-on jamais ce que la présence physique du corps enseignant a de funeste ?). Une fois le déjeuner avalé, quand j'entendis Mrs Daltrey ronfler de satisfaction dans son panier d'osier au salon, je montai au grenier (les malles, les colonnes de lits et les matelas défoncés au milieu des toiles d'araignées, l'unique planche en pin appuyée contre un mur illuminé par le soleil) ; en dessous, la maison reposait, immobile et silencieuse tel un grand vaisseau en briques se prélassant dans l'après-midi. J'étais à côté de la fenêtre, je parcourais les résultats de cricket sur un journal qui jaunissait (Graveney, Barrington, Dexter). Soudain, je jetai un coup d'œil sur la pelouse, clignant des yeux dans les zébrures d'ombre et de lumière, et mon sang, devant ce que je vis, ne fit qu'un tour. (Je voulais tellement que cette journée fût réussie.) Tu remontais l'allée à toutes jambes, comme une petite tache floue de chagrin. Je ne pouvais distinguer ton visage, mais tout en toi évoquait le malheur : ta raideur, ta crispation, ta faiblesse ; tu ressemblais à une machine qui tente pour la dernière fois de se mettre en marche ; tu te serais déjà effondrée sans le rythme éperdu de ta course. Nous nous heurtâmes de plein fouet dans le couloir du premier étage ; tu te jetas dans mes bras : *Calme-toi*, te dis-je, épouvanté. Tu respirais si fort que je plaquai la main sur ta bouche pour te garder ici, t'empêcher de partir, te remettre d'aplomb. Tu parlais en pleurant (comme seuls font les enfants) : *Elles me détestent, elles m'ont dit qu'elles me détestaient !* Je crus que tu allais te briser, exploser, fuser dans l'air. *Aide-moi à m'arrêter, aide-moi, aide-moi !* Nous allâmes dans la chambre la plus proche. C'était ma chambre. Tu t'allongeas sur le lit défait. Je m'allongeai sur toi. Tu tremblais comme une folle. Il fallait t'étouffer, te ressouder, te colmater, pour éviter que tu ne tombes en lambeaux à jamais pulvérisés. Tu me voulais aussi près que possible. Qui l'eût supporté ? Pas moi. Ta culotte était bleue marine et boulochait légèrement. L'intérieur de tes cuisses frissonnait de peur, mais toi, tu bouillais de chaleur. Je me rappelle juste l'odeur, l'odeur de la transpiration et des larmes piquantes d'une enfant, et l'autre odeur, celle du liquide et du sang. Je me contentai de baisser mon pantalon. Ce fut l'affaire d'un instant. J'espérai n'avoir rien cassé.

— Oh, Gregory, me fais pas ça, non, *pas ça.*

— Dis-moi donc pourquoi. Dis-moi juste *pourquoi.*

— Tu le sais très bien. Alors, *arrête.*

Et j'arrête, très vite. Elle voit que j'ai aussi peur qu'elle.

(Peut-être qu'il y a eu un moment où nous aurions pu nous entraider. Mais ce moment-là est passé. Maintenant, c'est chacun pour soi.)

Cela s'est produit la dernière nuit du mois. Il était minuit. Les agents secrets du sommeil ne me surveillaient plus du coin de l'œil avec intérêt ni suspicion. Je me suis assis droit dans mon lit et j'ai serré les mains. Mes yeux ruisselaient (quelle absurdité !). Pourquoi mon corps manque-t-il de tenue ? Et pourquoi le sommeil est-il si dur à trouver, pourquoi les rêves viennent-ils s'immiscer pour traduire la trouille en mesure d'oubli et de ratage ? Je suis donc assis dans mon lit, en train de sangloter dans mes mains. Je mesure un mètre quatre-vingt-sept. Je suis adulte depuis quelque temps déjà. Je suis tout de même trop grand pour continuer comme ça… Je me suis glissé hors du lit. J'ai enfilé ma robe de chambre et je me suis dirigé vers l'escalier. Ursula (je m'en fiche. J'ai besoin de quelqu'un qui m'accompagne dans la folie). Quand j'étais petit, j'aimais l'homme que je deviendrais. Plus maintenant. Regardez-le, mais regardez-le donc.

Dans l'appartement régnait un gris neutre de migraine. J'ai fait une halte au pied de l'escalier. Le gris bouillonnait, le gris enflait, comme s'il voulait se déverser en un rire sardonique. Par l'étroite fenêtre de l'entrée, j'ai vu des carrés de lumière à l'arrière des maisons qui nous font face. Une ampoule sale s'est allumée tout près. Un homme épuisé en tricot de peau, le cou plein de poils, s'est penché au-dessus d'un évier. Allait-il se tourner vers *sa* fenêtre et me découvrir tel que je suis ?

J'ai poursuivi ma route d'un pas trébuchant. Le gris s'est épaissi dans le couloir, sa poussière me desséchait encore plus la gorge. Du même pas trébuchant, je suis passé devant les placards. Je me suis dépêché : continue, ne t'arrête pas. J'ai allumé la lumière au moment où s'ouvrait la porte. Et j'ai ajusté mon regard.

Sur quoi ?

J'ai fait demi-tour et je suis remonté quatre à quatre. J'ai mis des habits. Mon cœur battait la chamade, je l'ai chassé de l'appartement, précipité dans la cage d'escalier, poussé de l'immeuble et propulsé dans l'air noir.

# X

## *Octobre*

1. *Je crois que je commence à apprécier la façon dont le monde évolue.*

TERRY

Bien sûr, voyez-vous, c'était entièrement sa faute à bien des égards. Toute cette histoire est vraiment sa faute. Rien de tel ne se serait jamais produit sans lui. Et si l'on repense maintenant à ce qui s'est passé, on verra bien que c'est lui, le responsable.

Naturellement, je n'aurais pas *tout à fait* imaginé ce dénouement-là (la meilleure preuve en est que je ne l'avais pas encore baisée). Pendant les quelques secondes stridentes qui ont suivi l'irruption de Gregory, j'ai perdu tout mon culot. S'il en avait eu l'idée, il aurait pu m'allonger au tapis et me flanquer tout de suite une bonne dérouillée. Je ne lui aurais opposé aucune résistance : il y a une limite à ne pas dépasser lorsqu'on déconne avec les bourges, les pauvres bougres qui se respectent le savent bien. Je me suis contenté d'enfiler ma robe de chambre, d'allumer un clope et de fixer le plafond. Dès qu'on a entendu la porte de l'appartement claquer violemment (Greg allait déchaîner dans la nuit son ouragan byronien : formidable !), Ursula s'est levée et elle est passée devant moi avec un visage parfaitement inexpressif. Eh bien, voilà ! Terminé, espèce d'empoté, je me suis dit en regardant son cul d'anorexique disparaître par la porte, qui s'est doucement refermée derrière lui. Cette fille échappe pour de bon à ton emprise. Tu ne la reverras plus jamais.

C'est à ce moment-là qu'ils auraient dû venir me chercher. C'est à ce moment-là qu'ils auraient dû m'alpaguer. Si j'avais été à leur place, j'aurais choisi ce moment-là, *moi*, pour me pincer. Ils ne pouvaient pas savoir à quel point je me sentais vulnérable. Sinon, ils auraient sans doute saisi l'occasion de me faire payer tout ce que je leur avais fait.

Ursula m'a évité pendant plusieurs jours. Je l'ai évitée. Gregory m'évitait. Je l'évitais. Il évitait aussi Ursula, elle l'évitait (j'en suis à peu près certain), et cela me soulageait un peu. Mais on tombait presque tout le temps les uns sur les autres, inévitablement. J'aurais bien voulu qu'on arrête de s'éviter, le temps de se mettre d'accord sur une manière décente de s'éviter.

Toute cette tactique d'évitement posait certaines difficultés logistiques. Je voulais tellement éviter Ursula que je n'osais même pas utiliser la salle de bains le matin. Je quittais l'appartement d'un pas chancelant, les dents brunies et râpeuses, la vessie pleine comme un boulet de canon fondu, et je fonçais au café du coin pour avaler un petit déjeuner et vidanger de justesse mes intestins dans le réduit en carton ; je me rasais au travail, dans les toilettes dégueulasses qui continuent à résonner des déflagrations de vieillards.

Même situation explosive au bureau. La restructuration a commencé pour de bon. Wark est parti la semaine dernière. Il est devenu *tonto* à point nommé ; il cherchait un emploi en secret et il y mettait tout son cœur ; mais il n'en a jamais trouvé, il n'a jamais vu la couleur d'un autre boulot ; il nous a quittés dignement un beau matin, sans ouvrir l'enveloppe en kraft qui se trouvait dans son courrier (le cachet ne présageait rien de bon), et il ne touchera donc même pas la dérisoire indemnité accordée aux ouvriers non syndiqués, ce crétin. Burns, notre piscivore, va partir la semaine prochaine ; ce n'est pas le genre à créer des ennuis. L'ex-beatnik, Herbert, s'accroche comme un enragé à son bureau : il n'a pas encore été désigné que déjà il menace de protester, de faire valoir ses droits d'ancienneté et d'écrire à la presse (il devrait *s'abstenir* : le syndicat *déteste* ce genre de récriminations, selon mon ami Veale). John Hain est calme, ou du moins c'est ce qu'il s'imagine. Moi aussi. Quant à Damon, bien qu'il soit professionnellement intouchable, je lui conseille de démissionner *au plus vite*, tant qu'il est encore en vie : les virtuoses du coup de poing, à l'étage en dessous, lui mettent de plus en plus sur la gueule, et il n'en mérite pas tant, le pauvre petit. Un grand gaillard qui frôle la trentaine, mine sombre et mise à la mode, a emménagé dans le bureau de Wark. Il est membre du syndicat, il ne se mêle donc pas beaucoup aux autres.

À la sortie du travail, j'ai le temps de prendre, disons, trois grands whiskies, avant de filer à mon cours du soir dans les antres à l'abandon derrière Farringdon Street. On est assis dans une salle de conférences pouilleuse et on fait semblant d'écouter un vieux croûton déblatérer ses fadaises sur la pensée constructive et la manière de couper court à certains types de questions. En prime, un brin d'initiation à la sténo. On est tous très seuls, mais sympas les uns avec les autres ; on est un petit groupe à filer au pub après le cours, et il y a parmi nous deux nanas sans intérêt que j'aborderai à tour de rôle dès que j'aurai retrouvé le culot nécessaire.

Je suis content de rentrer tard à la maison. Content que Gregory traînasse dans sa chambre, qu'il ne descende plus et qu'il ne sorte jamais. Content qu'Ursula soit couchée en chien de fusil, tournée vers le mur, et qu'elle m'ignore, qu'elle fasse la morte quand je traverse sa chambre à pas de loup pour aller me débarbouiller et pisser (et vite dégueuler, si j'en ai envie). Je me dis : on est enfin sur un pied d'égalité, tous les trois – plus ou moins. On est quittes. Match nul.

Mais attendez… devinez un peu sur qui je suis tombé l'autre jour.

Pour une fois, je déjeunais au pub (normalement, je vais dans un petit restaurant grec très agréable au coin de la rue) lorsque j'ai remarqué une silhouette familière, appuyée au comptoir dans une position familière. Des jambes fébriles de gazelle qui se dandinaient pour soutenir le poids d'une taille de guêpe, l'inclinaison énergique d'un thorax disproportionné, des cheveux tire-bouchonnés : Jan.

Bon Dieu (j'ai pensé), où est-ce que je vais me cacher ? Mais c'est alors qu'elle s'est retournée. Elle m'a vu aussitôt. Souffle coupé, sourire, salut de la main, geste rapide pour me faire comprendre qu'elle venait me rejoindre dans un instant. Rapidement, j'ai fait un bilan mental de la situation : cheveux à peu près bien répartis sur le crâne, chemise correcte, rasé de près, pas pété depuis au moins dix secondes. J'ai pris une large rasade et j'ai allumé une cigarette.

— Tiens, tiens, tiens !

— Eh eh !

— Tiens donc.

— Alors voilà.

— Comment ça va ? m'a demandé Jan.

— Ça va, ça va. Et toi ?

— Pourquoi tu ne m'as jamais appelée ?

Parce que tu m'as tranché la bite, espèce de garce, voilà pourquoi. C'est la seule raison.

— T'appeler ? Quand ?

— Après cette folle nuit dans ton appartement. Ta sœur va bien ?

— Oui, ça va. (J'avais du mal à croire que je ne rêvais pas.) C'est vrai que c'était plutôt dingue comme nuit, hein ?

— À qui le dis-tu ! Et ton colocataire… Nom d'un chien !

Une remarque qui manquait sacrément de tact, j'ai pensé, mais j'ai dit d'une voix plutôt aimable :

— Comment ça, « nom d'un chien » ?

— Qu'est-ce qu'il peut avoir comme problèmes, celui-là !

— Ah bon ? Des problèmes, lui ?

— Je veux ! Elle sirotait son whisky-orange tout à son aise. L'iris extraordinaire de ses yeux tapissés de violet ne trahissait aucun mouvement : ni ironie ni rien.

— Quel genre de problèmes ?

Elle a ri, puis, comme si elle se reprochait de trop en dire, elle a porté une main à sa bouche.

— Dès que tu as tourné les talons, il a commencé à me parler d'une drôle de manière. Il est pédé, non ? Elle a ri de nouveau.

— Quelle drôle de manière ?

Elle l'a imité à la perfection, comme d'habitude.

— Tu sais, le genre : « Et si notre délicieuse créature céleste voulait bien, à présent, ne fût-ce que révéler ses mystères, il se pourrait que d'aventure… » Tu vois, quoi ! Je ne me souviens plus très bien. Mais qu'est-ce que c'était drôle. J'arrêtais pas de rigoler.

— Et après ?

— Après… (Pour la première fois, une certaine pitié lui est montée au visage. Elle a vite baissé les yeux, mais juste un instant.) Oh mon Dieu ! Après, il m'a demandé de lui faire un strip-tease. Toujours avec cette drôle de voix, « dévoile tes multiples trésors, ma douce », et d'autres trucs du même acabit. Et moi, j'ai… Je me serais abandonnée à n'importe qui ce soir-là… Alors, j'ai comme qui dirait dansé devant lui.

— Hein ? Un strip-tease ?

— Plus ou moins.

— Comment ça, « plus ou moins » ? Tu t'es déshabillée, oui ou non ?

— Disons que j'ai plus ou moins ôté mon tee-shirt. Et mon jean.

— Et alors ? Ils sont où, ses problèmes ? Vu ce que tu me racontes, j'ai l'impression qu'il est tout à fait normal.

— Non, mais après, il avait… Il n'arrivait pas à bander.

— Moi aussi, ça m'arrive.

— Non, mais on n'est pas allés aussi loin. C'était *horrible*. Vraiment. *Horrible*.

— Comment ça ?

Ce qu'elle me disait était assez intéressant et plutôt réconfortant. Mais bizarrement, je me sentais loin de tout ça, et même d'humeur protectrice. Affaire de famille.

— Il s'est mis à pleurer, a repris Jan. Comme un veau. C'était horrible. De le voir pleurer. *Lui*, pleurer comme un veau !

— Pourquoi ? Parce qu'il n'arrivait pas à bander ?

— Un peu, je suppose. Mais aussi parce qu'il était pédé, parce qu'il était fauché, parce que sa sœur devenait cinglée, et que si elle devenait cinglée, il savait qu'il n'y couperait pas non plus, et parce que… Tout y est passé. Il avait l'air vraiment déglingué.

J'ai allumé une autre cigarette. Là encore, j'ai éprouvé ce sentiment de froideur revigorante qui m'a donné tant de force ces derniers temps. Je lui ai posé une question, elle me venait à retardement, mais quand même…

— Tu aurais donc couché avec lui de toute façon ? S'il était arrivé à bander comme il faut, bien sûr.

Elle a soutenu mon regard.

— Ouais. Avec toi aussi. Si tu y étais arrivé.

— Mais pourquoi t'es pas restée, putain ? Pourquoi t'es pas restée ?

— Je voulais ! Mais il m'a dit que je ferais mieux de partir. Que tu n'allais pas revenir, que tu ramènerais peut-être ta sœur, qu'est-ce que j'en sais.

— Et donc voilà !

— Je lui ai demandé de te dire de m'appeler. Tu ne l'as jamais fait.

— Lui non plus.
— Il ne t'a jamais transmis le message ?
— Non. Mais maintenant, je l'ai reçu.

Nous voilà enfin au courant. Au courant d'un tas de choses qu'on ignorait jusqu'à présent. (Du moins moi. Et vous ?) Bon Dieu. C'est plutôt alarmant, tout ça, non ? Je lui voulais du mal (je voulais lui donner matière à penser, lui faire voir la différence qu'il y a entre lui et tout le reste), mais je pensais avoir davantage de motifs de vengeance. Ce n'est pas très compliqué, maintenant, de voir ce qui l'a bousillé. Lui. Et elle aussi.

Je n'aurai *plus jamais* peur d'eux. Plus jamais ils ne me feront croire que j'ai mal agi. Car ce sont eux, les décalés ! Ce sont eux, désormais, qui sont à plaindre, à prendre en compte et à mettre à l'écart. Ils n'ont plus leur place ici. Le monde auquel ils appartenaient n'existe déjà plus : vidé de sa substance, juste quelques restes et des rebuts pour en garder la trace.

Le soir où nos vies se sont élucidées pour de bon, le soir où tout s'est éclairci, j'ai croisé Gregory dans le couloir par hasard. Il rentrait de cette galerie grotesque où il travaille, alors que je me préparais à sortir avec mon livre pour aller dîner dans un bon restaurant de Queensway.

— Salut, on s'est dit en même temps.

Il avait l'air préoccupé et renfrogné en ôtant son manteau. Il est *vraiment* sur la mauvaise pente, j'ai pensé : ses habits sont loin de faire aussi pédé qu'avant.

— Comment ça va ? je lui ai demandé sur un ton agressif en enfilant mes nouveaux gants. J'ai eu beau le fixer et me rapprocher tout près de lui, il a refusé de croiser mon regard.
— Bien, il a répondu.
— Bon. Et à la galerie ?
— Bien, il a répondu.
— Bon. Tout baigne, alors ?

— Peut-être que je vais garder mon manteau, il a ajouté en hésitant. Il a jeté son manteau sur ses fines épaules un peu courbées et il a commencé à monter l'escalier.

— Ursula est dans sa chambre, j'ai crié, en train de broyer du noir pour une raison quelconque, comme d'habitude. Tu ne veux pas aller lui remonter un peu le moral ?

Là-dessus, je lui ai claqué la porte au nez et je me suis dirigé vers l'ascenseur en ricanant. Par la fenêtre incurvée, je voyais des gens qui traversaient la rue en courant, comme des feuilles balayées par le vent.

J'ai bien dîné. À présent, je possède tellement de cette étrange chose qu'on appelle l'argent… J'ai l'impression de pouvoir faire plus ou moins ce qui me plaît. Bonsoir ! Oh ! Rebonsoir ! Oui, je ne sais pas, mais en tout cas, *pas question* de votre vodka-tonic avant le repas. La cassolette de crevettes, je vous prie, suivie de mon pavé de bœuf comme d'habitude, si possible. Parfait. Et un pichet de… de quoi ?… de rouge ? Merci. Non, inutile de me montrer le menu. De toute façon, je le connais comme ma poche. Juste un café, s'il vous plaît, et… voyons voir… tenez ! pourquoi pas un grand *cognac* pour finir ? Je me sens snob ici. Non ! Je *suis* snob, maintenant que j'y pense. Ce restaurant italien haut de gamme (cuisine traditionnelle, gestion familiale) est plein d'hommes au visage niais et bouffi, à l'abdomen rondouillard, plein de femmes à la bouche sévère et mesquine, aux dents mal entretenues, de femmes qui n'ont pas l'air de beaucoup aimer coucher avec ces hommes, mais qui se débrouillent vachement bien dans le feu de l'action. Il est vrai que les hommes sont souvent d'une laideur repoussante (c'est le propre des pauvres mecs : tout le monde s'en fiche) et d'une maladresse remarquable face aux plats exotiques qu'ils commandent en bougonnant aux serveuses maternelles (« Non, je te dis qu'il faut y mettre du citron, connasse ! » disait un jour un gourmet à son amie un peu moins distinguée que lui). Mais il est vrai aussi que les femmes me zieutent pas mal : peut-être qu'elles devinent en moi un pauvre mec plein d'avenir, ou bien qu'elles me trouvent plutôt impressionnant et mystérieux, seul dans ce restaurant bondé avec mon livre de poche, mes cigarettes, mon vin, mon calme apparent.

Après avoir réglé l'addition, et sans oublier de laisser un généreux pourboire, je suis sorti dans la rue. Les pubs venaient juste de fermer, il flottait dans l'air une odeur plaisante de sauvagerie à l'état pur. Près du supermarché, j'ai remarqué une bagarre prometteuse déjà bien avancée. J'ai traversé la rue, je me suis joint au petit nombre de connaisseurs pour contempler avec eux le spectacle de deux gros types entre deux âges qui envoyaient un ivrogne valdinguer dans des poubelles. Ils ne se lassaient pas de leur petit jeu et ils ont continué longtemps après que l'ivrogne eut perdu connaissance. Ils ne semblaient pas avoir de raisons de s'arrêter… Mais ensuite, à bout de souffle, ils se sont essuyé les mains, et tout le monde s'est dispersé en écrasant du pied des bouts de dents et des bris de verre. C'est qu'on *redouble* de méchanceté. On arrête de tout encaisser. On fait comme on veut, maintenant. Je ne sortirais pas trop tard trop souvent, si j'étais vous. Il ne manque pas de gens, dehors, qui seraient bien contents de vous faire du mal. Ne tenez rien pour acquis ; et faites très attention. Ça me convient, tout ça, cette absence totale de sécurité. Je crois que je commence à apprécier la façon dont le monde évolue.

J'ai retraversé la rue pour me diriger vers la boutique porno du quartier, qui reste ouverte en nocturne. Je préfère qu'il y ait déjà un certain nombre de pervers à l'intérieur, et que ce ne soit pas la Jamaïcaine qui tienne le magasin : elle a la sale manie de se lever sans prévenir et de flanquer dehors tous les pervers. Ce soir-là, fort heureusement, c'était le propriétaire grec qui était assis à sa place derrière la caisse, en train de se curer tristement les dents avec une lime à ongles, et il y avait au moins six ou sept pervers alignés à intervalles irréguliers devant les présentoirs de pornographie, comme autant de rêveurs devant des urinoirs. Je les ai rejoints. J'ai feuilleté six ou sept revues qui se consacraient encore toutes, visiblement, à montrer aux hommes à quoi ressemble l'intérieur de vagins et d'anus féminins. Il y a des centaines de filles de ce genre dans chaque revue, des centaines de revues de ce genre dans chaque boutique, des centaines et des centaines de boutiques de ce genre sur terre. D'où viennent toutes ces filles, comment les trouvent-ils, comment s'y prennent-ils pour les convaincre de montrer à quoi ressemble l'intérieur de leur vagin et de leur anus ? À l'heure qu'il est, ils ont dû faire appel à presque toutes les filles du monde. Est-ce qu'ils ont mis Jan, Ursula, ou Phyllis de chez Dino à contribution ? Le moment ne va pas tarder à venir où ils auront épuisé le stock de filles consentantes. Il faudra alors trouver des moyens pour convaincre celles qui hésitent. Et on saura à quoi ressemble l'intérieur du vagin et de l'anus de toutes les filles. Belle perspective !

La nuit était électrique, la nuit était en italique. Lorsque des gouttes de pluie cinglante se sont mises à pointiller l'air, j'ai cru que le trottoir allait grésiller. Qu'est-ce qu'ils ont, tous les gens, à être encore debout si tard ? Trop chaud pour dormir ? Avec l'humidité, une odeur douceâtre de fruits pourris est montée d'une voiture des quatre-saisons oubliée dans la rue. Je me suis arrêté et j'ai levé les yeux. Je voyais des étoiles.

À quoi bon la salle de bains ? ai-je pensé en pénétrant dans l'appartement. Une fois dans ma chambre, je me suis versé un dernier verre pour la nuit (du whisky : plus efficace que n'importe quel brossage de dents), je me suis déshabillé, j'ai enfilé un vieux pyjama et je me suis vite mis au lit. Une cigarette… la journée écoulée… le bureau… le mois prochain… le futur… ah ! la vie… ah ! la mort… Je me suis gargarisé et j'ai écrasé ma cigarette. J'ai éteint la lumière et j'ai fixé le plafond. Mais le plafond ne voulait pas s'endormir. J'avais l'esprit occupé à mille choses.

C'est alors que mon oreille a tressailli : un son trop proche pour exprimer le chagrin humain, trop profond pour se distinguer du bourdonnement et du ruissellement de la nuit. Je me suis redressé et je me suis assis dans mon lit. Un bébé violacé arrivé à son dernier souffle, une folle errant dans le vide, un meurtre par étouffement sous un tas d'oreillers.

— Ursula ? j'ai demandé.

Ça a été l'affaire d'un instant. Je me suis contenté de baisser mon pantalon. Je me rappelle juste l'odeur, l'odeur de transpiration, de larmes, de liquide. Ses cuisses étaient froides et frissonnantes, mais elle bouillait de chaleur. Il fallait la ressouder, la colmater, la recoller. J'ai cru qu'elle allait se briser avant que je ne puisse réagir. Elle tremblait comme une folle. Elle respirait si fort que j'ai plaqué la main sur sa bouche pour la garder ici, l'empêcher de partir, la remettre d'aplomb. *Calme-toi*, je lui ai dit, épouvanté. Elle s'est allongée sur le lit et je me suis allongé sur elle. Ça a été l'affaire d'un instant. J'espérais n'avoir rien cassé.

— Il me déteste, elle a dit ensuite.

Je me suis éloigné de quelques centimètres.

— Lui ?

— Oui.

— À cause de moi ?

— Oui.

— C'est pour ça que tu… ?

— Oui. Il faut que quelqu'un s'occupe de moi.

— Il n'y a eu personne ?

— C'était toi ou lui.

— Pourquoi ?

— Mais ça n'a plus d'importance maintenant, hein ?

Je me suis retourné. J'entendais la pluie fraîche dégouliner sur la verrière. Je me suis demandé dans combien de temps elle retournerait dans sa chambre.

2. *Tu n'as pas encore touché le fond. Tu peux tomber beaucoup plus bas.*

GREGORY

Que s'était-il passé ?

Que s'était-il passé ? Je crois que j'ai dû errer pendant au moins une heure avant de comprendre que j'étais dehors, que j'étais quelque part, avant que le chagrin ardent qui me brouillait les yeux parvienne à se dissiper. J'étais sorti comme un ouragan dans la nuit. Soudain, je me retrouvais dans la rue ; soudain, les rues étaient noires, vides, froides. Aucun bruit, strictement aucun bruit, sauf l'éclat sec des voitures au loin et le murmure assourdi de l'air, comme sur un microsillon entre deux plages de musique. Où est-ce que j'étais ? Au sommet d'une butte, derrière un pont de chemin de fer que je distinguais en contrebas dans l'obscurité. En face, une faible lumière provenait de la bouche morte d'une station de métro ; juste à côté se trouvait une petite auto-école qui avait la prétention de laisser clignoter faiblement une enseigne au néon rose dans sa devanture. Derrière le mur en préfabriqué, au bord du trottoir, s'étendait un vaste terrain vague dont les profondes entailles dans la terre, les monticules de sable et les tranchées fumantes m'évoquaient un lieu bombardé et interdit d'accès. D'immenses grues dressaient la tête et projetaient leur silhouette menaçante au-dessus de moi. Que s'était-il passé ?

Plus bas, dans la rue, s'alignaient des maisons, des grappes de maisons tapies dans l'ombre (on aurait dit qu'elles avaient surgi de leur propre jardin). À en juger par le revêtement des façades en simili-brique et le bariolage ridicule des encadrements de fenêtres, je comprenais que j'étais en territoire nègre, dans l'enfer des zoulous entre Ladbroke Grove et Kilburn. Les voitures garées de part en part étaient des voitures de négros, des voitures bien trop voyantes pour que quiconque, à l'exception de négros, puisse supporter de les conduire. Mais les négros dormaient. Je n'éprouvais aucune crainte (de quoi, d'ailleurs ?). Je suis seul à présent, me disais-je, et j'avais l'impression d'être en possession de toute ma raison, comme cela ne m'était pas arrivé depuis des semaines, comme cela ne risquait pas de m'arriver, là-haut dans ma chambre, sur mon lit de torture. C'était par où, chez moi ? Je me suis mis à descendre la colline en direction du petit pont noyé dans l'obscurité.

C'est alors que je les ai vus : deux hommes, juste derrière le viaduc. J'ai hésité un instant (traverser ? Non). J'ai continué ma route. Un troisième homme a escaladé la clôture du chantier. La lumière jaune des lampadaires a vacillé. La fin approchait donc ? À travers les ténèbres plus épaisses du tunnel, je les voyais se détacher sur fond de lueurs rougeoyantes, l'air étrangement calme. Il y en avait deux qui étaient adossés au mur ondulé du préfabriqué ; l'autre, un jeune homme vêtu d'un manteau de vieillard, m'a regardé droit dans les yeux. Je suis entré dans le tunnel (continue, ne t'arrête pas), tout en profitant de l'obscurité pour ralentir le pas. J'ai marqué une pause. Un collet m'a serré la gorge au moment où les deux premiers se sont levés pour aller rejoindre leur acolyte. Avec un peu de chance, je pouvais les gagner à la course. Mais les contourner ? Non. Ces petites jambes insensées qu'ils avaient… Et pour courir où, de toute façon ? Pour m'enfoncer de nouveau là-dedans ? Pour tout recommencer ? Je me suis avancé jusqu'à la lisière des ténèbres, à dix mètres des trois hommes. J'ai marqué une pause. J'ai entendu de l'eau, un filet d'eau champêtre qui s'est mis soudain à ruisseler. Les hommes étaient maigres et sales, ils avaient les cheveux longs et ils paraissaient en dehors du coup, en dehors de tout, les nerfs à cran pour braver la vie des rues. Personne n'a bougé. Plus aucun bruit nulle part.

— Qu'est-ce que vous voulez ? je leur ai lancé, toujours dans l'ombre.

Ils n'ont pas avancé mais ils semblaient prêts à passer à l'attaque. De gros doigts me tenaillaient le cœur.

— Du fric, a répondu l'un d'eux calmement.

Mais je n'en ai pas, moi non plus ! Je suis à découvert !

— Écoutez, je leur ai dit. Trois livres et un peu de monnaie ! Voilà, prenez ! S'il vous plaît. C'est tout ce que j'ai, je vous jure !

— Trois livres, un homme a dit à un autre. Ils ont fait un pas en avant.

Le sol s'est dérobé sous moi.

— J'irai vous en chercher *d'autre*. Je… Puis deux mains lourdes m'ont attrapé par-derrière.

En me retournant, j'ai failli tomber à la renverse. J'ai senti que mon pantalon s'humidifiait, qu'une étrange chaleur l'envahissait. À quelques centimètres de moi se profilait un visage à la peau orangée, à la bouche édentée sur le devant. Il a éclaté d'un rire gras.

— *Holà !* a fait le visage. C'est de la *merde*, ce mec ! Vous sentez pas ? Il vient de *se chier dessus*.

Les trois autres se sont rapprochés.

— Ne me frappez pas, par pitié, j'ai dit en pleurant. Je vous file mon argent, mais par pitié, ne me frappez pas.

— En plus, il se fout à chialer. Pouah ! Sale chieur. Une sacrée merde, celui-là ! Putain de tapette de merde !

Tout en farfouillant dans mes poches, je me suis aperçu, même à travers l'angoisse et l'humiliation qui m'embuaient les yeux, que ce n'étaient que des mendiants en piteux état, de pauvres bougres jeunes et malades, pas plus costauds que moi.

— Je m'excuse, j'ai dit en leur tendant l'argent dans le creux des mains. Mais croyez-moi, c'est tout ce que j'ai.

L'homme aux canines acérées s'est remis à rire.

— Garde ton fric, petit merdeux. C'est ça, garde-le. Voilà ! Une bonne merde à sa mémère.

Je me suis éloigné en chancelant, puis je me suis mis à courir. Et eux à hurler, à hurler jusqu'à ce que je ne les entende plus.

— Dégage, petit merdeux. Dégage, rentre chez toi, va changer ton froc. Tire-toi, petit merdeux. Tire-toi, sale *merde*.

Deux heures. J'étais en bras de chemise devant la table de la cuisine, sur laquelle j'avais éparpillé la monnaie et les billets chiffonnés. J'avais enterré mon pantalon dans la poubelle. Je m'étais lavé à l'évier avec de l'eau, du produit vaisselle et le rouleau d'essuie-tout. Je me suis tourné vers la fenêtre noire. Mon visage flottait parmi les toits et les chapelets de lumières dans les couloirs des immeubles, un peu plus loin. Il me ressemblait, j'imagine, ou du moins il ressemblait à l'image que les autres se font de moi. – Tu n'as pas encore touché le fond, j'ai murmuré. Tu peux tomber beaucoup plus bas.

Ce mois-ci se terre dans des endroits jusqu'alors inconnus. Je les ai évités aussi longtemps que j'ai pu, et j'y ai assez bien réussi. (Je ne pouvais pas les affronter. J'ai pris sur moi toute la honte, en un sens. Pourquoi ?) En début de soirée, et pendant le week-end, je restais loin de l'appartement. J'allais m'asseoir dans des cafés fréquentés par des jeunes filles au pair et des étrangers de passage, par des femmes mûres et respectables, des hommes mûrs et élégants qui soignaient leur langage : des cafés où tout le monde connaît les ratages de tout le monde et où personne n'a d'autre lieu de prédilection. Je traînais dans les librairies, les foires d'antiquités et les friperies, je me mêlais à la cohue des hippies balourds, des escrocs patibulaires et des étudiants confiants qui trimballaient leurs précieux sacs en plastique. Je passais des après-midi entiers au cinéma, à côté de gosses bruyants et de retraités assoupis, en compagnie de jean-foutre anonymes et de clodos bougons (comment en ont-ils les moyens ? Je ne les ai pas, moi). J'essaie de ne jamais rentrer après 20h30. Je ne m'aventure pas en dehors des rues fréquentées où les étrangers continuent à dévaliser les magasins. Je n'ai de cesse de garder les yeux ouverts, de surveiller ce qui se passe autour de moi.

Arrêtez-moi si je me trompe, mais j'ai l'impression qu'il y a environ un tiers de la population autochtone de cette ville qui est atteint de folie : d'une folie évidente, patente, franche, insolente. Ils consacrent leur vie à commenter avec amertume le monde tel qu'il va, la lumière, le moment de la journée. Prenez un bus, et vous verrez six ou sept personnes, sur l'ensemble des passagers, en train de ronchonner sans motifs, les larmes aux yeux. Entrez dans un café à toute heure du jour ou de la nuit, et vous tomberez au minimum sur deux aliénés en train de s'agiter : il faut les raccompagner à la porte ou les flanquer carrément dehors, où ils vont se traîner, pousser des hurlements et brandir des menaces jusqu'à ce que quelqu'un trouve l'énergie de les chasser un peu plus loin. Marchez dans la rue, dans n'importe quelle rue, et vous trouverez la même proportion de gens qui n'ont rien d'autre à faire que de ruminer à longueur de temps, de ruminer leur haine, leur déception ou leur chagrin, ou même de ruminer tout court parce qu'ils sont laids, pauvres et fêlés. Ils devraient se rassembler, ils devraient s'associer (quel lobby puissant ne formeraient-ils pas !), ils devraient fonder un syndicat pour foutre en l'air tous les autres, pour les rendre *tonto*.

Est-ce que j'en suis là ? Non, pas encore. Mais je marche quand même sur des œufs quand je vais quelque part, et je tâte du pied les surfaces où je m'aventure. À tout moment, je ne serais pas étonné d'entendre un craquement.

Au travail, c'est devenu intenable. (En fait, ça a toujours été intenable, comme vous le savez, mais c'est encore plus intenable maintenant.) Ils m'engueulent sans arrêt. Ils m'engueulent quand je rentre en retard après avoir livré leurs tableaux de merde aux quatre coins de la ville (peut-être que je devrais leur parler de mes angoisses dans le métro. Peut-être que ça les rendrait plus aimables). Ils m'engueulent quand je laisse tomber des objets (et j'en laisse tomber pas mal, ces jours-ci). La semaine dernière, j'ai laissé tomber une théière et ils m'ont forcé à la remplacer, les enfoirés. Cette semaine, c'est un cadre que j'ai laissé tomber : un cadre hideux, forcément, mais qui avait une telle valeur qu'ils ne pouvaient même pas concevoir que je leur en achète un autre. À la place, ils se sont contentés de m'engueuler. Hier, ils m'ont engueulé devant de sympathiques étudiants avec lesquels je bavardais (apparemment, je m'étais trompé d'adresse sur la plupart des cartons d'invitation que j'avais envoyés pour un vernissage). « Ouste ! Filez dans la réserve ! » m'a crié Odette. Les étudiants ont eu l'air stupéfait. Moi aussi. J'ai pleuré un moment en nettoyant les cadres.

Et vous savez ce que j'ai mangé à midi l'autre jour ? (Ah, merci, mon brave Emil, oui, comme d'habitude, s'il vous plaît.) Un Mars. Un putain de Mars. Dur à avaler, hein ? Terry paie toutes les factures. On dirait qu'il s'en moque. Un jour, en rentrant du travail, je me suis aperçu que mon puissant téléviseur Grundig avait disparu de ma chambre. Je me suis dit qu'on était venu le saisir (je ne pouvais pas continuer à payer les traites). Je suis descendu et j'ai vu qu'il trônait dans la chambre de Terry. Je ne lui en ai pas parlé.

Je veux rentrer à la maison. Retourner dans cette grande maison chaleureuse. Me retrouver parmi des gens qui m'aiment. Je n'ai aucune arme pour me défendre contre ceux qui me détestent.

Le soir où nos vies se sont élucidées pour de bon, le soir où tout s'est éclairci, j'ai croisé Terry dans le couloir par hasard. Je venais juste de rentrer du travail ; il était en train d'enfiler une nouvelle paire de gants et il se préparait à sortir avec un livre pour aller dîner dans un bon restaurant de Queensway.

— Comment ça va ? il m'a demandé sur un ton agressif.

— Bien, j'ai répondu.

— Bon. Et à la galerie ?

— Bien, j'ai répondu.

— Bon. Tout baigne, alors ?

— Peut-être que je vais garder mon manteau, j'ai ajouté en hésitant, alors que je commençais à monter l'escalier.

— Ursula est dans sa chambre, il m'a crié, en train de broyer du noir pour une raison quelconque, comme d'habitude. Tu ne veux pas aller lui remonter un peu le moral ?

Pendant tout le mois qui vient de s'écouler, j'ai espéré qu'Ursula viendrait me voir, qu'elle viendrait me voir pour me demander pardon, et que j'en aurais envie. Je savais qu'on avait atteint un point de non-retour dans la dégradation de nos rapports, mais je me disais que je trouverais peut-être un moyen d'arrêter de la détester, un moyen d'éloigner cette furieuse solitude qui m'enveloppe désormais comme un lourd manteau. Pourtant, je n'avais pas envie qu'elle vienne. Non, vraiment pas. Je savais que je ne le supporterais pas, je savais que c'était insupportable. Je suis seul. Il ne faut pas se voiler la face.

J'étais assis près de ma fenêtre. J'avais toujours mon manteau sur les épaules (comme souvent en ce moment : signe que je suis là en transit, que je peux me sauver quand bon me semble. En plus, j'ai la trouille d'allumer le feu). J'étais assis près de ma fenêtre, j'observais les avions ondoyer entre les nuages gris. C'est alors que j'ai entendu les petits pas familiers.

— Gregory ?

Je n'ai pas pu me retourner.

— Oui ?

— C'est moi.

— Je sais.

— Tu ne veux pas me parler ?

— Impossible.

— Tu ne voudras plus jamais me parler ?

— Mystère. Je ne crois pas.

— Tu ne veux pas me regarder ?

— Impossible.

— Quand on était petits, on s'était juré de ne jamais être méchants l'un avec l'autre.

— Je sais.

— Pourquoi tu es méchant avec moi, alors ?

— Parce que je te déteste, j'ai dit.

— Tu n'as pas *le droit*. Qu'est-ce qu'on va devenir ?

Pourquoi faut-il que ce soit toujours les clichés qui vous fassent pleurer ? Je me suis affalé sur ma table et j'ai laissé jaillir un torrent de larmes, les plus salées que j'aie jamais versées. Toute cette eau qui coulait… d'où vient-elle ? J'ai senti sa présence dans mon dos. Je me suis retourné en sursautant.

Elle avait la main en l'air, prête à la poser sur mes épaules. Son visage était boursouflé par une violente migraine. Elle a approché sa main.

— Arrête ! je lui ai dit. Arrête ! je l'ai suppliée. Tu vas me rendre fou si tu me touches.

Plus tard, cette nuit-là, le tourbillon des sirènes s'est infiltré en biais dans mon sommeil. Je me suis retourné dans mon lit (fermez les portes, les portes. Des sirènes, ce n'est pas ce qui manque chez moi, dans ce quartier où les gens n'arrêtent pas de se déglinguer ou de devenir *tonto*. Elles doivent toujours être à l'affût, prêtes à intervenir). J'avais rêvé que je descendais une rue bombardée ; des enfants jouaient, l'air avait la nostalgie de cette harmonie perdue : la batte frappant la balle, les chaussons effleurant les cases de la marelle, la corde à sauter caressant le sol, le cri aigu de leurs faibles protestations ; je suis arrivé à la maison que je cherchais ; j'ai frappé à la porte et je me suis retourné pour jouir du spectacle des enfants ; le silence était retombé et j'ai vu en sanglotant que ce n'étaient pas des enfants, en réalité, mais de vieux nains cinglés, tous autant qu'ils étaient, qui traversaient la rue à ma rencontre, le visage bouillonnant de colère… Les sirènes braillaient, elles réclamaient du sang. J'ai ouvert les yeux. Un gyrophare bleu lançait des éclairs dans ma chambre comme un boomerang fantomatique : *zou, zou, zou*. Je me suis assis dans mon lit en frissonnant. Lorsque j'ai descendu l'escalier, le hurlement des sirènes résonnait comme un avertissement. J'ai ouvert la porte de l'appartement.

Et d'un seul coup, j'ai tout reçu en plein visage : la gifle de l'air froid qui entrait par la vitre brisée, la vision des hommes qui s'affairaient autour de l'ambulance béante, la silhouette de la fillette en morceaux dans sa chemise de nuit blanche.

Je suis tombé à genoux.

— Terry, j'ai crié. Au secours, quelqu'un !

Le palier a vacillé, j'ai glissé à terre. Le boomerang du gyrophare continuait au-dessus de moi, de plus en plus proche, de plus en plus intense, jusqu'au noir total.

# XI

## *Novembre*

### *1. Là ! Pas mal, hein ?*

TERRY

Quelle histoire ! Vous voulez savoir comment elle est morte, ma sœur *à moi* ? Ça, c'est dur à avaler.

*Zou.* Terence installé à la table carrée, dans l'angle de la grande pièce, ses devoirs étalés sur la nappe verte. Assis dans le fauteuil, près du poêle où brûlent trois bûches, mon père, sa stature, sa masse, ses cheveux roux et dégarnis de bon villageois qu'il a mouillés et plaqués sur son crâne. Rosie est en retard. La fumée qui s'échappait de sa pipe humide formait comme un plateau gris à la hauteur de la table, et lorsque je pivotai sur ma chaise pour le regarder à travers ce nuage hypnotique (pour voir jusqu'où allait sa colère, pour lui dire à toute allure comment c'est de l'autre côté), j'eus l'impression de me situer à un niveau supérieur, semblable à un dieu ou à un scientifique qui observerait le comportement d'animaux bien dressés. Ça va être terrible, me dis-je ; mais bien sûr, une autre voix (une voix perverse, une voix en sens contraire) me soufflait : ça va être sensationnel. Où est le mal de crâne ? Quelque part en bas.

On entendit la porte d'entrée se refermer d'un coup sec. Je me tournai à nouveau lorsqu'elle entra dans la pièce – lorsqu'elle entra en laissant tomber ses affaires sur des chaises, en disant bonjour à son père et à son frère, sans appréhension. Il ne lui fit aucune remontrance sur son retard. Aucune réaction de sa part, rien. Il était assis devant le feu et fumait sa pipe… Comme il devait le savourer, ce sentiment de colère légitime dont il différait la manifestation, ravalant à petites gorgées sa violence pour nourrir la formidable engueulade qui couvait. Rosie vint à ma table en clopinant, sourire aux lèvres : elle s'assit et gribouilla des dessins jusqu'à l'heure du repas. Elle se sentait bien. Elle avait sept ans.

Mon père, comme toujours, prépara le dîner (de la nourriture bon marché, des aliments de base, des produits nocifs pour le teint qu'il faisait invariablement frire), tandis que ma sœur, comme d'habitude, mettait la table (elle était aussi de vaisselle, depuis la disparition de ma mère) et que moi, comme d'habitude, je ne faisais rien. Rien d'autre qu'écouter ce vieux tintement inquiétant, cette fausse clarté déchirante des sons, ce vacarme qui s'éloigne juste au moment où il paraît augmenter, puis qui augmente à nouveau, s'éloigne, et recommence à augmenter.

Il mange d'un appétit méticuleux. Le silence, il l'impose par l'assurance avec laquelle il manie sa fourchette : il y place un représentant de chaque aliment du repas (un bout de saucisse, quelques haricots, un morceau de blanc d'œuf, des graines de tomate), puis il baisse la tête, engloutit le tout, et regarnit sa fourchette en mâchant sa bouchée. Il se met à parler sans lever les yeux. Il ne lève pas les yeux. Moi non plus.

Tu étais encore en retard, Rosie.

J'ai dû aller chez Mandy. J'avais prévenu.

Ne me coupe pas la parole, s'il te plaît. Ne me coupe plus jamais la parole. Tu étais encore en retard, Rosie. Tu sais comme ça me met en *colère*…

Papa, je te l'avais dit.

Et moi, je t'ai dit de ne pas me couper la parole. Je te l'ai dit, oui ou non ?

Oui, papa.

Alors, ne me coupe pas la parole, s'il te plaît. On recommence. Tu es en retard. Ça me met en colère. Je ne serais pas en colère si tu n'étais pas en retard. Mais tu es en retard. Ça me met en colère.

(J'ai du mal à l'entendre à présent, tellement la pièce résonne. Il refuse de lever les yeux, il ne se laisse pas ébranler, il ne cède pas un pouce… J'attends les larmes de Rosie, bien qu'elle ne pleure jamais.)

Tu sais ce qui se passe quand je suis en colère. Et je suis en colère parce que tu es en retard. Je suis en colère. Tu sais ce qui se passe. Mais tu es quand même en retard.

Il se lève et se retourne. Complètement immobile, dos à nous. Il se tient devant la cuisinière, comme si ses boutons pouvaient l'aider à maîtriser ce qui lui arrive. Il reprend.

Tu sais tout ça et pourtant tu es en…

Je lève les yeux et j'aperçois Rosie debout. Elle a le visage brûlant. Brûlant de quoi ? D'indignation, l'indignation d'une personne touchée au vif qui veut provoquer l'autre. Elle longe la table dans sa direction et se met à parler :

*Arrête, arrête*, laisse-moi *tranquille*…

*Zou*. Volte-face du père. Et *vlan* ! La voilà qui voltige en l'air dans tous les sens, puis qui s'écroule par terre aussitôt : vidée, brisée, morte.

Il refait demi-tour. Il repose la poêle sur la cuisinière. Il s'avise de se laver les mains. L'air me démange le cœur. Je sens que j'ai sali mon pantalon. Il s'essuie les mains et va chercher son manteau, qui était suspendu à la porte de la réserve. Il vient vers moi. J'espère qu'il ne sentira pas l'odeur, me dis-je ; il me tuera s'il s'en aperçoit.

Je pars, dit-il. Je ne reviendrai plus. Ne t'inquiète pas. Je leur raconterai tout. Tu n'y peux rien. (Il fait un geste vers le corps de Rosie. Il hésita.) C'était elle ou toi. Je sais pas pourquoi. Tu n'y peux rien.

J'enlève mon pantalon dans la chambre, il y fait froid. Et je vais l'enterrer dans la poubelle de la cuisine. Je ne jette pas un œil sur ma sœur. Puis je monte me cacher. Je n'y pouvais rien.

Là ! Pas mal, hein ? En fait (entre nous soit dit), cet épisode est devenu un peu abstrait et il n'est pas de nature à m'obséder. Oh ! Il a bel et bien eu lieu : j'y ai *assisté*, il s'est passé *pour de vrai*. Mais, aujourd'hui, son souvenir se présente juste à moi comme un casse-pieds qui viendrait me taper sur l'épaule, comme la copie remarquable d'un film sans autre intérêt particulier, comme un handicap, un truc de seconde main. Adieu, Rosie. Tu t'en es bien sortie pour finir. Qui a besoin de toi ? Pas moi.

Du côté d'Ursula, disons que la situation s'arrange également. Ni autopsie ni rien, Dieu merci… Le juge, baissant ses lunettes : « Voyons, Mr Service, "seigneur de grand chemin", selon la description de votre dossier. Des quantités de sperme plébéien ont été trouvées… » Non, avec son lourd passé de troubles psychiques, ses tentatives de suicide antérieures et ainsi de suite, tout a été expédié comme une simple formalité. Elle a été incinérée *sans hic*. Ni sa mère ni son père n'ont pu descendre pour la cérémonie, j'y suis donc allé avec Greg en qualité d'anciens anges gardiens. C'était triste. Nous avons pleuré tous les deux. Il faut dire que nous ne l'avions pas très bien gardée, hein ?

Bien sûr, j'ai décidé que je n'étais pas du tout responsable de son acte. Les propos que je lui ai tenus, après cette scène grotesque dans ma chambre, n'auraient pu être plus cléments ni plus conciliants : je n'ai fait que souligner, avec douceur mais fermeté, que je ne pouvais en aucun cas me porter garant d'elle, qu'il arrive un moment où l'on ne peut plus se charger des gens tout en voulant réussir sa propre vie, qu'elle était seule désormais – seule comme moi, comme

Gregory, comme tout le monde. Je ne lui ai jamais dit que je l'abandonnerais. Je ne lui ai jamais dit que je ne l'aiderais pas en cas de besoin.

Mais Gregory, *lui*, a décidé d'assumer une part de responsabilité. Il est clair, et même assez douloureux, de voir que la rupture qui s'est produite avec sa sœur, ce soir-là, a été pour lui plus cruciale que ce pouvait être le cas pour moi. Les premiers jours ont été difficiles : nous trois dans l'ambulance, Gregory gardé quarante-huit heures pour une cure de calmants, les messages curieusement insensibles de Rivers Hall, le retour de Greg dans sa chambre, son air de volatile égaré sur terre, sa pâleur, ses larmes, l'étrange légèreté de sa présence. Je n'aime pas le croiser en ce moment. Son chagrin manque de virilité et de noblesse. Il fait horriblement peine à voir dans son désarroi, passant ses journées à regarder par la fenêtre, comme si les toits pouvaient soudain se transformer et se renouveler sous ses yeux.

Il est sorti de l'hôpital depuis… voyons, environ deux semaines et demie. Le premier lundi après sa sortie, il est retourné à la galerie. Lorsque je suis rentré du travail, je l'ai trouvé assis à mon bureau, en train de fixer le ciel d'un œil morne. Il n'avait pas allumé la lumière ; le sodium jaunâtre des lampadaires jouait sur son visage maladif.

— Salut, mon p'tit, je lui ai lancé. En forme ?

— J'ai plaqué mon boulot, il a répondu.

— *Bon Dieu !* Tu veux boire quelque chose ?

— Oui. Oui, s'il te plaît. Plaqué mon boulot.

— *Pourquoi ?* Putain, mais qu'est-ce que tu vas foutre ?

— Je leur ai dit que je partais. Qu'ils pouvaient se le garder.

— Qu'est-ce qu'ils ont répondu ? Ils vont te le rendre ?

— Je ne supportais plus. Plus rien. Ni eux ni le boulot.

— Qu'est-ce qu'ils ont répondu ?

— Qu'ils comprenaient. C'était pas un très bon boulot de toute façon.

— Qu'est-ce que tu vas faire ?

Il tenait son verre de whisky entre les mains, contre sa poitrine, et il baissait les lèvres pour siroter.

— Je sais pas encore, il a dit. Il y a plein de choses que je peux faire. À partir de l'an prochain. Je vais en parler avec Père. Quand nous serons rentrés à la maison pour Noël. Tu viens fêter Noël avec nous, n'est-ce pas ?

— Où est-ce que je peux aller d'autre ?

— Terry, qu'est-ce que tu as ressenti… Ça te gêne que je te pose la question ? Qu'est-ce que tu as ressenti quand ta sœur… ?

— De la tristesse et de la peur, j'ai répondu.

— Moi aussi, il a dit.

— Mais plus de peur, en un sens. J'avais peur pour moi, peur de ce qui m'arriverait.

— Hum ! Exactement comme moi. Je suis content que tu aies ressenti la même chose.

— Et maintenant, c'est comme si j'avais perdu deux sœurs, j'ai ajouté avec un brin d'audace.

— Oui, comme si tu en avais perdu deux. (Il a levé les yeux.) Ça a dû être très dur pour toi, Terry.

— Pas si dur que ça.

Une nuit, vers la fin du mois (les cours du soir venaient de se terminer à la fac et on avait organisé un pot d'adieu), je rentrais sur Queensway en tanguant sous mes rots, dans l'air froid qui me revigorait les joues engourdies. J'ai tourné à gauche sur Moscow Road et, cédant à une impulsion irrépressible, j'ai coupé par le parking derrière le Renard intrépide. J'avais fait une dizaine de mètres dans le noir lorsque j'ai vu la quantité défoncée de sacs-poubelle sous la lampe de l'entrée de service. Je me suis avancé. Je savais qu'il serait là, et il y était : une masse de malheur et de crasse, un tas compact de compost, entouré de cadavres de bouteilles de cidre et de taches rougeâtres de vomi. Je me suis approché. Je croyais n'avoir d'autre ambition qu'un de nos petits dialogues pseudo-socratiques, mais c'était sans compter que j'étais d'humeur légèrement différente ce soir-là.

— Eh bien, *salut !* je lui ai lancé. Salut, c'est moi, la petite merde.

Une voiture est passée dans la rue, balayant d'un rayon lumineux le visage du hippie déglingué. Il était éveillé, il avait les yeux ouverts, il m'avait observé.

— La grosse merde, il a rectifié.

— Le moral au beau fixe ? Toujours aussi gâté par la vie ?

— Ouais.

— Y a des mecs qui ont une de ces veines... Dis donc ! T'as fait des aménagements, non ? Ça a l'air différent ici. T'as tout fait remettre à neuf ou quoi ? T'as encore balancé ton fric par les fenêtres ?

— T'es pas drôle.

— Toi non plus. T'es rien du tout. Je t'échangerais pas contre une crotte de chien.

— Va te faire foutre.

— Me faire foutre ? *Moi*, me faire foutre ? Fais gaffe à ce que tu dis, pauvre clodo. (Je me suis mis à genoux et j'ai ajouté à voix basse :) Je pourrais te faire ce qui me chante, espèce de sale hippie. Qui serait là pour te protéger ? Qui en aurait quelque chose à foutre de ce qui t'arrive ? Personne pour s'en apercevoir, tout le monde s'en balance.

— Va chier, espèce de merde.

Je me suis redressé. Il avait une main pliée qui dépassait de son gros manteau. J'y ai posé le pied gauche et je l'ai écrasée de toutes mes forces.

— Répète un peu ce que tu viens de dire.

— J'ai dit : va chier, espèce de *merde.*

Je l'ai frappé comme j'ai pu sur la tempe. J'avais essayé de maintenir mon pied gauche sur sa main pour prendre un meilleur appui, mais j'ai à moitié perdu l'équilibre en cognant. Ce qui a décuplé ma colère. En deux temps, comme un joueur de rugby avant de frapper le ballon, je lui ai décoché un coup de pied juste sous la mâchoire. Claquement mou lorsque sa bouche s'est refermée, suivi d'un impact plus sourd lorsque sa tête a heurté le béton. Il a roulé sur le côté en gargouillant. Son manteau troué s'est relevé, laissant apparaître une partie de son dos nu et la chaînette de sa colonne vertébrale qui disparaissait sous sa ceinture. Est-ce que je devais aussi frapper là, dans ce tube fragile qui contenait encore tant d'éléments vitaux ? Ça me ferait *vraiment* du bien. Il a roulé un peu plus loin. Non. Pour quoi faire ? Il avait son compte. J'ai tiré un billet de dix livres de ma poche et je l'ai glissé dans sa main écrabouillée. Ce n'était que justice. Justice pour lui, justice pour moi. Alors que je m'éloignais en tanguant sous mes rots, j'ai entendu des pas étouffés accourir. Un instant, je me suis senti envahi par la peur, mais en me retournant, j'ai vu que ce n'étaient que deux ou trois potes à lui, des hippies tout aussi déglingués qui venaient à la rescousse de leur ami et partager son argent.

Mille sept cent cinquante livres ? Ils *se moquent* du monde.

J'étais au bureau le lendemain matin, et je feuilletais les journaux en somnolant (plus on a de pouvoir ici, moins on en fait apparemment), lorsque mon regard a dévié un instant des mots croisés pour glisser vers les petites annonces, parmi lesquelles j'ai relevé la suivante :

GALERIE D'ART RECH. ASST. J. h. (21-25 ans). Bonne éduc., bonne présent. Galerie privée, quartier Mayfair. Pas d'exp. nécess. Odette ou Jason Styles. Tél. 629-3095. Sal. £ 1 750/an.

Pas étonnant qu'il ait perdu la tête. Payé au lance-pierres comme ça ! J'ai pivoté sur mon fauteuil quelques minutes. C'était forcé, je me suis dit : *forcé*. J'ai composé le numéro et j'ai parlé à une femme qui avait la voix cassante. J'ai pris rendez-vous pour l'heure du déjeuner le lendemain.

— Oui, Veale, j'ai dit. Stanley Veale.

Je mettrais mon nouveau costume en velours noir, la chemise jaune que je me suis achetée et une cravate. Je me nettoierais les ongles et je me plaquerais les cheveux sur la tête. J'arriverais à l'heure.

— Bonjour.

— Mr Veale, n'est-ce pas ? Bonjour.

— Oui. Enchanté.

— Voulez-vous bien me suivre dans le bureau ? m'a demandé une énorme montagne féminine qui sentait la ménopause à plein nez. Mon mari nous y attend.

Nous avons traversé la galerie, elle et ses cuisses froufroutantes, ses chaussures qui cliquetaient sur le sol en liège, moi dans son sillage. On se serait cru sur un plateau de cinéma éblouissant, dans un décor exemplaire construit dans le seul but de filmer notre avancée historique.

— Nous y sommes, a-t-elle dit alors que nous pénétrions dans les ténèbres plus épaisses du bureau. Voici… Stanley Veale. Je vous présente mon mari, Jason Styles.

— Enchanté, j'ai dit à l'homuncule odieusement bien portant qui se tenait sur le qui-vive, à côté d'un classeur gris.

— Asseyez-vous, Stanley, je vous en prie, il m'a répondu.

À mesure que je m'inventais un *curriculum vitae* mensonger (licence d'histoire de l'art à l'université du Kent, suivie d'études complémentaires au Courtauld Institute), je sentais monter l'impatience de mes interlocuteurs : ils étaient assez polis pour bien vouloir m'écouter jusqu'au bout, semblait-il, mais ils avaient également hâte que cet intermède de formalités touche à sa fin. Je sentais aussi, à mesure que je dévidais mes mensonges, l'atmosphère particulière de l'endroit : l'humidité déprimante du canapé où j'étais assis, l'air exsangue, la pièce suffocante.

— Je vois, a dit Mr Styles en jetant un coup d'œil vers sa femme. Puis-je vous demander quelque chose ? Quelle est votre… votre ambition ? Comment notre galerie s'insérerait-elle dans vos projets de carrière ?

— Je dirais que mon ambition est d'apporter ma contribution, si minime soit-elle, au monde de l'art en général. J'ai déjà visité votre galerie par le passé, naturellement, comme un amateur d'art ordinaire. Et il se trouve que j'y suis souvent revenu. J'aime les œuvres que vous exposez, c'est du beau travail, et je voudrais prendre part à l'ensemble du processus.

Une réponse type parfaite, j'ai pensé ; mais de nouveau, ils ont eu l'air déçu, contrit, presque gêné.

— Hum ! C'est que, voyez-vous, a dit Styles, il n'y a vraiment pas grand-chose pour vous, ici. La galerie fonctionne à peu près toute seule. Nous, on attend et on espère, ni plus ni moins. Le problème avec nos assistants précédents (il a émis un petit rire), c'est qu'ils avaient toujours *trop* d'ambition, qu'ils s'intéressaient toujours à trop de choses. En fait, nous cherchons quelqu'un qui n'ait *aucune* ambition, à vrai dire *aucun* intérêt.

À vrai dire ?

— C'est un travail calme, a dit Mrs Styles. Il conviendrait à un jeune homme calme.

— Je vois, ai-je dit calmement. C'était pour cela… C'est pour cela qu'il est libre aujourd'hui ?

— Ah non ! elle a répondu.

Ils se sont tous les deux détendus. Elle a repris :

— Le dernier assistant était assez différent. Nous l'aimions beaucoup tous les deux, mais c'était un garçon très malheureux et très instable. Il avait un certain talent, mais il était un peu… bref ! Il ne convenait pas pour…

— Et puis, il lui est arrivé un drame dans sa vie privée.

— Il a été un peu dépassé par les événements…

— Nous avons donc dû le laisser partir, à regret.

— Je vois, j'ai répliqué. *Putain !* Il s'est fait virer d'*ici* ?

— C'est bien triste.

— Mais le salaire n'est pas mirobolant, comme vous le savez, a poursuivi Mr Styles. Pour être franc avec vous, nous ne chercherions pas à remplacer notre jeune homme si nous pouvions faire autrement, vu notre budget serré. Mais quand l'un de nous deux tombe malade et qu'il faut aller à la poste…

Leurs yeux se consultaient depuis un moment.

— Autant dire qu'on vous offre l'emploi s'il vous intéresse. Vous n'avez même pas besoin de vous engager pour longtemps. Réfléchissez et donnez-nous un coup de fil.

Que je réfléchisse et que je vous donne un coup de fil ? Que *moi*, je réfléchisse, et que je vous donne un coup de fil, *à vous* ?

Pauvre Gregory. Pauvre connard. Sa situation doit vite évoluer en ce moment. Plus vite qu'il ne s'en rend compte.

J'ai eu d'autres nouvelles de Rivers Hall, après de longues conversations chérotes avec la mère de Greg au téléphone. Elle ne se fait plus de souci pour Ursula. « Comment peut-on se faire du souci pour les morts ? » m'a-t-elle demandé. Ursula est morte et enterrée ; je suis bien d'accord, impossible de le nier. Mais mon passé aussi est mort et enterré, en un sens : ce que j'ai vécu avec elle, avec eux, avec lui. La mère de Greg dit qu'elle a maintenant d'autres sujets d'inquiétude. Des sujets nouveaux. Elle savait que Gregory coulait ; elle le savait, même avant la disparition d'Ursula. C'est pourquoi elle ne veut pas le mettre encore au courant. Elle m'a expliqué de quoi il s'agissait. Je ne dois pas le lui répéter. Je dois juste me débrouiller pour qu'il monte la voir, et elle se chargera de tout lui raconter. Mais à vous, je vais le dire :

Le père de Greg est fauché. Être fauché, ça fiche la trouille à sa femme. Ça lui fiche la trouille à lui aussi. Être fauché, ça risque de lui faucher la vie. Son cœur a refait une attaque. Et ils pensent que ça peut être fatal, cette fois.

*2. On rentre tôt pour Noël cette année.*

GREGORY

Voilà. Ça y est. Tous les traits de mon identité ont été chamboulés. Où sont-ils ? Je ne les retrouverai plus jamais.

J'ai plaqué mon boulot. Oui, plaqué, c'est aussi simple que ça. Odette et Jason étaient assis dans leur bureau, je me suis approché d'un air dégagé et je leur ai annoncé, avec l'indolence qui me caractérise, que je n'étais plus disposé, merci bien, à gaspiller mes journées pour…

Non, faux. Ils m'ont viré. Viré. Ils m'ont fait venir dans leur bureau pour me dire que je n'étais plus à la hauteur. (À la hauteur de quoi ? *À la hauteur* de *ça* ?) Ils m'ont donné quatre-vingts livres en liquide. Ils ont ajouté qu'ils étaient désolés. Sans doute qu'ils l'étaient.

Vous allez peut-être penser qu'ils m'ont viré parce que je ne voulais pas baiser avec eux. En fait, je ne crois pas que ce soit la raison, parce que je les ai plus ou moins baisés. Vous vous souvenez de l'après-midi où elle a renversé le café sur mon pantalon puis où elle a essayé de se faire baiser ? En fait, c'est moi qui ai renversé le café et qui ai essayé de la baiser. Sans ménager mes efforts mais sans y réussir pour autant (*d'accord*, elle m'a laissé lui caresser ses horribles nichons et ainsi de suite, mais elle n'était pas très chaude pour aller plus loin. Elle m'a dit qu'elle ne voulait plus recommencer avec moi. Pourquoi ? Qui c'est qui a changé ?). Jason m'a sucé. Une fois. Je l'ai sucé. Deux fois. Je m'y suis collé parce que je pensais qu'ils pourraient me virer si je lui refusais cette faveur. Je m'y suis collé, et ils m'ont quand même viré. Bon sang. Mais je suppose que je ne peux pas leur en vouloir, vu que j'étais tout le temps silencieux et *tonto*.

C'est arrivé en milieu de matinée. Je suis rentré chez moi à pied avec quatre-vingts livres en poche (une chance que personne n'en ait rien su). Je me suis assis dans la chambre de Terry, à côté de celle d'Ursula. Je me fais tout le temps du souci pour Ursula, beaucoup plus de souci que lorsqu'elle était en vie. À l'époque, on pouvait agir. Comme le chagrin est proche de la nausée ! J'ai tout le temps envie de vomir. Je passerais mon temps à vomir, si j'en avais la force.

Ce n'était la faute de personne. C'était inévitable, aussi inévitable que tout ce qui m'arrive. Je regrette seulement de lui avoir parlé sur ce ton. Dieu me punisse de lui avoir dit ce que je lui ai dit. Comment j'ai pu *oser* ? Je n'avais jamais été désagréable avec elle avant. Terry est-il au courant ? J'espère qu'il n'ira rien raconter.

Nous avons discuté lorsqu'il est rentré. Ça s'est bien passé ; il est beaucoup plus détendu maintenant. Nous avons parlé de la maison. Mère et Père sont croyants. Ils ne croient pas qu'il faille se faire du souci pour les morts. J'espère qu'ils ont toujours cette croyance. On verra bien. On rentre tôt pour Noël cette année.

Ça me fait tout bizarre de sortir en ce moment. Je ne travaille pas (et c'est inutile de chercher un nouveau boulot à quelques jours des vacances). J'ai l'impression d'être un imposteur ou un fantôme, de faire vaguement acte de présence ici ou là. Ils ont une telle densité, une telle énergie, les autres. Ils renâclent et transpirent dans le froid. Les plus mesquins me jettent des regards curieux et hostiles. (Ils ne m'aiment pas. Mais qui m'aime, après tout ? Les babillements des étrangers que je surprends au hasard – ils parlent des langues dont je n'ai jamais entendu parler – me parviennent à la cadence de jurons, de malédictions ou de menaces.) Avant, j'aimais les voir me dévisager. Plus maintenant. J'aimerais ressembler un peu plus à Terry. Si déplaisante que soit son allure (et elle l'est), il a cet atout essentiel, que je n'ai pas, d'avoir l'air de *quelqu'un*, d'un individu taillé d'une seule pièce qui ne perd pas la vie de vue. Contrairement à moi, je le sais. Avant, j'aimais l'air que j'avais, et j'aimais l'air dont on me regardait. Mais tout est de travers maintenant, et j'aimerais avoir l'air de tout le monde.

Que s'est-il passé ? Qu'est-il advenu des gens qui voulaient bien me protéger ? Kane et Skimmer ne téléphonent plus et ne passent plus me voir. Mais pourquoi s'en feraient-ils un devoir ? Je n'ai jamais rien eu à leur offrir et je n'avais pas assez d'argent pour sortir. (De toute façon, ils n'ont jamais compté pour moi. C'étaient des enculés, des enculés de première.) Au début, je comptais pour Torka, mais maintenant, avec sa cour de voyous, il me trouve ridicule. (Je suis persuadé que si je retournais chez lui *une fois de plus*, ils me tabasseraient pour s'exciter sexuellement, ou juste pour s'amuser.) Peut-être qu'Odette et Jason Styles auraient pu s'occuper de moi à un moment. Ils m'appréciaient *beaucoup*, je le sais. (Mais pas tant que ça non plus.) Je vois les clochards, les grappes de clochards tapis derrière les pubs, transpirant d'animosité. Ils ne ressemblent plus aux clochards d'avant. Ils ne sont plus vieux, ni petits, ni tout emmitouflés comme avant. Il y en a parmi eux qui ont l'air plutôt jeune. (Il y en a parmi eux qui ont l'air plutôt riche.) Peut-être que ce ne sont pas tous des clochards. Ou bien alors, il doit traîner des masses de clochards.

Je n'aime pas rester dehors trop longtemps (normal, il fait un mois de novembre très froid). J'aime vite rentrer au chaud. J'aime somnoler sur le lit d'Ursula l'après-midi (la pièce est petite. On peut la réchauffer par sa seule présence). Son futur en suspens et mon passé en deuil se mêlent dans mon esprit. Les épreuves qui l'attendent dans la mort ne sont sans doute pas très différentes de celles qu'elle a subies de son vivant : les nouvelles écoles, la haine des camarades, les voix dans la tête. Le passé dessine des méandres ; on plonge et on émerge de ses royaumes perdus qui continuent à scintiller. Je n'aime pas m'endormir sur son lit. Car, dans ce cas, je me mets à rêver. Et j'ignore ce qu'on est censé faire de ces putains de rêves. On est toujours endormi quand ils se produisent. C'est peut-être le sommeil qu'il faut accuser, avec sa manie de tromper le monde et de vous faire jouer les autruches. Les rêves n'oseraient pas faire ce qu'ils me font quand je suis éveillé. C'est la raison pour laquelle ils attendent que je sois endormi pour rattraper leur retard.

Je reste allongé sur le lit d'Ursula jusqu'au retour de Terence. Nous bavardons, et il m'offre assez souvent de son whisky. Mais aussi, je bois assez souvent de son whisky avant son retour. Il regarde la bouteille, puis il me regarde. J'ai honte. Je me demande bien ce qu'il peut penser de moi ces jours-ci.

Noël à Rivers Court. Une scène de dessin animé, une scène à la Dickens : le manoir enseveli sous un manteau de neige, les fenêtres dorées où se reflètent les grands feux crépitant dans les cheminées, les préparatifs avant le miracle… Les paysans et les laboureurs qui chantonnent des mélodies dans la cour (sont-ils jamais venus ? Si oui, on leur apportait des boissons chaudes), la grosse cloche du village qui égrène ses notes au lointain, le vacarme tonitruant qui provient du quartier des domestiques (s'il y en avait un. Avons-nous jamais réservé un quartier aux domestiques ?), le silence resplendissant du salon, dans l'aile est, lorsque nous nous rassemblons devant les hautes tours de *présents* autour du sapin de Noël en cristal. La famille reprend des forces. Je revois presque mon visage, dansant et virevoltant dans le tourbillon des réjouissances et des souvenirs. Le voilà ! L'avez-vous vu ? Vingt Noël me remettent sur pied, vingt Noël me remettent d'aplomb : ma belle stature cahote dans la machine à remonter le temps, mes vêtements changent comme un cacatoès multicolore, des bras se tendent vers moi comme… comme…

Arrête ton char, Greg ! avons-nous jamais été aussi heureux et aussi nobles (sans compter que c'est Rivers Hall, pas Rivers Court, enfoiré de menteur : une propriété, pas un château) ? Mes parents étaient sans doute vieux et *tonto* bien avant que nous ne nous en soyons rendu compte, et ma sœur et moi avons toujours pris le même chemin… Je vis davantage dans le passé maintenant. Dieu seul sait pourquoi. Avant, je pensais que je ne m'étais pas amusé depuis mes vingt ans. Maintenant, je me demande si je me suis jamais amusé depuis mes dix ans.

La sonnerie du téléphone a retenti brusquement : comme pour m'effrayer ou me mettre en garde. J'ai décroché. J'ai répondu :

— Oui ?

— Te voilà enfin ! Écoute bien, Terry. Ça empire à vitesse grand V. *Personne* n'est foutu de dire pour combien de temps il en a. Fais venir Gregory le plus vite possible. Dès que possible, d'accord ?

Je me suis redressé et je me suis assis dans le lit. C'était la voix de ma mère. Et je ne suis pas Terry. Je me suis penché en avant. Je voulais lancer le téléphone contre le mur ou le fracasser par terre.

— Maman, c'est *moi*, j'ai dit. C'est *Gregory*.

— … Ah ! *Greg*… ory.

Elle a marqué une pause (aucun affolement dans le silence), puis je l'ai entendue raccrocher doucement.

Je me suis levé et je me suis habillé. Je me suis mis en route.

Il m'a fallu cent minutes atroces pour le trouver.

J'ai marché jusqu'à l'arrêt de bus (vrombissement d'un hélicoptère qui volait à basse altitude, vision d'un chat qui griffait la vitre, debout sur une table dans un restaurant vide) avant de me souvenir que je n'avais pas la moindre idée de l'endroit où travaillait Terence. Dans une cabine téléphonique qui puait l'urine, je me suis débattu avec les annuaires. Mais qu'est-ce que je cherchais ? Je suis rentré à la maison en courant. Sur une de ses feuilles de paie astronomique figurait une adresse imprimée. Mais où diable était le viaduc de Holborn ? Je suis retourné à l'arrêt de bus en courant. Sur le panneau, j'ai consulté les horaires jaunes qui ne voulaient rien dire. J'ai fouillé mes poches en guettant un taxi. Je n'avais pas d'argent. *Pas un sou*. (Où étaient passées mes quatre-vingts livres ? Quelque part : dépensées en cafés, en boîtes d'allumettes, en tickets de bus.) Je suis rentré à la maison en courant. J'ai vidé mes tiroirs et mes poches. Dix-huit pence. Je suis descendu dans la chambre de Terry. Dans le tiroir où il conserve son argent se trouvaient plusieurs billets de cinq livres. J'en ai pris un. Puis un deuxième. Je suis ressorti en courant. Il n'y avait pas de taxis. (Normal, il pleuvait.) Je suis retourné à l'arrêt de bus en courant. Le 88. Je suis monté. J'ai interrogé les nègres. Changé deux fois de bus. Je suis descendu dans une rue qui devenait un pont. J'ai demandé aux marchands de journaux (acheté trois *Evening Standard* et un *Daily News*). Le viaduc de Holborn était par là. J'ai descendu des marches raides. Trébuché dans les ténèbres. Senti la bruine dans la lumière d'huître. Quand je demandais ma direction, on me répondait soit trop vite, soit trop lentement, ou encore rien du tout ; tantôt on prenait les jambes à son cou, tantôt on s'attardait bizarrement ; et moi, sans réfléchir, je hâtais le pas dans n'importe quelle direction, en priant le ciel qu'on ne me rappelle pas pour corriger mon erreur. L'obscurité, soudain, s'est épaissie. Je me suis mis à courir.

Masters House m'a toisé derrière un rideau soyeux de pluie et de larmes. C'était un grand immeuble fonctionnel ; un homme en uniforme gardait l'entrée. J'ai hésité à continuer. Il y avait une espèce de café dans la ruelle où je me suis caché. Rapidement, j'ai passé la tête par la porte : un caïd avec une grande mèche brillantinée, une vieille pétasse toute bouclée, des paires d'yeux antipathiques. J'ai boutonné mon manteau. Sous un échafaudage rouillé, j'ai remarqué une flaque gelée de vomi. Je me suis enhardi.

— Troisième étage, m'a indiqué le gardien à rouflaquettes.

Je me suis retrouvé dans le chlore du hall d'entrée. Trois grosses bonnes femmes, le visage d'une cruauté porcine, m'ont lancé des regards critiques, planquées dans leur bureau, leur parloir ou leur salle de repos (quelques journaux populaires empilés sur une chaise verte, un balai-brosse appuyé contre un mur). Les portes de l'ascenseur étaient ouvertes. Le liftier attendait. *Fermez les portes – les portes*. Pendant la montée ahanante, je me suis senti épié par quelqu'un qui me détestait, par quelqu'un qui voulait ma mort en ricanant. Il y avait un miroir dans l'ascenseur. Je ne me suis pas regardé.

Le palier du troisième étage ne menait nulle part. J'ai grimpé quelques marches. Emprunté un couloir. Pris un tournant. Quelque chose a craqué sous mes pas. J'ai baissé les yeux et je me suis aperçu avec horreur que je marchais sur des dents humaines. J'ai entendu un sanglot mouillé. Dans un recoin sombre, à ma gauche, était assis un jeune garçon, un mouchoir taché de sang plaqué sur la bouche. Il y avait une femme avec lui.

— Mon pauvre petit, j'ai dit.

Il a remué les épaules.

— C'est les types d'en dessous, a dit la femme. Ils les lui ont arrachées. (Elle a mimé l'arrachage avec le pouce et l'index. Puis elle a grimacé de douleur.) Arrachées, comme ça.

— Mon pauvre. Pourquoi ? Vous n'avez pas pu les en empêcher ?

— Non. Impossible, elle a répondu.

— Mon Dieu ! Où est Terry ? Il est là ?

— Mr Service ? Par là.

Je me suis remis en marche. Le couloir faisait un coude. Une tablée de secrétaires a levé les yeux.

— Est-ce que Mr Service est là ? je leur ai demandé. Mr Service. C'est *qui*, bordel ?

— Qui ?

— Mr Service ?

— Terry ? Par là.

J'ai pris un second tournant. Je suis arrivé dans un grand espace dégagé bordé de box individuels. Des jeunes gens corpulents, la barbe bien taillée, se déplaçaient avec assurance au second plan. Ils ont cessé leurs activités et se sont tournés vers moi. Par là, où ? Par où, où, où ?

À cet instant, la porte d'un box s'est ouverte doucement : à l'intérieur, Terry. Il était penché sur un téléphone, dos à moi, et la fumée de sa cigarette s'élevait en volutes au-dessus de sa tête.

— Oui, disait-il. Ben non, pas possible que ce soit moi, tu comprends ? Il faut bien que j'aille travailler le matin, *moi*. Je ne sais pas. Aucune idée. J'ai déjà essayé, mais ça ne répondait pas. Quand même, ils doivent bien pouvoir dire *à peu près* pour combien de temps il en a. D'accord, je te l'envoie, je le fais venir. Mais c'est que j'ai un boulot à assurer, tu comprends. Je ne peux pas...

Il a pivoté sur son fauteuil et il m'a vu.

— Je te rappelle, il a dit avant de raccrocher.

Nous nous sommes dévisagés. Il avait l'air empressé d'un adulte tiré à quatre épingles, l'air d'une personne que je n'avais encore jamais rencontrée.

— Tu as vu le jeune dans le couloir ? j'ai demandé.

— Quel jeune ?

— Le jeune dans le couloir.

— Damon ?

— Il s'est fait casser les dents.

— Je savais que ça lui arriverait, un de ces quatre.

— ... J'ai parlé à maman.

— Je sais.

— Elle...

— Qu'est-ce qu'elle t'a dit ?

— Rien du tout.

Il a rajusté sa veste.

— Ça ne va pas fort, il a dit.

— Je sais, j'ai répondu.

— Ah bon ? il a demandé, surpris.

— Je sais pas. Peut-être.

— Ça ne va pas fort, il a repris. On rentre tôt pour Noël cette année.

# XII

## *Décembre*

### 1. *Je vais m'en sortir.*

TERRY

Une ombre au tableau, une seule, dans la vie d'un employé des chemins de fer britanniques. Un élément, un seul, pour mettre des bâtons dans les roues de son labeur quotidien : le passager. Le passager est toujours là à lui causer des tracas. Toujours là à lui taper sur le système. Toujours là à l'empêcher de faire son travail. C'est comme si le passager voulait le déglinguer sur toute la ligne.

— Attendez-moi ici, j'ai dit à Gregory et au porteur, haussant la voix devant l'insolence de ce dernier quand j'ai voulu récupérer un chariot libre.

J'ai rejoint la longue file d'attente qui s'écoulait au compte-gouttes devant le seul guichet ouvert. Mon tour venu, j'ai braillé notre destination dans l'hygiaphone.

— Ça fait combien ? j'ai demandé.

— Après une assez courte période d'incompréhension hostile, la brute m'a répondu. Une somme astronomique.

— À quoi ça vous sert de faire de la pub ? je lui ai lancé. On se passe de vos services quand on peut se débrouiller seul.

— Venez, j'ai dit au porteur et à Gregory.

— Une musique douce voltigeait entre les hauts piliers en pierre. Des clochards vendaient des paquets de journaux. On était samedi, la gare était vide et sale, faute d'avoir été balayée, on y voyait les déchets des délits de la veille, semblables aux vestiges de quelque déroute préhistorique. Il était huit heures du matin. L'air avait commencé à dégivrer ; les trains s'étiraient à l'arrêt, épuisés, pantelants sur leurs tampons, crachant doucement de la vapeur.

— Tenez, j'ai dit au porteur une fois qu'il nous eut installés dans notre compartiment. Assieds-toi là, j'ai dit à Gregory. (Il a hésité, cependant que le porteur fixait avec stupéfaction la malheureuse pièce de vingt pence que je lui avais glissée dans la paume.) Ça ira ? je leur ai demandé à tous les deux.

Je me suis tourné vers Gregory au moment où le train a démarré.

— Tu veux manger ? Il y a un wagon-restaurant où ils vendent des assiettes de merde pour cinq livres. Ou est-ce que tu prendras juste un café ? Tu veux manger quelque chose ? Tu peux si tu veux.

— Je ne... *crois* pas, il a répondu.

J'ai levé les yeux de mon travail au moment où le train faisait marche arrière en direction d'un bled de banlieue. Greg regardait par la fenêtre comme un petit garçon. J'ai remarqué en soupirant qu'il avait les joues ravinées par des larmes séchées.

— Tu vas rester combien de temps ? il m'a demandé d'une voix normale.

— Ça dépendra. Je ne peux pas m'éterniser. J'ai un boulot à assurer.

Le train a continué.

— ... Et *toi*, tu vas rester combien de temps ? je lui ai demandé.

— Ça dépendra.

C'était fini lorsque nous sommes arrivés, je m'en étais douté. Nous avons pris un taxi jusqu'à la maison. Je paie, puisque je suis l'aîné maintenant… Cette famille me coûte une fortune. En réglant le chauffeur, j'ai observé Gregory descendre de voiture. Il tournait le dos à la maison, il a boutonné son manteau et montré les dents dans le vent.

Sa mère nous a reçus à la porte. Gregory a baissé les yeux et hoché la tête à plusieurs reprises quand elle lui a appris la nouvelle, comme si c'était un moindre mal. Elle nous a demandé si nous voulions voir le corps : nous avons haussé les épaules et répondu que oui. Nous avons longé le vestibule jusqu'à l'escalier. Le passé essayait de refluer. Comme je déteste cette maison, j'ai pensé, avec ses tapis élimés, ses couloirs biscornus tout juste bons à jouer à cache-cache, ses prises électriques dangereusement antédiluviennes. Je la mettrais en pièces de mes mains nues si je le pouvais. Je m'étais toujours senti mal ici. Bien sûr, ce n'était pas leur faute. Ils avaient essayé.

Il reposait sur le grand lit de la chambre conjugale. Mrs Riding a tiré le drap. Le visage de son mari, je m'en apercevais à présent, était figé dans un rictus de surprise et de colère mêlées : les dents écartées (car les snobs gardent leurs dents jusqu'au bout, voyez-vous, même s'ils meurent très vieux et complètement déglingués), les yeux ouverts, le front crispé. Il avait l'air d'un homme fier à qui on apprend qu'il est la victime d'une plaisanterie humiliante. J'ai regardé ce visage étoilé, ce visage de messie. Qui était-il, cet homme ? Et j'ai compris : c'était un homme bon, ou du moins un brave homme ; un imbécile ; un imbécile qui avait été gentil avec moi quand rien ne l'y obligeait ; quelqu'un qui avait pu faire à peu près ce qu'il avait voulu à peu près tout le temps. Gregory a pleuré un peu plus dans la chambre, mais avec pudeur presque des larmes introspectives.

Je me suis félicité d'être arrivé à prendre trois verres de xérès avant le déjeuner, qui fut avalé dans la cuisine avec une rapidité frugale et sans la moindre goutte d'alcool. Pendant tout le repas, ma mère adoptive s'est montrée vive et laconique (son emploi du temps serait du moins assez chargé dans les quelques jours à venir) et elle s'est discrètement retirée dans la bibliothèque une fois qu'on eut débarrassé le plateau à fromages. Je l'y ai rejointe pour discuter quelques minutes, comme convenu. Aucune surprise ne m'attendait : elle irait vivre avec sa cousine dans le Shropshire ; il y avait des dettes ; la maison pourrissait et ne valait presque plus rien ; le bail de l'appartement de Londres durait encore huit ans (je lui ai annoncé la somme que je pourrais en tirer et elle m'a donné le feu vert pour le vendre) ; elle a dit qu'elle se débrouillerait ; j'ai dit que je ferais de mon mieux pour les aider tous les deux.

J'ai retrouvé Gregory et nous sommes sortis nous promener dans l'allée centrale. Nous sommes restés quelques minutes à trembler de concert. Je lui ai offert une cigarette de luxe, qu'il a timidement acceptée.

— Qu'est-ce que tu vas faire ? je lui ai demandé.

— Oh ! il s'est exclamé. Il y a des tas de choses à faire ici.

— Mais rien pour moi, hein ?

— Pas vraiment.

— Je ferais aussi bien de rentrer tout de suite, avant qu'il fasse nuit. Ça ira ?

— Bien sûr que oui. (Gregory a regardé l'allée.) Je crois que je vais aller faire un tour, moi aussi, tant qu'il fait jour. Il s'est tourné vers moi en esquissant un sourire.

— Alors adieu, j'ai dit.

— Adieu, Terry.

— Quand est-ce que tu reviens ? je lui ai crié alors qu'il se mettait en route.

Il m'a regardé par-dessus son épaule.

— Je ne reviens pas, il a conclu.

Moi non plus, ai-je pensé une heure plus tard en m'asseyant dans le wagon-restaurant. Il n'y a plus de vie là-bas. C'est juste une maison humide où j'ai grandi. Qu'ils y restent aussi longtemps qu'ils pourront. J'espère qu'ils s'en sortiront.

Maintenant que je dispose de tout l'appartement quelque temps (je le vendrai plus tard), je crois que je vais organiser quelques réceptions dans les règles de l'art cet hiver. Vous connaissez la nouvelle ? Terence Service reçoit. Oui ! Ce n'était pas son genre, mais il a changé. Il y a des gens que je peux inviter. Des amis de mes cours du soir. Tous les sous-fifres de Veale au bureau, suite à la restructuration qui s'est faite en beauté : il y a deux fois plus de vendeurs qu'il n'y en a jamais eu, personne n'a l'air d'y trouver à redire, et on gagne tous des tonnes de fric. Il y a même deux ou trois filles à qui je peux téléphoner, avec lesquelles je peux sortir ou même coucher. Tenez ! Je me suis tapé Jan, par exemple. C'était chouette (j'étais moi-même dans une forme éblouissante – un côté à la fois sportif et impitoyable), mais rien d'exceptionnel.

Le train traversait en trombe des champs coincés entre les ombres qui s'allongeaient. La campagne me donne la chair de poule ces jours-ci ; il me tarde toujours de retrouver l'atmosphère rassurante des stations de métro, des rues, des clochards et des pubs. J'ai appelé le garçon pour commander à boire. J'ai allumé une cigarette. J'ai décroisé les jambes pour laisser place à la belle érection hydraulique que me provoquent les trains, avec plus ou moins d'opportunité. J'ai souri.

Le convoi fonce en glissant sur des rails d'argent. Je regarde la voie qui se déroule en contrebas, je guette Londres. Je sirote mon verre. Je vais m'en sortir.

2. *Je vais rester ici, à l'écart, où rien ne m'effraie.*

GREGORY

J'ai froid. Ces vieilles loques laissent tout passer. (Elles ne sont pas belles à voir non plus.) Je n'arrête pas de les fermer, mais cela ne fait que me rappeler à quel point je suis mal protégé.

Je marche vers l'est derrière la maison, en direction de l'étang en D (il ne fait plus partie de notre terrain. C'est un youpin qui en est propriétaire, mais on a toujours le droit d'y aller). L'herbe des pelouses est haute et enchevêtrée, elle sent vaguement la crasse et le parfum bon marché. Dans les chemins envahis de broussailles, à côté de la roseraie à l'abandon, l'air paraît soudain sombre, et je veux rentrer à la maison en courant ; mais lorsque j'en ressors et que j'enjambe la clôture pour entrer dans le champ en pente, je m'aperçois que la journée a encore un peu de vie. Le ciel est dégagé et coloré. Les bergers sont ravis de ce qu'ils voient.

Je n'y retourne pas. Retourner où et pour quoi, de toute façon ? Je ne vais pas passer ma vie à pisser dans des cuisines. Ursula est partie. (Père est parti.) Terry aussi, maintenant. J'espère qu'il va finir par trouver sa voie. Il a atteint le tournant qui l'attendait, le stade où il va commencer à apprécier sa vie (il en a détesté tous les autres épisodes). Pas moi, en revanche. Je peux aider ma mère, il reste encore quelques affaires à expédier (mon Dieu, j'espère qu'elle aura les moyens de subvenir à mes besoins). Je vais devoir m'en contenter pour l'instant. Je n'y retourne pas. Je vais rester ici, à l'écart, où rien ne m'effraie.

J'ai froid. La rosée tombe. Au loin, sur ma gauche, derrière les bouleaux argentés plantés en file indienne, la voie de chemin de fer passe sur une petite butte remblayée. Quelque chose se prépare. Je m'arrête au passage d'un train bleu et chic. En baissant les yeux, je vois ma main s'agiter comme celle d'un enfant. Absurde ! Pourquoi ? Fais toujours signe de la main quand tu vois des trains, me disaient ma nourrice, ma mère, ma grand-mère. Je m'en souviens à présent. Quelqu'un de gentil pourrait te voir et te rendre ton bonjour.

J'entre dans les bois qui entourent la pièce d'eau (j'y jouais quand j'étais petit). Deux cents mètres plus loin, l'étang en D luit de blancheur derrière la claire-voie en bois dans le noir. Car il fait vraiment noir. Je m'arrête de nouveau. Est-ce que j'ai le temps d'y aller et d'en revenir avant la tombée de la nuit ? Les bois détrempés ruissellent de rêves et de trépas. Une brise se lève. Les arbres remuent pour se sécher les épaules. Pourquoi le vent ne veut-il pas laisser les feuilles en paix ? Le lac essaie de me mettre en garde : les avenues des arbres sont dangereuses. Le bois crépite. Une souche roule et se renverse sur le dos. Chante un oiseau solitaire.

Je suis debout derrière la rangée de bouleaux. J'ai froid : j'ai envie de frissonner et de sangloter. Je lève les yeux. Quelque chose se prépare. Non, *dégagez* ! Se détachant sur l'enfer du crépuscule, les branches ploient et se rompent. Jamais le vent ne cessera de rendre folles ces feuilles qui m'effraient.

Composition et mise en pages PCA - Rezé

Achevé d'imprimer en octobre 2025
par CPI BUSSIÈRE (18200 Saint-Amand-Montrond)
pour le compte des Éditions Calmann-Lévy
21, rue du Montparnasse, 75006 Paris
commercial@calmann-levy.fr

CALMANN LEVY s'engage
pour l'environnement en réduisant
l'empreinte carbone de ses livres.
Celle de cet exemplaire est de :
550 g éq. $CO_2$
Rendez-vous sur
www.calmann-levy-durable.fr

PAPIER CERTIFIÉ

N° d'éditeur : 6276993/01
N° d'imprimeur : 2085411
Dépôt légal : novembre 2025
*Imprimé en France.*